本書をダグ・メンディーニに
あなたのいた世界はよかった

バナナ
クリーム・パイが
覚えていた

BANANA CREAM PIE MURDER

おもな登場人物

ハンナ・スウェンセン・バートン――〈クッキー・ジャー〉経営者
ドロレス・ナイト――ハンナの母。ロマンス作家
ミシェル・スウェンセン――ハンナのいちばん下の妹。大学生
アンドリア・トッド――ハンナのすぐ下の妹。不動産会社勤務
マイク・キングストン――ハンナの友人。保安官助手
ノーマン・ローズ――ハンナの友人。歯科医
リサ・ビースマン――〈クッキー・ジャー〉の共同経営者
リチャード・バスコム――レイク・エデン町長
ヴィクトリア(トリー)・バスコム――元女優。リチャードの姉
ロス・バートン――ハンナの夫。テレビプロデューサー

1

ドロレス・スウェンセンは〝完〟とタイプすると、満足の笑みを浮かべてデスクチェアの背に寄りかかった。リージェンシー・ロマンス（摂政時代のイギリスを舞台にしたロマンス小説のジャンル）の最新作の原稿を書き終えたのだ。このときのために取っておいたペリエ・ジュエのボトルを開けようと立ちあがりかけたとき、ベリッと大きな音がして、ドロレスはうしろ向きに床にひっくり返った。

ぎょっとしてすぐには動くことも声をあげることもできず、仕事部屋の天井を見あげた。何度かまばたきをして、恐る恐る頭を動かしてみる。どこも痛くない。まだ生きている。でも、これはどういうこと？　どうしてわたしはうしろ向きに倒れたの？

納得のいく理由が思い浮かび、ドロレスはくすくす笑いだした。大きな音がしたのは、デスクチェアのクッション入りの座面がはがれたせいだ。座面を取り替えないと、いつかそうなるぞとドクに言われていた。でも、言われたとおりにしなかったのでこうなったのだ。

ひっくり返ったカメと同じ体勢だと気づき、ドロレスはさらに激しく笑いだした。だれにも見られていなくてよかった！　さぞや滑稽に見えるにちがいない。ドクが帰ってくるまえに、起きあがる方法を考えなければ。こんなところを見られたら、またさんざん注意されるだろう。椅子にはまったまま仰向けに倒れた姿を写真に撮って、病院のみんなに見せるのを、許すわけにはいかない。

どうすれば脱出できるのかよくわからないまま、クッションつきの肘掛に手をついて押した。思ったとおりではなかったが、効果はあった。

もう少しよ！　仰向けのまま、かかとで椅子の縁を数回押し、身をよじっているうちに、なんとかクッションの牢獄《ろうごく》から脱出できた。デスクの縁をつかんで体を起こし、よろよろと立ちあがる。ようやく立つことができると、ドロレスはほっとしてため息をつき、朝になったら新しいデスクチェアを買おうと心に決めた。

立ちあがってどこもなんともないとわかると、なんとしてもシャンパンが必要だと思った。ドクに言われて仕事部屋に置いている小型冷蔵庫から、ご褒美のシャンパンのボトルを取り出し、ポンと小さな音をたてて栓を抜く。大きな音で栓を抜くのは映画だけだ。ひとしずくもこぼさないために、ゆっくりとコルクを抜く方法を、ドロレスは身につけていた。

栓を抜いたボトルをデスクに置いて、窓を閉めに行った。新鮮な空気を好むドロレスは、この部屋で仕事をするとき、いつも窓を開けている。窓を閉めようとしたそのとき、下の階から血も凍るような悲鳴が聞こえた。
ぎょっとした表情で一瞬その場に立ち尽くした。時計を見ると、夜の八時を少しすぎたところだった。悲鳴はトリーの演劇レッスンの生徒だろう。

結婚祝いとしてドクから贈られたペントハウスのすぐ下の階は、バスコム町長の姉ヴィクトリア・バスコムが所有する高級アパートメントだ。トリーと呼ばれるのを好む彼女は、ブロードウェイの有名な女優だった。最近引退し、残された唯一の家族である弟夫婦のそばに住むため、レイク・エデンに引っ越してきたばかりだ。だが、愛する演劇の世界と完全に決別することはできず、ボランティアで地元のアマチュア劇団を指導し、ジョーダン高校で演劇を教え、演劇界に旋風を巻き起こしたいと熱望するレイク・エデン町民がいれば、演技の個人レッスンもしていた。町いちばんのお金持ちではないにしても、トリー・バスコムが町でいちばんの有名人であることはまちがいなかった。ドロレスがつい昨日トリーから聞いたことによると、このほど彼女は舞台演劇俳優協会《STAG》の特別功労賞に輝き、もうすぐテレビで全国放送される授賞式で雄鹿《STAG》をかたどった金の像を受け取ることになるのだという。

ドロレスは小声で笑った。わたしったらばかかね、トリーが自宅のスタジオで演技レッスンをしていることを忘れていたなんて！　さっき聞こえた悲鳴は、どう考えてもレッスンの一部だわ。自分の愚かさに思わず笑みを浮かべながら、窓を閉めて鍵をかけようともう一度手を伸ばしたとき、また大きな叫び声がしたので、途中で動きを止めた。

「いや！」女性が叫んだ。「やめて！　お願い、やめて！」

だれなのか知らないけど、とても上手な女優志望者ね！　だが、窓を閉めはじめたとき、今度は聞きまちがえようのない音がした。銃声だ。いまのは銃声だわ！　絶対まちがいない！

二発目の銃声がつづき、破砕音も聞こえてきた。何かおかしい！　生徒の演技がこれほど真に迫っているはずはない。ほんとうに何かが起きているんだわ！

ドロレスは反射的に動いていた。この高級アパートがアルビオンホテルだったころに従業員が使っていた、裏の階段につづく戸口に走った。古い階段はすっかり改装され、ペントハウスの住人だけが使えるようになっていた。

ひとつ下の階に着くと、ドアの鍵を開けて、その階のふたつの住居を区切るせまいロビーに走り出た。急いでトリーの住居に向かい、そこでようやくよく考えるべきだと思い至った。

トリーからわたされていた鍵を手にしたまま、その場で耳を澄ます。ドアの向こうは静まり返っていて、なんの物音もしなかった。さっき聞こえたのが演技レッスンだったのだとしたら、トリーは女優志望者の演技にダメ出しをしているところだろう。

なおも耳を澄ましながら、どうするべきか考えた。鍵を開けてなかにはいって、トリーも生徒もなんともないとわかったら、ばかみたいに見えるだろう。一方で、さっき耳にしたのがほんとうの殺人で、犯人がまだ室内にいるとしたら、危険のなかに足を踏み入れることになってしまう。なかにはいらずに警察に電話をすれば、警察が到着するまで待てと言われるだろう。でも、早急に手当が必要な人がいたとしたら？

さらにもうしばらく迷ってから、ノックをすることに決めた。玄関口に出てきたトリーに何も問題はないと言われたら、恥ずかしい思いをするかもしれないが、たしかめる価値はある。ドロレスは片手をあげて、鋭く三回ノックした。

返事はなく、侵入者がすばやく隠れる足音も聞こえなかった。まったくの無音だ。ドロレスはさらに迷ったすえ、心を決めた。ポケットに手を入れて携帯電話を取り出し、緊急ダイヤルでウィネトカ郡保安官事務所に電話した。

「保安官事務所。キングストン刑事です」

ドロレスは大きく息をのんだ。マイク・キングストンではなく、娘婿のビル・トッドにつながることを期待していたのだ。マイクは絶対に規則を曲げない刑事なので、ドアの外で警察の到着を待つようにと言うに決まっている。

「マイク。ドロレスよ」急いで考えながら言った。「このまま切らないでくれる？　階下《した》のトリー・バスコムの部屋で何か物音がしたから、何も問題はないかこれからたしかめるつもりなの」

「ドロレス。待っていてくださ……」

ドロレスは片手で解錠してドアを押し開けた。そして、マイクの反論が聞こえないように電話を耳から離しながら、トリーのリビングルームを見わたした。場ちがいなものは何もなかった。ひっくり返った椅子も、部屋の隅に潜んでいる人影も、異常を示す証拠は何も。だが、さっきの悲鳴はリビングルームから聞こえたのではない。仕事部屋の真下の部屋から聞こえてきたのだ。それはトリーがレッスンスタジオに改装した部屋だった。

左手に携帯電話を持ったまま、無言でスタジオに向かった。電話からは相変わらずまくしたてる声が聞こえていたが、無視した。ドアを開けようとしたとき、廊下のテーブルに美術品がひとつ置かれているのに気づいた。重そうな金属、おそらく銀製で、ほっそりした曲線美の婦人が両腕を高く掲げている姿を擬したものだ。ドロレスはそれをつかんだ。見た目どおり重いので、必要なときは武器になるだろう。

わずかに開いていたドアから、ドロレスはスタジオのなかをのぞきこんだ。最初に目にはいったのはU字形のソファで、サクラ材で手作りされた低い演壇の向かいに置かれていた。床から一段高くなっている演壇は、奥の壁に沿ってつづき、俳優志望者たちの舞台として使われている。ソファはトリーの玉座だった。彼女はそこに座って生徒たちの演技をじっくりと見るのだ。ドロレスはそこに座ったことがあるので、ソファがやわらかくて肌触りのいいバタースコッチ色のレザーでできていることを知っていた。ソファの背には毛皮のスローが掛けられていた。このスローを作るためになんの動物が犠牲になったのかは尋ねなかったが、かなり高価なものにちがいなく、おそらくロシア産のクロテンと思われた。

見たところ脅威はなさそうなので、スタジオに足を踏み入れた。天井を覆う間接照明が、スタジオにやわらかな光を落としている。ソファのまえにある丸いコーヒーテーブルに目をやったドロレスは、鋭く息を吸いこんだ。テーブルの横にシャンパンボトルのはいった銀のアイスバケットが置かれ、テーブルの上にはシャンパンがはいったクリスタルのフルートグラスがひとつ、そして、その横にはどこのものかすぐにわかる特徴的なケーキの箱があった。ドロレスの長女ハンナが経営するベーカリー兼コーヒーショップ、〈クッキー・ジャー〉の箱だ。箱のふたは開いており、中身はハンナの店のバナナクリーム・パイだとわかった。トリーが大好きなパイで、お客があるときはよくこれを出すのだと聞いたことがある。

シャンパンで満たされたフルートグラスに興味を引かれた。小さな泡の雲が表面にのぼってきているということは、注《つ》がれたばかりだ。時間がたつと、のぼってくる泡の速度がだんだんゆっくりになり、やがて消えてしまうことを、ドロレスは知っていた。

コーヒーテーブルにはクリスタルのデザート皿が二枚重ねて置かれ、銀のデザートフォークも二本あった。お客がひとり来ることになっていたのだろう。

携帯電話をソファに置き、コーヒーテーブルをじっと見た。目のまえにあるパズルは、かつて娘たちが幼稚園から持ち帰ってきた宿題に似ていた。詳細に描かれた絵のコピーに、〝このえのなかでおかしなところはどこでしょう?〟というキャプションがついていたものだ。トリーのコーヒーテーブルにはどこかおかしなところがあった。何がおかしいのだろう?

答えはすぐにわかった。デザート皿二枚とフォーク二本が用意されているのに、シャンパンのフルートグラスはひとつしかない。トリーはシャンパンが大好きだし、アイスバケットからのぞいているボトルのラベルから判断すれば、用意されているのはかなりいいシャンパンだった。トリーは飲むが、来る予定のお客は飲まないということだろうか? あるいは、トリーはシャンパンを注いだ自分のグラスを、どこか別の場所で飲むために持っていったのか? その疑問からさらに重要な疑問が生まれた。トリーはどこにいるのだろう?

電話からかすかに音がもれているのがわかった。マイクはまだドロレスに話しかけていたが、ソファのクッションの上に伏せていたせいでくぐもっていて、ことばは聞き取れなかった。それを無視して、もう一度スタジオを見わたした。ソファのそばの床に目を留め、そのあたりをじっと見た。敷き詰められた白いフラシ天のカーペットが濡れているようだ。

何かをこぼしたにちがいない。

カーペットの濡れている部分に向かった。ソファをまわりこんだところで立ち止まり、倒れないようにソファにつかまった。これから何年も夢に見そうな光景を目にしたからだ。カーペットの上にトリーが手足を伸ばして倒れており、彼女が夜、自宅で仕事をするときいつも着ているシルクのカフタンは、粘りけのある赤いもので汚れていた。カフタンのしみが天井の小さな電球の光にきらめいた。床の上にクリスタルのフルートグラスが倒れ、高価な中身がフラシ天の白い繊維のなかにしみこんでしまっているのを見て、ドロレスは身震いした。カーペットに血がついていなくてよかった！　ついていたら手の施しようがなかっただろう。それでも、シャンパンのしみを取ってくれる腕のいいカーペットクリーニング業者の名前は、トリーに教えてあげなければならないけれど。

「いやあああ！」ドロレスは悲鳴をあげたあと、涙にむせんだ。カーペットクリーニング業者の名前を教える必要はなかった。トリーはもう何も必要としていないのだ。死んでいるのだから！　友人は死んでいた！

涙がこぼれてきたが、目をそらすことはできなかった。友人は天井を見据え、口をかすかに開いて、自分に降りかかった残酷な運命に抗議しているように見えた。

「もう大丈夫ですよ、ドロレス。ぼくたちが来ましたから」

冷静な男性の声で、恐怖で身動きできない状態から解放され、声のするほうになんとか顔を向けた。そこにいたのはマイクで、ロニーを従えていた。ふたりとも助けに来てくれたのだ。お礼を言いたかったが、ことばが見つからなかった。

「ロニーがあなたを階上《うえ》にお連れして、ミシェルが来るまでいっしょにいます」

「ミシェルはまだこっちにいるの？」ドロレスは末娘のことを尋ねられるまでに回復した。

「今夜大学に戻るのかと思っていたわ」

「その予定でしたが、ハンナとロスが戻るまで残ることにしたようです。あとで階上に行って、あなたの供述を取らせてもらいます」

ロニーに腕を取られると、ドロレスは震えだした。冷たい冬の風の一撃を受けたかのようだった。ロニーの腕にぐったりともたれながら、部屋をあとにした。もう二度と会えない、もう朝のコーヒーを飲みに来てはくれない友人、ドロレスとドクのペントハウスの庭を訪れ、全天候型ドームつきの庭のプールサイドに座って、仕事や舞台についておしゃべりをすることもない階下の住人の、おぞましい姿をあとにした。トリーが特別功労賞を授与されて、仲間からの拍手を浴びることはない。ヴィクトリア・バスコムの輝かしい人生は終わってしまったのだ。ドロレスは悲しみと絶望に打ちひしがれた。

ロニーの腕にすがってペントハウスに戻り、ソファのやわらかなクッションに沈みこむと、ドロレスのなかで別の感情が大きくなりはじめた。そのため、少なくとも一瞬は、悲しみを忘れることができた。その感情とは怒り、こんなわけのわからない形で友人が死んだことに対する怒りだった。だれだか知らないけど、よくもトリーを傷つけたわね！

ミシェルが来るのを座って待ちながら、ドロレスはこれしかないという結論に達した。トリーが殺されたことをハンナに話さなければ。ミシェルが来たら、すぐにハンナに連絡しよう。警察にはハンナが、娘の手助けが必要だ。ハンナならどこからはじめればいいか、何をすればいいか知っているはずだ。ハンナにはすぐにレイク・エデンに戻ってきてもらわなければ。警察がトリーを殺した犯人を見つけて、その恐ろしい罪を償わせることができるように！

2

ハンナ・スウェンセン・バートンは、冷えたシャンパンのグラスを手に、クルーズ船のオーナーズ・スイートのバルコニーに座っていた。太陽が海に近づいていくのを眺め、幸せで顔がほころぶ。静かに打ち寄せる波音は心を満たすリズムを生み、これほどのよろこびと充足感を覚えたことはないと思った。結婚ってすばらしい。全身全霊でロスを愛しているし、彼と自分はひとつだと心から感じられた。

それと同時に、しばらくひとりですごし、自分は夫婦の片割れではなくひとりの人間なのだと再確認するよろこびも感じていた。早朝にひとりですごす時間が、着古した寝巻き姿でキッチンテーブルのまえに座ってコーヒーをちびちび飲みながら、これからはじまる一日に立ち向かう力を捻出する時間が恋しかった。

早朝と深夜は、会話をする必要がないので、想像力が花開く時間帯だった。新しいレシピのアイディアや、〈クッキー・ジャー〉の業務の改善点や、家族のために作るべき、または買うべきすばらしく個性的な贈り物を思いつくのは、決まってその時間帯だった。もちろん、ひとりでいるのは淋《さび》しいときもあったが、ハネムーン中は起きている時間をずっとロスといっしょにすごしている。それがすばらしいことなのは否定しないが、いささか窮屈さも感じていた。いや、窮屈というよりむしろ……ハンナはそこで考えるのをやめ、頭に浮かんだことばを無視しようとした。〝息が詰まる〟ということばを。ずっというわけではない。もちろんそんなことはない。でもときどき、考えたり息をする場所がほしかった。

シャンパンをひと口飲んだ。ほんとうは飲みたくなかったのだが、ロスが注《つ》いでくれたものなので、手をつけないでいたら気に入らなかったのだと思われてしまう。ハンナは立ちあがって、バトラーがパウダールームと呼んでいた第二のバスルームに行き、シャンパンを半分シンクに流した。

バルコニーに戻りながら、ちょっと罪悪感を覚えた。シャンパンはロスがわざわざハンナのために選んだものだ。気に入らなかったわけではない。おいしかった。クルーズ最後の夜であるいまは、飲みたい気分になれなかっただけだ。すべての瞬間を味わい尽くし、レイク・エデンでの生活に戻ってからも思い出せるように、記憶にとどめたかった。

太陽はほぼ沈み、海面には昼と夜をつなぐ輝く橋のような金色の道が残された。見あげると、空では星が輝きはじめており、ハンナは顔をほころばせた。海の上で見る星たちは、レイク・エデンで見るより大きくて明るいような気がした。クルーズ旅行はすばらしい冒険だった。余裕があればいつかまた来たいものだ。

「戻ったよ、ハニー」背後で声がして、ハンナは飛びあがりそうになった。

「ロス！　はいってきたのに気づかなかったわ。パーサーとの話はついたの？」

「ああ、すべてすんだよ。ぼくらが利用しなかったサービスのいくつかに、まちがった請求があっただけだから。カボ（メキシコのリゾート地、カボ・サン・ルカス）での寄港地観光とかね」

「そう」ハンナは赤くなり、夕方の薄明かりのせいでロスに気づかれないことを願った。予定していた寄港地観光に行かずに客室にこもっていた理由を、はっきりと思い出したのだ。

「まちがいはちゃんと正したし、ついでにフレンチビストロに今夜の予約を入れてきたよ」

　ハンナは困った顔をした。「今夜はここですごすんだと思っていたわ。あなたがあんなに軽食を注文したから、まだそれほどお腹がすいていないし」

「お腹がすいていなくても大丈夫だよ。あそこの料理は量が少ないからね。通りかかったとき調べたんだ。それに、窓際の特等席にしてもらった。料理はとてもおいしそうだったから、きっときみも楽しめると思うよ」

「ええ、きっとそうね！」あまり乗り気ではない妻にいくぶんがっかりしているようなロスの口調に気づいて、ハンナは急いで言った。「予約は何時？　ドレスアップは必要？」

ロスは腕時計を見た。「三十分後だ。フォーマルな店ではないけど、女店主はスマートカジュアルを提唱していたな。いま着ているもので問題ないよ、クッキー」

ハンナは黒のパンツとアクアブルーのセーターという自分の服装を見た。靴を履き替えてアクセサリーをつけ、持ってきた黒のジャケットを着れば、スマートカジュアルと認定してもらえるだろう。「支度に少しだけ時間をちょうだい」

「時間ならたっぷりある」ロスはまだシャンパンが半分はいっているグラスを手に取った。「このグラスを満たして、ぼくも自分のグラスを持ってくるよ」

ハンナは彼が室内に戻るのを見守った。ロスはハンナの希望はこうだろうと勝手に予測するが、まちがっていることもときどきあった。だが、まったく気を使ってくれないよりましだ。ハンナはひねくれた自分をたしなめた。おそらくこんなふうにかまわれることに慣れていないのだろう。ずっと独身で、猫のモシェとふたり暮らしだったので、なんでも自分ですることに慣れていた。これでもかとかまってくれるロスに感謝するべきなのだ。ほんとうはほしくないシャンパンを待ちながら、レイク・エデンに帰ったら事情はまた変わってくるのだから、とハンナは自分に言い聞かせた。それぞれに仕事があるし、二十四時間いっしょにいるわけではない。このひとときを懐かしみ、熱烈に愛してくれる男性にもっと感謝すればよかったと後悔するということも充分ありうる。

「お待たせ、クッキー」ロスがシャンパンのグラスふたつと一枚の紙を持ってバルコニーに出てきた。「いまちょうどバトラーが来て、これを置いていったよ」

「何かしら？」

「ミシェルからのメッセージだ。いま届いたものだと言っていた」

ハンナは心拍数が上がるのを感じながら、ロスが持っている紙に手を伸ばした。

「何も問題ないといいけど」ロスがハンナの思いを代弁した。だが、彼女の両手が震えているのに気づいた。「大丈夫かい、ハニー？」

「たぶん」ハンナは紙に触れはしたが、つかむことはできず、バルコニーの床に落としてしまった。

「ぼくが代わりに読もうか？」ロスが紙を拾ってきいた。「手が震えているよ」

「ええ！　ありがとう、ロス」ハンナはほっとして言うと、母にも妹たちにもモシェにも、そのほかの家族にも、何も悪いことが起きていませんようにと祈った。

「〝モシェも含め、わたしたちはみんな元気ですが、姉さんたちがレイク・エデンに戻るまえに、母さんからお知らせがあります〟」ロスは声に出して読んだ。

ハンナは息を止めていたことに気づき、ほっとしてため息をついた。「よかった！　つづけて、ロス。お願い」

「〝ヴィクトリア・バスコムが亡くなりました。殺されているのを母さんが発見したのです。当然母さんは動揺して、すぐに姉さんに帰ってきてもらいたがっています〟」

「たいへん！」ハンナは眉をひそめながら言った。「わたしたち、帰港したらシャトルバスで空港に向かうことになっているのよね、ロス？」

「そうだよ。レイク・エデンを発つまえにネットで予約しておいた。ミス・バスコムはきみのお母さんのご近所さんだったよね？」

「ええ。母さんとドクのペントハウスの一階下に住んでいたの。母さんは何かを聞いたのかしら」

「そうみたいだよ。このあとに書かれている」ロスはまた読みはじめた。「〝母さんは銃声を聞いて、トリーの安否を確認するために下の階に行きました。犯人はトリーの知り合いで、彼女が迎え入れたのだと思うと姉さんに伝えてとのことです。コーヒーテーブルの上に姉さんのバナナクリーム・パイと二枚のデザート皿があったから〟」

ハンナはうめいた。「殺人現場にまたうちのお菓子があったってこと？」

「そのようだね。かわいそうに、ハニー」ロスはハンナに紙をわたし、彼女を立ちあがらせて抱きしめた。「ディナーの予約はキャンセルしようか？」

ハンナは少し考えてから首を振った。「いいえ。母さんがトリーの死体を発見したのは気の毒だと思うし、動揺しているのもわかる。ひどいショックだったはずだもの。当然、わたしに調査してもらいたいと思っているのも」

「でも、きみも動揺しているんじゃないのかい？」

「殺人にはいつだって動揺させられるわ。人が無情に他人の命を奪うなんて恐ろしいことよ。でも、トリーと個人的なつながりがあるかときかれたら、答えはノーなの。彼女は母さんの友人でありご近所さんだけど、わたしはそれほどよく知らないのよ」

ロスは探るようにハンナを見おろした。「わかるよ、ハニー。でも、ぼくが気になっているのは、きみのパイが殺人現場で見つかったせいで、動揺しているんじゃないかということなんだ」

ハンナは自分の本心を確認するためにしばし間を取った。「イエスでありノーでもあるわね。うちの店の商品が殺人事件に関わってほしくないのはたしかだけど、トリーはうちのバナナクリーム・パイが大好物だったの。少なくとも週に二個は買っていたわ」

「でも、きみのお菓子は、これまでもずいぶんとたくさん殺人現場で発見されてきたんだろう？」

ハンナはため息をついてうなずいた。ロスの言うとおりだった。〈コージー・カウ乳業〉の配達人のロンは、銃で撃たれたときハンナのチョコチップ・クランチ・クッキーを食べていた。ワトソン・コーチが殺された現場のワトソン宅のガレージには、ストロベリー・ショートケーキ・スウェンセンが飛び散っていた。それに、コニー・マックはハンナのブルー・ブルーベリー・マフィンを盗もうとして、〈クッキー・ジャー〉のウォークイン式冷蔵庫のなかで最期を迎えた。そして……。

それ以上はあえて考えまいとした。だれかが暴力的に命を奪われた場所で、自分の作ったお菓子が見つかった回数については考えたくなかった。

「そのとおりよ、ロス。でも、考えてみれば当然ね。わたしはレイク・エデンでただひとりのお菓子職人だし、あの町に住む人たちはほとんど全員が甘いもの好きなんだから。自分で作らないかぎり、どうしても〈クッキー・ジャー〉で買うことになる。殺人現場で被害者がいつも服を着ているからといって、服と殺人を結びつけるようなものよ」

「じゃあ、バナナクリーム・パイがそこにあったせいで、いやな気分になったわけじゃないんだね？」

ハンナはため息をついた。ロスはしつこかった。そのことが頭を離れないらしい。イライラがつのるのがわかったが、押し隠して言った。「ええ、そうはならないわ……トリーがパイを食べている最中に死んだんじゃないかぎり。すごくおいしいパイだし、レイク・エデンでとても人気があるから」

「じゃあ、だれかが死んだ現場にあったからといって、作るのをやめたりしないね？」

「ええ、やめたりしない。迷信に負けたくないの。買いたいというお客さんがいるかぎり作るつもりよ」

「よかった！」ロスがやけにほっとした様子なので、ハンナは不思議に思った。

「バナナクリーム・パイが〈クッキー・ジャー〉のメニューからなくなるかどうかが、どうしてそんなに気になるの？」

「まだ食べたことがないから。バナナクリーム・パイはいちばん好きなパイなんだ」

ハンナは少し笑った。「わかったわ。レイク・エデンに帰ったらあなたのために焼いてあげる」

「ありがとう、ハンナ」ロスはもう一度彼女を抱きしめると、すぐに放して腕時計を見た。「支度をするつもりなら、そろそろ取りかかったほうがいい。あと二分ほどで出ないと、ディナーの予約に――」そこでことばを切った。「ぼくたち、ディナーに行くってことでいいんだよね？」

「ええ、ひとつ約束してくれるなら」

「どんな約束だい、クッキー？」

「デザートメニューにバナナクリーム・パイがあっても、注文しないと約束して。まずはわたしのを食べてほしいから！」

ハンナのバナナクリーム・パイ

ハンナのメモその1：
まずはクラスト（パイ皮）を作る。
フィリングを入れるまでに冷ましておく必要があるから。
フィリングもクラストに入れたあとは、
ホイップ・キャラメル・トッピングを作るまでに固めておかなければならない。

塩味のプレッツェル・クラスト

●オーブンを175℃に温めておく

材料（米国の1カップは約240cc）

細かく砕いた塩味のプレッツェル……2カップ
（砕いてから量ること。わたしはスナイダーズのものを使用）

とかした有塩バター……1/2カップ（112グラム）

ブラウンシュガー……大さじ2

作り方

① 直径23cmのスプリングフォーム型（チーズケーキを作るときに使うような、側面に留め金がついていて底が抜ける型）を用意する。
型の内側にパムなどのノンスティックオイルをスプレーする。

② 砕いたプレッツェルにとかしたバターとブラウンシュガーを加えてよく混ぜる。

← 次頁につづく

作り方

① 6ミリの厚さにスライスしたバナナを、完全に冷ました
プレッツェル・クラストの底に並べる。

② ボウルにバニラプディングの素を入れ、牛乳とラム酒を加えて、
とろりとするまで泡立て器か穴あきスプーンで2分間かき混ぜる。

③ 解凍した冷凍ホイップクリームを加えて混ぜる。
混ぜすぎると空気が抜けてしまうので気をつけること。
空気を残すとふんわりと見栄えのいいパイになる。

④ ③をすくってプレッツェル・クラストのバナナの上にのせ、
ゴムべらで平らにならす。

⑤ 型ごとアルミホイルかワックスペーパーでふんわり包んで
冷蔵庫に入れ、4時間冷やして固める。

ハンナのメモその2：
プレッツェルをジップロックの袋に入れて麺棒で砕くこともできるが、
フードプロセッサーの断続モードを使えばずっと簡単。

③ ②を型の底に入れて清潔な手で押しつける。底は平らに、側面は高さ5cmまで。

④ 175℃のオーブンで10 ～ 12分、または軽く色づくまで焼く。

⑤ オーブンから取り出し、少なくとも1時間冷ます（もっと長くてもよい。わたしはパイ皮を前日に作っておく。その場合はふんわりと覆うだけにして、冷蔵庫には入れない）。

バナナクリーム・パイ・フィリング

材料

完熟バナナ（黒い斑点の出ていない黄色いもの）……2本

バニラプディングの素……2パック
（1パックで4個分作れるもの。わたしはジェローのものを使用）

冷たい牛乳……2 1/4カップ

ラム酒……1/4カップ（わたしはバカルディを使用）

解凍した冷凍ホイップクリーム……1カップ（わたしはクールホイップを使用）

ハンナのメモその3：
より美しいパイにするには無色のラム酒を使うこと。

ハンナのメモその4：
ノンアルコールにしたければ、牛乳を2 1/2カップに。

ホイップ・キャラメル・トッピング

材料

解凍した冷凍ホイップクリーム……1カップ（わたしはクールホイップを使用）

室温に戻したトッピング用のキャラメルソース……1/3カップ
（わたしはスマッカーズのものを使用）

作り方

① ボウルにホイップクリームを入れ、キャラメルソースを加えて
ゴムべらで混ぜる。

② ゴムべらを洗って拭き、完成したバナナクリーム・パイの上に
①をのせる。

③ トッピングを広げたら、ゴムべらを垂直におろしてすばやく引きあげ、
メレンゲの角を立てるときの要領で角を立てる。
追加のキャラメルソースをたらして飾りにしてもよい。

④ 覆いをかけずにパイを冷蔵庫に入れ、30分以上冷やす。

⑤ 留め金を解除して側面をはずし、型の底ごと平皿に置く。

⑥ テーブルで切り分けるか、キッチンで切って
きれいなデザート皿に取り分け、
たっぷりの濃いコーヒーとともに出す。
とても濃厚でおいしいパイ。まずないだろうがもし残ったら、
かならず冷蔵庫で保存すること。数日はもつ。

切り分ける幅にもよるが、8切れから12切れ分。

3

ハンナはクッションのきいた椅子に体を預け、新婚の夫に微笑みかけた。ロスのおかげで下船手続きは楽だった。オーナーズ・スイートは案内係つきで、ハンナたちはほかの乗客たちより先に下船できたからだ。荷物はすでに運び出され、ポーターとカートの準備も万端で、空港へのシャトルバスに間に合うように手配されていた。

空港のセキュリティチェックを終えると、VIPラウンジに案内され、制服姿のウェイトレスがふたりをテーブルにつかせて朝食の注文をとった。おいしい朝食を食べたあと、ポットで出されたすばらしいコーヒーを楽しみ、ラウンジの椅子でのんびりしながら搭乗時刻を待った。

飛行機の旅がこれほど楽だとは。客室乗務員が持ってきてくれたオレンジジュースを飲みながら、ハンナは思った。もちろん、ロスがすべてまえもって手配してくれていたので、航空会社の利用者が被《こうむ》りがちな遅延やいらだちを経験することもなかった。すべてはお金しだいなのだとロスは示し、ハンナもそのとおりだと思うようになっていた。これまでのところ、帰路の旅はなんの不安もなく、旅の残りもそうだろうと思われた。

離陸もなめらかで問題なかった。エンジンが回転数を上げて、飛行機が滑走路を走りはじめたときは、夫の手をつかんだが。

副操縦士から巡航高度に達したというアナウンスがあり、電子機器の利用禁止が解除された。ハンナは電子機器を何も持っていなかったし、持っていたとしても使わなかったので、目を閉じて、眠りを誘うエンジンのなめらかな音に身をまかせた。

「起きて、クッキー。そろそろ到着するよ」

ロスの声で、鴨の前菜がクワックワッと鳴いたり、ミニサイズのワッフルコーンの先端をくるくるまわったりする夢から覚めた。鳴いたりまわったりするのをのぞけば、前夜に船のフレンチビストロで食べた前菜にそっくりだった。

「食べちゃえば鳴くのをやめさせられると思うんだけど」ハンナは朦朧《もうろう》としながらロスに言った。

「何が鳴くのをやめさせるって？」

「鴨の前菜よ」

ロスは手を伸ばして彼女を抱きしめた。「まだ夢を見てるんだね、ハニー」

「ん？」ハンナは一瞬考えた。「そうみたい。夕べ船で食べたディナーの夢を見てたの。

何もかもおいしかったわ」

「ああ、そうだったね」ロスは彼女のほうに手を伸ばして、ふたりのあいだのコンソールからトレーを引き出した。「きっとお腹が空いているんだろう。寝ているあいだにきみのためにあるものを注文しておいたよ」

ハンナは驚いて彼を見た。「食事する時間はもうないんじゃないの？　そろそろ着陸でしょう」

「まだ二十五分はあるよ。きみのためにポットにコーヒーを淹《い》れてもらっているんだ。着陸まえに飲みたいんじゃないかと思って」

ハンナは感謝の笑みを浮かべた。「ありがとう、ロス。たしかに目覚めさせてくれるものが必要だわ。まだ少しぼんやりしてるから」

「さあどうぞ、ミセス・バートン」コーヒーを運んできた客室乗務員が言った。「お代わりが必要でしたらお呼びください」

ハンナはお礼を言ってコーヒーをひと口飲み、またロスを見た。「だれか空港に迎えに来るかしら」

「それはないだろう。ぼくらを拾ってレイク・エデンまで送ってくれる車をたのんでおいた。アパートできみの家族が待っていたとしても驚かないけど」

「そうね。たぶんいるでしょうね」ハンナはそっとため息をついた。

「みんなに会うのがうれしくないの？」

「そういうわけじゃないわ。もちろん、みんなに会えるのはうれしいわよ。でも、あなたとモシェと水入らずですごすのを楽しみにしていたの。そして、いつもの生活スタイルに戻るのを」

「それはいずれできるよ、ハニー。心配しないで。みんな、きみの留守が淋しくて、帰宅を歓迎したいんだよ。お母さんのこともあるし」

「そうね」ハンナはため息をつき、結婚して初めて自宅ですごす夜はゆっくり過ごせそうにないことを認めた。「母さんはトリー・バスコムが殺された事件について、何もかもわたしに話したいでしょうし」

「当然だよ。それに、きみの妹たちはぼくたちのハネムーン・クルーズのことをすっかり聞きたがるだろうからね。だからきみが飛行機のなかで少し寝られてよかったと思ったんだ」

「つまり、うちに帰ったらわたしの家族がいると思ってるの？」

「いや、あくまでも推測さ。あの人たちがやりそうなことだから」

「あなたは正しいわ、ロス。きっとディナーだかランチだか、なんでもいいけど持ってくるわよ。ところで、いま何時？」

ロスは腕時計を見た。「荷物を受け取ってレイク・エデンに着くのは五時ごろになるね」

「じゃあディナーね」ハンナは言った。「外食に連れ出されないといいけど。家で何かつまむほうがいいわ」

「じゃあ、ピザかハンバーガーか中華だね。レイク・エデンはテイクアウト料理のメニューがそれほどないから」

「たしかに。でもいいの。高級料理は向こう一カ月かそれ以上食べなくていいくらい船で食べたから。夕べの食事についてみんなに話してあげてもいいかもね。すばらしい料理だったし、あの眺めでとくにおいしく感じられたわ。みんなに見せられるように、船や寄港地の写真を撮ればよかった。ヨットでカメラマンから買った写真が一枚しかなくて」

ロスは微笑んだ。「大丈夫だよ。ぼくがたくさん撮ったから。きみが眠っているあいだにスライドショーを作ったんだ。テレビにつなげられるケーブルがあるから、みんなで見られるよ。きみはそれを見ながら説明できる」

「あるいはあなたがね」ハンナは愛しげに彼に微笑みかけた。「写真を撮ったのはあなたよ。わたしが撮ったのは携帯の自撮り写真だけ」

「きっとみんなそれも見たがると思うよ」

「いいえ、それはないわ。頭の上が切れちゃってるんだから」

空港に着陸して荷物を回収し、予約していたリムジンに乗ってしまうと、レイク・エデンへの旅は順調に進み、ふたりはハンナが夢にも思わなかったほど早く自宅の共同住宅に到着した。

リムジンがゲスト用駐車場を通りすぎたとき、妹のアンドリアの車があるのに気づいた。その隣にはドクの車が停まっていて、母と来たのだとわかった。ハンナはロスのほうを見た。「あなたが正しかったみたいね。みんなの車がある」

「やっぱり」ロスが言った。「ほら、あそこを見て」

ハンナは大きく息を吸いこんだ。家族全員がハンナの住居につづく階段の下に集まっていたのだ。

「ミシェルとドクはテイクアウトの袋を持ってる。アンドリアも何か箱を持ってるわ」

「ぼくたちが腹ぺこだと思ったんだろう」ロスがリムジンから降りるハンナに手を貸しながら言った。

「それだけじゃないわ。まえもって準備できないだろうから、わたしたちに迷惑をかけたくなくて、全員ぶんの食べ物を持ってきたのよ。とても中西部っぽいやり方だけど、あなたももう知ってるわよね。ミネソタのこのあたりで育ったんだから」

「うん、でも父は中西部出身じゃないから、うちの家族はちがったよ。よそのうちを訪ねるときは、ウォッカを持っていったんだ」ロスはリムジンの運転手にチップをにぎらせ、ハンナの腕を取って、家族のところへ連れていった。「どうも、みなさん！　ただいま戻りました！」

「やっと帰ってきたわね！」ドロレスがそう叫んで走り寄り、ハンナの空いている手を取った。「アパートのなかに結婚祝いのサプライズプレゼントがあるのよ。わたしたちはあとから行くから、まずはあなたたちが先にはいって」

「モシェはなかにいるの？」ハンナは早くペットに会いたくてきいた。

「まだよ。ノーマンからいま向かっていると電話があったわ。マイクとロニーもうすぐ来るはずよ。残りの食べ物が来るまえに、あなたたちに少しゆっくりしてもらいたいの」

「残りの食べ物？」ハンナは大きなテイクアウト用の袋ふたつを見ながらきいた。

「ええ。マイクとロニーはピザを持ってきてくれることになっているし、ノーマンは全員ぶんの飲み物を持ってきてくれるの。全部わたしたちにまかせてちょうだい、ディア。指一本上げる必要はないと約束するわ」

「そうでしょうね」ハンナはにこやかに言い、ドロレスはあとから階段をのぼるために新婚夫婦のうしろにまわった。

「サプライズプレゼントってなんだと思う？」ハンナといっしょに階段をのぼりながら、ロスが小声できいた。

「わからない」ハンナも声を落として答えた。「予想するのはちょっと怖いわ」

二階に着くと、ハンナはロスに鍵をわたした。「はい。あなたが鍵を開けて」

「わかった。そのあとはきみを抱きかかえて敷居をまたぐよ」

ハンナは笑った。「そこまでやる必要はないわよ。初めてはいるというわけじゃないんだから」

「そうだけど、きみさえよければそうしたいんだ。いいかな?」

「もちろん、いいに決まってるでしょ」ハンナは言った。伝統を重んじようとする彼の気持ちが内心うれしかった。

ロスは開錠して玄関のドアを開けた。そして、ハンナを抱きあげた。「いいかい?」

「ええ」ハンナはロスの首に腕をまわし、そのまま彼は敷居をまたいだ。

「いったいこれは……」ハンナは息をのんだ。目のまえの光景に驚くあまり、もう少しで彼の首から腕を離すところだった。一瞬、ロスがまちがってちがう部屋のドアを開けてしまったのではないかと思った。

「うわあ!」ロスが叫んだ。ハンナと同じくらい驚いているようだ。「フラットスクリーンテレビだ! 九十インチはあるぞ……いや、それ以上かも!」

「リビング全体の模様替えをしたのね!」ハンナの声はショックで震えており、ロスは彼女を床におろした。「見て、すてきな新しいカーペット!」

「ソファも。三つもあって、リクライニングできるらしい。六人掛けだ。きみの家族を招いてビデオ鑑賞ができる」

ロスはハンナの腕を取ってソファのほうに導こうとしたが、彼女はその手を振り払った。「待って。キッチンを見なくちゃ！」

ハンナはキッチンの戸口に急ぎ、明かりをつけた、すべて出発したときのままのようだ。安堵《あんど》のため息をついてにっこりした。「変わってない」

「新しい設備がほしかった？」

「いいえ。このキッチンはわたしの希望どおりのものなの。変えないでくれてうれしいわ」

「それならわたしに感謝してよね」背後で声がして、ハンナが振り向くと、ミシェルだった。「このキッチンに何かしようとすれば、命を危険にさらすことになるわよって、わたしが母さんに進言したんだから」

「ありがとう、ミシェル！」ハンナは末の妹に腕をまわして抱きしめた。「みんなでリビングルームを模様替えしてくれたなんて、信じられない」

ドロレスが戸口にやってくると、そこにたたずんでハンナに微笑みかけた。「新しいリビングルームの家具は気に入ってもらえたかしら、ディア」

「新しいカーペットもね」ドロレスの背後にアンドリアがやってきて付け加えた。「わたしが色を選んだの。〝オータム・リーヴズ〟という名前なのよ。秋の葉みたいな茶色と赤だから」

「美しいわ」ハンナがアンドリアを見ると、まだ箱を抱えていた。「何がはいってるの、アンドリア?」

「姉さんのために作った新作のクリスマスクッキーよ。ケーキミックスを使ったホイッパースナッパー・クッキーで、グランマ・マッキャンの大好物なの」

ハンナは妹に微笑みかけた。アンドリアの家の住みこみの子守兼家政婦が気に入ったクッキーなら最高にちがいない。グランマ・マッキャン自身がお菓子作りの名人で、ハンナもいくつかレシピを提供してもらっているのだ。

「どこがクリスマスクッキーなの?」妹が新作クッキーについてしゃべりたくてしかたないのを察して、ハンナはきいた。

「緑と赤だから。クリスマスカラーでしょ。ピスタチオ・プディングの素を使って、緑色の食用色素も加えたの。赤はドライチェリーを入れたけど、まだ足りないと思って、ひとつずつ上にマラスキーノチェリーを飾ったの」

「おいしそうね」ハンナは妹に言った。「今夜試食できるの?」

「ええ。みんなでいっしょにディナーを食べるんだもの」

「ふたりが疲れていなければね」ドクが急いで付け加えた。

「全然疲れてないわ」ハンナは請け合った。「ロス? あなたはみんなとディナーを食べられないほど疲れてる?」

「いいや。それに、少しお腹がすいてきたよ」

「じゃあ、アパートの残りの部分を見てもらって、ほかの人たちも着いたら、すぐに食事にしましょう」ドロレスが仕切った。そして、アンドリアとミシェルのほうを見た。「あなたたちはテーブルの準備をして。わたしとドクはハンナとロスにほかの場所を見せるから」

「待って」ハンナはもう一度美しいカーペットを見おろし、廊下までずっとつづいているのに気づいた。「アパートじゅうにカーペットを敷いたの？」

「キッチンとバスルーム以外はね」アンドリアが言った。「きっちりきれいに敷き詰めれば、もうモシェも下に何も隠せないでしょ」

「それはありがたいわ」アパートを買ったときついてきた古い緑色のカーペットを思い出して、ハンナは言った。あとで取り出して遊ぶためのおもちゃのネズミを隠しておくのにちょうどいいので、モシェがカーペットを数カ所はがしてしまったのだ。

「まずは主寝室を見てくれ」ドクがドロレスの腰に腕をまわして言った。「ロリがベッドルームの家具一式を選んだんだが、ふんわりした白いカーテンのついたデルフトブルーのベッドルームと、フレンチ＝フロヴィンシャル（ロココやネオクラシックの流れをくむ十八世紀半ばのフランスの地方の様式）の家具にしたがったから、わたしは強硬に反対したんだ」

「あの家具は美しかったわ。あなただってそう思ってるくせに！」ドロレスは言い返した。

夫をにらもうとしたが、口角を上げて軽く笑みを作り、からかっているのだとみんなに知らせた。そして、ハンナとロスに向き直った。「あなたたち、わたしに感謝するべきよ」

「どうして、母さん?」母がますます愉快そうなのに気づいて、ハンナは尋ねた。

「この人は支柱にハイイログマが彫られた丸太のベッドにしようとしたんだから。いまにもだれかをずたずたに引き裂こうとしているようなクマで、あのベッドで寝たら毎晩悪い夢を見るに決まってるわ!」

「おいおい、ロリ」ドクは彼女の腕を軽くたたいた。「そんなに言うほどひどくなかっただろう。あのベッドルーム家具一式は、有名なチェーンソー・アーティストのデザインだったんだぞ! たんすの引き出しのノブはどんぐりでできていて、鏡の枠ではリスが追いかけっこをしているんだ。ベッドはユニークで、同じものはふたつとない。一点ものなんだ」

「たしかに店員はそう言ってたけど、一点ものがすぐれているとはかぎらないわ。そのチェーンソー・アーティストは、ひとつしか売れないだろうと思ったわけでしょ!」

ドクは笑って、またドロレスに腕をまわした。「きみの言うとおりかもしれないな。あのクマは少し威嚇的だった」彼はハンナとロスに向き直った。「それでわたしたちは歩み寄って、地中海風に落ち着いたんだ。ロリはきみたちを襲いかかるクマから救ってくれたし、わたしは折れそうにきゃしゃな椅子や金縁の渦巻き模様から救った」

「フランス革命の恐怖からもね」ハンナは調子を合わせて言った。また家族に会えるのはとてもいいものだし、みんなの結婚祝いにはほんとうに驚かされていた。あまりに多すぎて一度にすべてを把握することはできないが、これから家族のありとあらゆる心遣いに感謝する時間はたっぷりあるだろう。それに今夜は、みんなが帰ったあと、新しいベッドルームの新しいベッドで眠ることで、レイク・エデンでのふたりの生活をはじめることができるのだ。

ハンナのメモその3：
ドライチェリーがなければ、チェリー風味のドライクランベリーで代用を。

作り方

① 大きめのボウルにホワイトケーキ・ミックスとピスタチオ・プディング・ミックスを入れ、フォークでよく混ぜる。

② もう少し小さいボウルにクールホイップと溶き卵を入れ、お好みで緑色の食用色素を加える。色が均一になるまで混ぜる。混ぜすぎないこと。

③ ②に刻んだドライチェリーと刻んだナッツを加え、やさしく混ぜこむ。

④ ③を①のボウルに加え、木のスプーンかゴムべらで慎重に混ぜる。均一に混ざればオーケー。クールホイップの空気が抜けないようにすること。

⑤ 覆いをかけて冷蔵庫で2時間冷やす。こうすると生地がべたつかない。すぐに丸めようとすると指にくっついてしまう。

ハンナのメモその4：
アンドリアによると、金曜日の夜寝るまえに生地を作って冷蔵庫に入れておき、土曜日の朝にトレイシーといっしょにクッキーを焼くこともあるという。

スプモーニ・ホイッパースナッパー・クッキー

材料

ホワイトケーキ・ミックス……1箱（約500g入り。わたしはダンカン・ハインズのホワイト・クラシックを使用）

ピスタチオ・プディング・ミックス……1パック（わたしはジェローのものを使用）

緑色の食用色素（必要なら）……数滴

溶き卵……大1個分

解凍した冷凍ホイップクリーム……2 1/2カップ（わたしはクールホイップを使用。計量すること。クールホイップ1本だと多すぎる）

刻んだ殻なしのピスタチオ……1/2カップ

刻んだドライチェリー……1/2カップ（わたしはマリアーニのものを使用）

仕上げ用の粉砂糖……1/2カップ

飾り用のマラスキーノチェリー……小瓶1個

ハンナのメモその1：
クールホイップの量に注意。プディングの素を加えるので、
解凍したクールホイップの量は2 1/2カップになる。

ハンナのメモその2：
殻なしのピスタチオがなければ、わざわざ自分で殻を割る必要はない。
刻んだピーカンナッツやクルミ、アーモンドで代用を。
味は変わるがおいしさは変わらない。

← 次頁につづく

アンドリアのメモその2：
生地は焼く分だけ丸め、残りは覆いをかけて冷蔵庫に入れておくこと。
うちにはダブルオーブンがあるので、
一度に天板2枚分のクッキーが焼けるけど。

⑪ 175℃のオーブンで10～12分焼く。
指で軽くたたいて固まっているか確認する。

⑫ オーブンから取り出し、天板のまま2分おいて粗熱をとったあと、
ワイヤーラックに移して完全に冷ます。
オーブンペーパーを使った場合は、
オーブンペーパーごとワイヤーラックに移せるので簡単。
ワックスペーパーにはさんで、
涼しくて乾燥した場所に保存する
（冷蔵庫は冷たいけど、乾燥してはいません！）。

ピンクとグリーンの層が美しいイタリアのアイスクリーム、
スプモーネに似た、ソフトで噛みごたえのあるクッキー、
大きさにもよるが3～4ダース分。

アンドリアのメモその1：
もしクリスマスが近くて、クリスマス用のクッキーにしたければ、
〈クールホイップ〉に混ぜる緑色の食用色素を多めにすること。
クッキーの上にのせるチェリーの赤と、食用色素の緑で、
クリスマスカラーになる。

⑥ 生地が冷えたら、オーブンを175℃に余熱する。

⑦ オーブンが温まるのを待つあいだに、
天板にパムなどのノンスティックオイルをスプレーするか、
オーブンペーパーを敷き、浅めの小さいボウルに
粉砂糖を入れておく。

⑧ オーブンが温まったら、冷蔵庫から生地を取り出し、
ティースプーンで生地を丸くすくって
粉砂糖のボウルのなかに落とす。
生地を転がして粉砂糖をまぶしつけながらボール状にする。

ハンナのメモその5：
先に手に粉砂糖をまぶしておいて生地をボール状に丸めるほうが簡単。
手が生地まみれになったら、流水で洗うだけでいい。
一度にたくさんの生地を粉砂糖のボウルに入れないようにするのもコツ。
転がす余裕があれば、生地同士がくっつかない。

⑨ 充分間隔をあけてボール状の生地を天板の上に並べる。

⑩ マラスキーノチェリーの軸を取って縦半分に切り、
クッキーひとつにつきチェリー 1/2個を、
生地の上に切り口を下にして置く。

4

外階段を上がってくる足音を聞いて、ハンナは急いで玄関を開けにいった。猫用キャリーケースをふたつ持ったノーマンだった。「ハイ、ノーマン。来てくれてすごくうれしいわ！　はいって！」

ノーマンはなかにはいると、すぐにキャリーをラグの上に置いた。「二匹ともキャリーに入れられて機嫌が悪いんだ」彼は言った。

「いつもそうよ」モシェも、ノーマンの飼い猫のカドルズも、キャリーのなかで不機嫌そうにしているのに気づいて、ハンナは言った。

「おかえり、モシェ！」愛猫にあいさつする。ロスには言わなかったが、旅行中ずっとモシェが恋しかったのだ。

モシェはキャリーの網越しに哀れを誘う目つきでハンナを見た。そして、聞いたこともないほどもの悲しい鳴き声をあげた。

「ごめんよ、でっかいくん」ノーマンがモシェに言った。「すぐに出してあげるからね」

彼はテーブルに集まっているほかのみんなに手を振ってからハンナを見た。「もうすぐマイクとロニーが来るよ。ぼくが階段をのぼりきったとき、車がはいってきたから」

モシェがまた鳴いたので、ハンナは彼を外に出すまえにキャリーに手を置いた。「みんな、座って」家族に注意する。「これからモシェを外に出すけど、どこに走っていくかわからないから」そして、ノーマンを見た。「カドルズを同時に出したら、大惨事にはならないかも」

ハンナはノーマンがキャリーの扉を上げる準備をするのを待った。「オーケー。位置について。用意……スタート！」

ふたりが同時に扉を上げると、二匹の猫が飛び出してきた。驚いたことに、モシェはキャリーから出されたときいつもするように、廊下を駆け抜けてはいかなかった。まっすぐハンナに突進して、腕のなかに飛びこんだのだ。

身がまえていたにもかかわらず、ハンナは一歩うしろに下がることになった。幸い、バランスは保つことができた。

「大丈夫、ハンナ？」ロスが急いでそばに来て尋ねた。

「ええ」ハンナはモシェの頭の毛に鼻をうずめながら答えた。

「きみのほうはわからないけど、モシェはきみがいなくて淋しかったんだね」ノーマンが言った。

「そうみたいね」ハンナは十キロもあるオレンジ色と白の猫弾をかろうじて受け止めたせいで、まだ息を弾ませていた。

「ぼくが代わりに抱こうか?」ハンナが少し息を切らしているのに気づいて、ロスが申し出た。

「いいえ、大丈夫よ。この子が新しいソファの背を気に入るかどうか、たしかめてみましょう」

ハンナは歩いていって、いちばん近くにある新しいレザーソファの背にモシェを置いた。

「引っかくかしら?」ドロレスはそのことが少し心配らしい。

愛猫がやわらかなレザーの上に落ち着いてのどを鳴らしはじめるのを見て、ハンナは微笑んだ。「それはないと思うわ。ネズミの皮でできているのでないかぎり」

「そんなわけないでしょ!」そう言われてドロレスはぞっとしたようだ。「このソファは……」アンドリアのほうを見る。「店員はなんて言ってたかしら、ディア?」

「牛革だったと思う」アンドリアはそう答えたものの、かすかに眉をひそめた。「それともヘラジカだったかしら。よく覚えてないわ、母さん。厚みがあって丈夫そうだと思ったことしか」

「心配いらないみたい」モシェのお気に入りの場所のひとつ、あごの下を掻《か》いてやりながら、ハンナが言った。「この子、満足して快適そうにしてるわ」

ドクが笑った。「そう願いたいね。店でいちばん快適なソファだそうだから」

モシェの行方を目で追っていたカドルズが、跳びあがって彼の横に落ち着いた。

「はい、ハンナ姉さん」どちらの猫も好きなサーモン風味の魚形おやつの容器を、ミシェルがハンナにわたした。「これがあれば、わたしたちが食事しているあいだおとなしくしてくれるでしょ」

ハンナは笑顔でうなずいたが、そうはいかないのではないかと思った。探検したくなるような新しいものがたくさんあるし、モシェもカドルズも、たいていの猫がそうであるように好奇心旺盛だ。容器を振って、モシェとカドルズに三つずつおやつを与えたとき、玄関でノックの音がした。

「きっとマイクとロニーだわ」ミシェルが玄関に飛んでいってドアを開けた。「ビルもいっしょよ」階段をのぼってくる三人目の人物に気づいて付け加える。

「あら、よかった！」アンドリアが立ちあがり、夫を迎えるために玄関に急いだ。「来られるかどうかわからないと言ってたけど、いちおう呼んでおいたのよ」

あいさつが交わされ、みんなが椅子に落ち着くと、ダイニングテーブルに十人がひしめくことになった。ロスからペパロニとソーセージのピザをひと切れ受け取りながら猫たちのほうを見たハンナは、彼らの姿が見えないことに気づいた。

「きっと探検してるんだよ」ハンナの注意がそれたことに気づいて、ロスが言った。

「そうね。でなければ……」ハンナはミシェルのほうを向いて、小声で言った。いまは食事中なのだ。「モシェのトイレはまだ洗濯室にある？」

「あるわよ」ミシェルが答えた。「ここに着いてすぐに確認したわ。何も心配ないわよ、姉さん。えさはキッチンに用意してあるし、水入れはいっぱいだし、トイレはきれいにしてあるから。姉さんの帰宅に備えて全部準備しておいた」

「ありがとう」ハンナは末の妹に微笑みかけながら言った。確認する必要はないだろう。モシェのためにすべて準備しておいたとミシェルが言うなら、そのとおりだろうから。ミシェルはハンナと同じくらいモシェを愛しているのだ。

「今夜は泊まっていく？」ミシェルに尋ねた。「ゲストルームの準備はもうできてるみたいだし、とてもすてきよ」

「今夜はやめとく」ミシェルはほかの人に聞かれないように姉に身を寄せた。「ロニーが大学まで送ってくれることになってるの。明日、演出クラスの期末試験があるのよ」

「緊張してる？」

「そうでもない。自信があるから。稽古のために母さんの車で家と大学を往復してたの」

ハンナは驚いた。「通学に毎日二時間半もかけてたの？」

「週三日だけよ。演出クラスは月曜と水曜と金曜だから。火曜日と木曜日はこっちにいて、作業員に目を光らせてたの。夜はひとりであの家に泊まったわ。前庭の芝生に売り家の札が立っている家を無人にしておくのはよくないって、アンドリア姉さんが言うから。不動産の学校で先生がその点を強調してたんですって」

「もっと大きな街や都会ではそうだと思うけど、レイク・エデンではそんなに犯罪は起こらないわよ……」ハンナはそこで小さなため息をついた。「もちろん、殺人は別にしてね。家が売れるまで、遠距離通学をつづけるつもり？」

「その必要はないわ。もう売れたし、買い手は今日引っ越してくるの。書面の手続きがすむまでは賃貸で住むことになってるけど、それは頭金になるから、どちらにとっても好都合なのよ。ローンの審査も問題ないだろうってアンドリア姉さんは言ってるし。とにかく……すべて終わってくれてうれしいわ。ひとりであそこに泊まるのはちょっと怖かったから。気づいたんだけど、わたし、いままでひとりで住んだことがないの。大学に行くまでは母さんと住んでたし、大学ではいつもルームメイトがいたでしょ。レイク・エデンに帰ってきたときは、いつも姉さんのところに泊まってたし」

「これからもそうしていいのよ」ハンナはやさしく言った。「いつだってゲストルームに泊まっていいんだから」

「それはわかってるけど……もうそういうわけにはいかないでしょ」ミシェルはそう言うと、さらに身を寄せた。「姉さんたちは結婚したばかりなのよ。ふたりきりですごさなきゃ。それかせめて、おじゃま虫がいてもいいかどうかロスにきくべきよ」

そのとき、ビルがミシェルに質問をしたので、話はそこまでになった。実のところ、ロスがなんと言うかはわからなかった。ハンナとしてはミシェルにいてもらいたいが、ロスはそうは思わないかもしれない。じゃまだと思う可能性もある。ロスはミシェルが気に入っているので、まさかとは思うが、きいてみてたしかめる必要はあるだろう。これも結婚で変わったことのひとつだ。これまではなんでも自分で決められたのに、結婚したいまは夫のことを考慮しなければならないのだ。

微笑みうなずくハンナのまわりを、会話が流れていった。ハンナはほとんど無言のまま、家族たちが結婚祝いにくれたすべてのものを把握しようとしていた。アンドリアが〝メディアルーム〟と呼んだ部屋の巨大フラットスクリーンテレビ、映画館の座席のようなソファ、そしてその他のあらゆる電化製品。塗りたての壁の色に合う、ビロードのような肌触りの新しいタオルが備えつけられたゲスト用バスルーム。おそらくアンドリアが選んだのであろう色彩設計に合う色の、新しい寝具を備えたゲスト用ベッドルーム。さらに、新しい地中海風の寝室家具と、部屋の雰囲気にぴったり合う寝具類を備えた主寝室、新しい設備とカラーコーディネートされたタオル、新しくなったシャワーとバスタブのあるバスルーム。

「少なくとも、タオルはペアじゃないわね」ハンナは思いを声に出した。

「なんの話、ディア?」ドロレスがきいた。

「なんでもない。そろそろ猫たちの様子を見に行かなきゃと考えてたの。やけに静かだし、ドクがエビとサヤエンドウ炒めの容器を開けようとしてるから」

椅子をうしろに押して立ちあがり、廊下を歩きながら、ハンナはひどく妙な気分だった。新しいカーペットは気に入っていた。自分で買えるようになったらまさに選んでいただろうという品だった。だが、いくら結婚祝いのプレゼントだからといって、だれかにそれを買ってもらうのは、なんだか違和感があって落ち着かなかった。

これはなんなのだろう？　ベッドルームに向かいながら、この気持ちをはっきりさせようとした。おそらくもやもやしているのは、プレゼントがあまりにも高価で、あまりにも突然だったからだろう。ほんとうは自分たちで買えるようになるまで待ちたかった。でも、そんなふうに感じてしまうのは、いくらなんでも恩知らずよね？　これだけのことをしてもらえるほど家族に愛されているという事実を、よろこぶべきじゃないの？

もはやこれまでのものとは似ても似つかないベッドルームの戸口にたたずむと、ベッドから小さないびきが聞こえてきた。ハンナはこの夜初めて自然に笑顔になれた。モシェはハンナの枕の上で体を伸ばして寝ていた。いつも夜中にハンナから盗む枕の上で。枕を盗まれないように買い与えたモシェの枕の上では、カドルズが体を伸ばして、猫の天使のように眠っていた。

ハンナはしばらく微笑みながら二匹を見ていた。モシェとカドルズにとって新しい家具は快適なようだ。変化に動揺している様子はまったくない。動物界の英知から学んで、贈られたものは感謝の心で受け入れるべきなのかもしれない。それでもやっぱり、ちょっとやりすぎという気はするけれど。

「今日きみが仕事に行くとは思わなかったよ」翌朝、バスローブ姿でキッチンの戸口に現れたロスは言った。

「そうするべきだと思ったの。リサはただの従業員じゃなくて、共同経営者よ。それなのに、一週間以上もひとりで働いてる」テーブルについて座っていたハンナは夫に微笑みかけた。「飲みたければコーヒーを淹れたわよ」

「コーヒーはあとで飲むよ、ハニー。シャワーのまえには飲まないことにしているんだ。出かけるときは携帯用カップに入れていって、仕事中にも飲む」ロスは彼女に歩み寄って頬にキスした。「すぐにシャワーを浴びる？　それとも先に浴びていい？　早く行くとKCOWのボスに約束したんだ」

「お先にどうぞ」そろそろ席を立ってシャワーを浴びようと思っていたにもかかわらず、ハンナは急いで言った。「わたしはここに座って、コーヒーを楽しむわ」

ロスはキッチンを出ていき、ハンナはしばらくそこに座っていた。朝の平和がぶち壊しだ。ミシェルを恋しく思っていることに気づいた。ミシェルがここに泊まって、翌朝コーヒーを淹れてくれるのは、なんてすてきなことだったのだろう。それに、いつもおいしい朝食を作ってくれた。ミシェルが試作したいと思っていた新作のマフィンや、なんらかの目新しい朝食を。

シャワーの音が聞こえてきて、ハンナはため息をついた。こっちが生活習慣を変更しなければならないらしい。いつでも好きなときにシャワーを浴びるのに慣れていたが、そこにひとり同居人が増えた。ロスも出勤まえにシャワーを浴びる必要がある。そして、ふたりは同じ主寝室を使っている。

朝のスケジュールをすり合わせるのはそれほどむずかしくないはずよ、と自分を励ました。ハネムーンのときは、どちらも決まった時間に出勤するわけではなかったから、問題はなかった。うちに帰ってきたいまは、ふたりとも平日に働いているのでそうはいかない。それぞれにとって不便のないように、ルーティンを作成する必要があるだろう。アンドリアとビルはなんの問題もなく同じバスルームを使っている。妹夫婦にできるのなら、ハンナとロスにできない理由はない。ハンナがもっと早く起きて先にシャワーを浴びるか、ロスが先に起きればいいことだ。ふたりならすべて解決できるだろう。いっしょに暮らすことに慣れるまでは、時間がかかるというだけだ。

座っているうちに、別の問題が頭に浮かんだ。夫のために朝食を作るべきなのだろうか？　それとも、その必要はないのだろうか。知るわけないじゃない！　結婚したことがないんだから。朝食を作るとしたら、すばやくできて簡単なものでなければならない。ロスは早く出勤すると職場に言っているのだから。

テーブルのまえから勢いよく立ちあがって、何がストックしてあるか確認するために冷蔵庫に急いだ。適当に買い物をして冷蔵庫に入れておくとミシェルが言っていたのだ。

二段めの棚に白い食パンが一斤あった。買った記憶はないからミシェルが入れてくれたものだろう。ドアポケットには牛乳パックがあり、これもミシェルが買ったものだ。棚の一番下には、ハンナが出発まえに買った卵の六個パックがあった。消費期限までまだ一週間あるので、これも使える。もちろん砂糖の容器もある。冷蔵庫のなかに砂糖は欠かせない。おろすまえのナツメグと、二週間まえに買ったばかりのシナモンと、未開封のメープルシロップもあった。これらの材料を使えば、ハンナの好物の簡単な朝食が作れる。ロスのためにオーブン・フレンチトーストを作ろう。彼がキッチンに戻ってくるまでにできるから、自分もシャワーを浴びて支度をすることができる。

最初にしたのは、オーブンの扉を開けて、なかに天板がないかたしかめることだった。たしかめるのを怠って、食べ残しのピザ二切れを焦がしたことがあるのだ。冷蔵庫のなかを掃除しようとオーブンに入れたものの、電話が鳴ったせいで忘れていたのだった。

オーブンのなかに何もないことを確認すると、二百六十度にセットして余熱をはじめ、そのほかの必要な材料を集めた。そして、幅広の浅いボウルを出し、オーブン・フレンチトーストの卵液を作りはじめた。

ハンナは笑みを浮かべながら材料を量り、混ぜ合わせ、オーブン・フレンチトーストを焼くのにぴったりの型を見つけた。ロスのために朝食を作るのはいやではなかった。いっしょに昼食をとれるかどうかはわからなかったし、ともに流動的なスケジュールのせいで夕食時間もはっきりしないので、毎日いっしょにとれるのは朝食だけになるかもしれない。朝食のメニューを調べて、ふたりで楽しめる食事を考えるのが楽しみだった。

「にゃあああ！」

空の食事用ボウルのそばに立っているモシェを見た。「ごめんね、モシェ。この朝食をオーブンに入れたら、ごはんをあげるから」

それで愛猫は少し気がすんだらしく、ハンナは選んだ型に急いでパンを並べ、オーブンに入れてタイマーをセットした。そして、戸棚からチキン風味のキャットフードの缶を取り出し、どうしてラベルにチキン〝風味〟と書いてあるのだろう、と一瞬思った。ドライフードにそれを混ぜ、スプーンでモシェのボウルによそった。

猫が食べはじめるのを見ながら、朝食時に自分が仕事に出かける準備をするだけでなく、子供とペットと夫の世話をしなければならない、世の働く妻の忙しさを思った。自分には子供もいないしペットも一匹だけなのに、モシェにえさをやり忘れるところだったのだから！

作り方

① 大きめの浅いボウルに卵を割り入れ、
フォークか泡立て器で混ぜる。

② 牛乳、白砂糖、塩、シナモン、ナツメグを順に加えながら
よくかき混ぜる。

③ 23cm×33cmのケーキ型にバターを入れ、余熱したオーブンに
1分入れてから鍋つかみを使って取り出す。
オーブンは切らないこと。

④ パンの両面を手早く②の卵液に浸し、③の型に並べる。
卵液が残ったら、パンの上からできるだけ均等にまわしかける。

ハンナのメモその3：
卵液に浸したパンはつぶすようにして型に詰めていかないと、
8枚全部はいらないので注意。

⑤ 鍋つかみを使って型をオーブンに入れ、
260℃で裏面に焼き色がつくまで焼く。通常5〜8分。
（パンの縁をフォークで持ちあげて確認すること）

⑥ 底に焼き色がついたら、フォークでひっくり返し、
さらに2〜4分または裏面（表だった部分）がこんがりするまで焼く。

⑦ オーブンから型を取り出し、家族がテーブルにつくまで
アルミホイルをかぶせておく。

⑧ たっぷりの有塩バター、シロップ、ジャムなどともに出す。

オーブン・フレンチトースト

●オーブンを260℃に温めておく

材料

卵……大3個

牛乳(成分無調整)……3/4カップ

白砂糖(グラニュー糖)……大さじ1

塩……小さじ1/4

おろしたシナモン……小さじ1/4

おろしたナツメグ(できればおろしたてのもの)……小さじ1/4

白い食パン……8枚

有塩バター……大さじ2

ハンナのメモその1:
リサは夫のハーブの好物なのでレーズン入りのパンを使うこともあるそう。
わたしはシナモンが渦巻き状にはいったパンを使ったことがあるが、それもおいしかった。

ハンナのメモその2:
電動ミキサーを使う必要はない。フォークで充分。

← 次頁につづく

ひとり1枚なら8人分、2枚ずつなら4人分だが、
これはマイクを招いていない場合。
彼なら3枚か、ときには4枚でも食べそう。

アンドリアのメモ:
このレシピは簡単なのでわたしでも作れる。
ビルはブルーベリーやアプリコットなどのフレーバーシロップをかけるのが好き。
トレイシーとベシーはバターとストロベリージャムを塗るのが好き。

リサのメモ:
ハーブのためにこれを朝食に作るとき、すごく急いでいる場合は、
卵液に浸したパンをフライパンに入れ、中火で両面を焼く。
このやり方でもおいしくできる。
ミネソタの夏はとても暑くて蒸すし、
オーブンを使うとキッチン全体が暑くなるので、
この夏もそうするつもり。

5

「ねえねえ、ハネムーンはどうだった?」ハンナが〈クッキー・ジャー〉の裏口をはいった瞬間、リサが尋ねた。

キングサイズのベッドのそばに目覚まし時計をセットすることなく、スイートルームのドアのすぐ外に熱いコーヒーのカラフェが用意され、広大なバルコニーのテーブルでロスとともに朝いちばんのコーヒーを楽しんだ、まったりとけだるい朝を思い出してハンナは微笑んだ。「すてきだったけど、日常に戻れてうれしいわ」

「ミシェルから聞いたわ。留守のあいだにみんながアパートメントの模様替えをしてくれたんですってね」

「ええ、そうなの」

リサは深呼吸をした。「これはきくべきことじゃないのかもしれないけど……気に入ってる?」

「もちろん! キッチンには手をつけないでくれたの。少しでもキッチンを変えたら恐ろしいことになるからって、ミシェルが母さんを脅したらしいわ。そして、ほかの場所については……まあ……感謝しなければならないでしょうね。巨大フラットスクリーンテレビがあるせいで、アンドリアはリビングをメディアルームと呼んでるし、新しい家具と寝具つきの主寝室はゴージャスだし、シャワーなんてとうてい信じられないようなものなのよ」

「シャワーも新しくしてくれたの？」

「ええ。すごさを実際に知ったのは今朝だけどね。タイルはすべて新品で、腰掛けられるベンチがあって、調節可能なジェット水流の噴出口が四カ所にあるの。立っていれば、背中と首のうしろのマッサージができるのよ」

「すごい！」リサはすっかり感銘を受けたようだ。「ハーブがほしがりそう。朝起きるといつも首が凝ってて、いろんな治療法を試してるの。結婚直後から、特殊なネックピローやクリームを買うのにそうとうお金を使ってるのよ。そういうシャワーがいくらぐらいするかわかる？」

「母さんにきけばわかるわよ。あと三十分ぐらいでここに来るはずだし。昨夜のディナーのときにそう言ってたから」

「昨夜は家族とディナーだったの？」ハンナがうなずくと、リサはぎょっとしたようだった。「でも、ハネムーンから帰ってきた日でしょう。家族全員のためにあなたが料理したなんて言わないでよ！」

「料理はしてないわ。うちに帰ったらみんなが待っていて、テイクアウトの食べ物を持ってきてくれてたのよ」

「それならいい……のかしら。あなたとロスがふたりきりになりたいんじゃなかったら」

「別にいいの。一週間ずっとふたりきりだったんだもの。それに、久しぶりにみんなに会えてうれしかったし」

「お母さんはあなたに話すのが待ちきれなかったんでしょうね、あのことを……」リサはそこでごくりとつばをのみこんだ。そして、咳払《せきばら》いをして言った。「ごめんなさい。トリー・バスコムのことを考えるとちょっとうるっときちゃって。彼女はとても親切で、わたしに無料で演技レッスンをしてくれたの。とても見込みがあるから、レイク・エデン劇団で毎公演主役をやるべきだと言って」

「時間を見つけてやるべきよ。稽古があるときはわたしが残業して、あなたに少し早めに来てもらえばいいし――」

「いいの」リサはハンナの申し出をさえぎってきっぱりと言った。「ここでお話会をするほうが性に合ってるから。話のコツは、トリーにたくさん教えてもらったし」

「いまでもすごく上手だと思うけど」

「うまくやればお店も繁盛するでしょ。今日はトリーの話をするつもりで、早めに来たのはそのためもあるの。いつもクッキーが売り切れちゃうから、今回は多めに作ろうと思って」

「このいいにおいはそのせい？」ハンナは空気のにおいをかいで微笑んだ。「チョコレートとオレンジかしら？」

「そうよ。昨日できたばかりの新しいレシピなの。名前はオレンジ・ファッジ・クッキーよ。さっきオーブンに入れたところだから……」リサは厨房の壁の時計を見た。「あと数分で焼きあがるわ。お母さんから聞いた殺人事件のことを教えて」

「何も聞いてないの。帰ってきて最初の夜だから、そのことは話題にしないようにアンドリアとミシェルが言い含めたんだと思うわ」

「きっとそうね。わたしに話すときは時間を無駄にしなかったもの。実を言うと、昨日の朝五時に裏口のドアを開けたとき、そこでドロレスが待っていたの」

「ほんと？」ハンナは驚いた。「母さんが朝の五時にここにいたの？」

「五時ぴったりにね。チョコレートが入ったものはまだ何も焼いていなかったのに」

ハンナは笑った。ドロレスは昔からずっとチョコレートに目がないのだ。「母さんはきっとあなたのオレンジ・ファッジ・クッキーが気に入るわよ」

「そう願ってるわ。死体を発見した話をしてくれたとき、お母さんはすごく動揺してたのよ、ハンナ。声が震えていて、立っていられなかったの。あなたの秘訣を知りたいわ」

「何の秘訣？」ハンナは当惑した。

「殺人の被害者を見つけても、すごく落ち着いているでしょう？」リサはそこでことばを切り、少し考えた。「きっとこれまで何度も体験しているからよね。いまではもう……その……予感がするんじゃない？」

ハンナは考えてみた。「そうね、予感がするときもあるわ。何かがおかしいと感じるときも。本能が告げていることはまちがいだと自分に言い聞かせるんだけど、本能の声はたいてい正しいのよ。予期していたとしても、それでもやっぱりショックだけど」

「そうかもしれないけど、いつも正しいことをしてるじゃない。保安官事務所に電話して、マイクかほかの警官が来るのを待ってるし、何があったかを警察に理路整然と伝えるあいだもすごく冷静でしょう。わたしならぼろぼろになっちゃうと思う、もし、その……見つけたら」

「そんなことないわよ。きっとするべきことをするわ。人は案外強いものよ。それに、わたしは殺人の被害者を見つけるのに慣れているわけじゃないわ。すぐに感情が表れないってだけ」

リサは考えこんでいるようだ。「マイクもそうなのかしら」

ハンナは少し考えてみた。「そうかもしれないわね。マイクも家でひとりきりだったら動揺するのかも」

「タイマーが鳴ったわ」リサが鳴りはじめた電子音に気づいて言った。「クッキーをオーブンから出すわね。少し冷めたらひとつ味見して、お母さんに気に入ってもらえるか判断して」

「チョコレートははいってるのよね?」

「ええ。製菓用チョコレートとチョコチップが」

「それなら気に入るわ。母さんはチョコレートを食品群のひとつだと思ってるから」

「すばらしいクッキーね!」ドロレスはこれから焼くクッキーの天板を業務用オーブンに入れているリサに言った。

「ありがとうございます、ドロレス」リサは褒められて礼を言った。「気に入ってもらえてよかったわ」

ドロレスはコーヒーをひと口飲んでから、三つ目のクッキーに手を伸ばした。「チョコレートとオレンジの組み合わせって大好きよ」

「でしょうね」ハンナはそう言って母に微笑みかけた。「チョコレートとならどんな組み合わせでも好きなんだから」

ドロレスは少し考えてから言った。「チョコレートとピクルスはだめよ。あなたの作るチョコレート・ザワークラウト・クッキーはおいしいけどね、ディア」

「ありがとう」ひとつだけにしておくつもりだったにもかかわらず、ハンナはリサのクッキーをもうひとつ取った。体重計に乗って確認したわけではないが、ハネムーン・クルーズのあいだに少なくとも二キロは体重が増えているはずだ。「さあ、母さん。トリー・バスコムの死体を発見したときのことを話して」

ドロレスは深呼吸をし、クッキーをもうひと口食べた。そして、ハンナとロスがレイク・エデンに戻ってくるまえの晩のことを話しはじめた。ハンナは母がその話をこれまでに少なくとも二回していることを知っていた。マイクには事情聴取のときに話しているはずだし、〈クッキー・ジャー〉で披露できるようリサにも話している。アンドリアとミシェルにも事件の直後にすべて話しているだろうに、ドロレスの両手はまだかすかに震えていたので、ハンナはクッキーの皿を母のほうにすべらせた。

ドロレスは長い時間をかけて話した。ハンナは注意深く耳を傾け、母がくわしく思い出せるように、ときおり質問をさしはさんだ。

「これで全部よ」ドロレスは話し終えると、視線を上げて娘の目を見た。「とても勇敢だったとドクは言ってくれた」

「ほんとうにそうよ」ハンナは同意した。「母さんのしたことはすべて正しかったわ」

「マイクはそう思ってないの。わたしがひとりでトリーのアパートメントにはいったのが気に入らないのよ」

「そりゃそうよ」

「わたしの行動は愚かだったと思う？」

「まちがいなくそう思うわ」ハンナは笑顔でそう言うと、祖母のお気に入りだったフレーズを引用した。「〝これ以上ないほど愚か〟ってやつよ。でもね、母さん……もしわたしがそこにいたら、まったく同じことをしていたと思う」

ドロレスは笑ったあと、不意に黙りこんだ。「マイクはわたしのことを怒ってるんじゃないかしら」

「もちろん怒ってるわよ。マイクは融通がきかない刑事だし、仕切るのが好きだから。きっと、自分が行くまで待てと言ったんでしょう」

「そうだ」マイクがドア口でそう言って、ふたりをびっくりさせた。「あなたは警察からの直接の指示に逆らった。それが起訴理由になることを知っていますか、ドロレス？」

「あなたからの直接の指示に逆らったわけじゃないわ。指示が聞こえなかったのよ。電話からギャーギャー声がしてたけど、トリーをさがすのに忙しくて聞き取れなかったの」

「今度はギャーギャーですか。ギャーギャー鳴くのはオウムです。警察官じゃありません」マイクはドロレスの肩に手を置いて、からかっていることを示してから、隣のスツールに座った。「あなたのことが心配だっただけなんですよ、ドロレス。危険な状況だったかもしれないんですから」

「わかってるわ。よく考えていたら、ひとりでは行かなかったかもしれない。でも、トリーのことが心配で何も考えられなかったのよ。けがをしてるんじゃないか、助けを必要としているんじゃないかということ以外は」

「なんにしろ、もうすぎたことです」マイクは話を打ち切った。そして、コーヒーを運んできたリサに礼を言い、クッキーに手を伸ばした。「きみのお母さんのことがわからないよ、ハンナ。ぼくの直接の指示に逆らったと思ったら、いまはクッキーをひとりじめしているんだから。それを取り締まる法律がないとしたら、ぜひ必要だな」

女性三人が笑い、マイクはクッキーをかじった。三口で食べ終え、もうひとつ取った。

「このクッキーを取り締まる法律も必要だ」

「どうして？」マイクがまたからかっていることは重々承知でハンナは尋ねた。

「法に触れるほどおいしいだけでなく、まちがいなく依存性が高いと証言できるから」

「もっと持ってくるわ」リサはそう言うと、お代わりを取ってくるために、空っぽの皿を持って業務用ラックに向かった。

「今日のお話会は？」マイクがハンナにきいた。

「あるわ。リサは昨日も話してくれたみたい」ハンナは母のほうを見た。「昨日のリサのお話会は聞いたの？」

ドロレスは首を振った。「いいえ。聞くのが耐えられなかったの。わたしのなかではまだ何もかもが生々しすぎて。でも、今日は聞くつもり。わたしに質問したいお客さんもいるだろうから」

「きっといると思いますよ」マイクが立ちあがって言った。「ご婦人がたとの語らいは楽しかったけど、コーヒー休憩は終了だ。仕事に戻るよ」彼はハンナのほうを見た。「今夜はうちにいる?」

ハンナはその問いかけに驚いた。「ええ、もちろんいるけど」

「うちに帰るのは何時?」

ハンナはかすかに眉をひそめた。マイクがこんな質問をするなんて妙だ。「わからないわ。買い物に寄るかもしれないけど、五時半には帰ってると思う。どうして?」

「ノーマンといっしょにきみへの結婚祝いのプレゼントを買ったから、届けたいんだ。ロスもいる?」

「そのはずよ。遅くても六時には帰ると言ってたから。ノーマンもあなたもディナーを食べていく? クロックポット（保温調理鍋の商品名）で新しいレシピを試そうと思ってるの」

「もちろん! なんであろうとおいしいに決まってるからね。あとでノーマンに連絡して、いっしょに行くようにするよ」

マイクはためらい、ほかにも何か言いたいのだろうとハンナは思ったが、考え直したらしく、まっすぐ裏口に向かった。そして、振り向いて手を振ると、凍るように冷たい早朝の空気のなかに出ていった。

「結婚祝いのプレゼントって何かしら？」ドロレスが言った。「どちらからも意見を求められなかったけど」

ハンナは肩をすくめた。「わからないけど、明日教えるわ、母さん」

「そうしてちょうだい、ディア。さて、わたしも行かなくちゃ。今朝は〈グラニーズ・アティック〉を開けるつもりなの。ドナルド・マイヤーズから電話があって、正面のウィンドウに出してある手動ミシンを見たいと言われたのよ。革細工に使えるかもしれないからって」

リサはクッキーでいっぱいの袋をドロレスのまえに置いた。「このクッキーを持っていってください、ドロレス。コーヒー休憩用に」

「ありがとう！」ドロレスは笑顔で袋を受け取った。「このクッキーはきっと大人気よ。わたしにはわかるの。それと、リサ？」

「なんですか、ドロレス？」

「正午にあなたのお話を聞きに来るわね」

ハンナは立ちあがって母をドアまで送った。ドアを開け、朝の寒さのなかを隣のアンティークショップまで小走りで向かうものと思っていたら、ドロレスはノブに手を置いたまま立ち止まった。

「あなたにわたすものがあるの、ハンナ。マイクのまえではわたしたくなかったのよ。アンドリアも今朝コーヒーを飲みにここに来ると言っていたから、ふたりで〈グラニーズ・アティック〉に来てちょうだい。いいかしら、ディア?」

ハンナは困惑した。マイクに見られたくないどんなものをわたしたいというのだろう?

「わたしたいものってなんなの、母さん?」

「それは〈グラニーズ・アティック〉に来てから教えるわ。もう行くわね、ディア。ミシェルに電話して、お芝居がうまくいくように願ってると伝えたいの。もう一週間も稽古をつづけてるのよ」

「昨夜あの子と話したとき、演出クラスの最終試験があると言ってたけど」

「そうなのよ。クラス全員で一幕もののお芝居を作らないといけないんですって。今日が本番なのよ」

「わたしも成功を祈るとメールしておく」ハンナは約束した。母が何を見せようとしているのかは依然としてわからなかったが、もう一度尋ねたところで無意味なのはわかっていた。代わりに、出ていこうとする母を抱きしめた。「オーケー、母さん。あとでアンドリアといっしょに行くわ」

オレンジ・ファッジ・クッキー

材料

無塩バター……1 1/2カップ（336g）

製菓用無糖チョコレート……28g（わたしはベイカーズのものを使用）

白砂糖（グラニュー糖）……1 3/4カップ

濃縮オレンジジュース……1/2カップ（わたしはミニッツ・メイドのものを使用）

溶き卵……2個分（グラスに入れてフォークで混ぜる）

ベーキングソーダ（重曹）……小さじ2

塩……小さじ1/2

中力粉……4カップ（ふるわなくてよい。きっちり詰めて量る）

ミニサイズのチョコチップ……1カップ（わたしはネスレのものを使用）

仕上げ用のグラニュー糖……1/2カップ

作り方

① 耐熱ボウルにバターと製菓用無糖チョコレートを入れ、
電子レンジ（強）で1分温める。
さらに1分おいてから取り出し、とけているか確認する。
とけていなければ、20秒電子レンジにかけて
20秒おく工程をとけるまで繰り返す。

← 次頁につづく

⑩ オーブンを175℃に温める。

⑪ オーブンが温まるのを待つあいだに、天板にパムなどの
ノンスティックオイルをスプレーするか、
オーブンペーパーを敷く。

⑫ 浅めのボウルに仕上げ用のグラニュー糖を入れておく。

⑬ ボウルからラップをはがし、清潔な手で生地を
クルミ大のボール状に丸める。
ひとつずつボウルのなかで転がしてグラニュー糖をまぶし、
準備した天板に充分な間隔をあけて置く。
オーブンに運ぶとき転がらないように指で軽くつぶす。

ハンナのメモその3:
生地のボールを小さくすると、よりさっくりしたクッキーになる。
その場合は焼き時間を短くすること。
わたしは8分たったらオーブンのなかのクッキーをチェックする。

⑭ 175℃のオーブンで10〜12分、または縁がこんがり
色づくまで焼く。クッキーは焼いているうちに横に広がる。
オーブンから取り出し、天板のまま2分おいて粗熱をとったあと、
ワイヤーラックに移して完全に冷ます。

ハンナのメモその4:
このクッキーは冷凍できる。
硬貨のように重ねてホイルでくるんでから
フリーザーバッグに入れて冷凍すれば、3カ月ほどもつ。

おいしいチョコレートとオレンジのクッキー、
大きさにもよるが8〜10ダース分。

②白砂糖を加えてよくかき混ぜる。

③濃縮オレンジジュースを加えてよくかき混ぜる。

④粗熱がとれたら溶き卵を加えてよくかき混ぜる。

ハンナのメモその1:
〈クッキー・ジャー〉ではこのクッキー生地を作るのにスタンドミキサーを使う。
家では手で混ぜてもいいが、電動ミキサーを使うほうがずっと簡単。

⑤ベーキングソーダと塩を加えてよくかき混ぜる。

⑥中力粉を1カップずつ加え、その都度よくかき混ぜる。
中力粉を加えたあとはかなり硬くなる。

ハンナのメモその2:
小麦粉を加えるときはきっちり1カップずつでなくてもよい。
少しぐらい多くても少なくてもだれも気にしない。
加えたあとかき混ぜるのを忘れなければよい。

⑦スタンドミキサーを使った場合はミキサーからボウルをはずし、
ミニサイズのチョコチップを手で混ぜこむ。
どのクッキーにもチョコチップがいきわたるよう均等に。

⑧ボウルにラップをかけて少なくとも2時間冷蔵庫に入れておく
(ひと晩ならなおよい)。

⑨焼く準備ができたら冷蔵庫からボウルを取り出し、
ラップをかけたままカウンターなどにおいておく。
こうして少し室温になじませると作業がしやすい。

6

「わたしたいものってなんなの、母さん？」ドロレスの店の二階にあるアンティークのレッドオークのテーブルに全員がついたところで、ハンナは尋ねた。

「これよ」ドロレスはＶＢのイニシャルがついたレザーのトートバッグを取り出した。

「トリー・バスコムのトートバッグね？」アンドリアが言った。

「そうよ。なかにあるものを見せるから待って！」ドロレスは表紙に金色の装飾的な文字で〝スケジュール帳〟と書かれた黒い革製の手帳を取り出した。

きくのは怖いような気がしたが、ハンナはきいた。「殺された日にトリーは何か書いてる？」

「ええ」ドロレスは問題のページを開いた。「朝の八時から夕方五時までは一時間ごとに区切られてる。五時のところにベッキー・サマーズの名前があるわ。五時以降はひとつの欄になってて、時間は区切られていない」

「ベッキーが？」ハンナは驚いた。「彼女が演劇に興味を持ってるなんて聞いたことなかったけど」

「そうじゃないの」ドロレスが説明した。「ベッキーはジョーダン高校の演劇クラスの小道具係を手伝っているのよ。息子さんが主役を演じるから。トリーが全部話してくれたわ。見つけるのがむずかしい古風な小道具がたくさん必要だから、ベッキーがそういった古いものをさがす手伝いをしているの」

「そして、母さんはベッキーの手伝いをしているのね」ハンナは難なく結論にたどり着いた。

「そうよ。すでに古い手押しポンプを見つけたし、いまは井戸の索具の台をさがしているところなの。これがそう簡単じゃないのよ。このあたりのほとんどの農場は、五十年以上まえに井戸を処分してしまっているから」

「そんなことまで手伝うなんて、とても親切なのね、母さん」母がさらに細かい説明には いるまえに、ハンナは言った。「トリーが何かに動揺していたかどうか、あの夜だれかに会う予定があると言っていたかどうか、ベッキーにきいてみた?」

「もちろんよ、ディア。ベッキーはジョーダン高校の彼女のオフィスでトリーに会って、十分ほど小道具について話し合ったそうよ。そのあとトリーは、自宅のスタジオで人と会う約束が二件あるから急いで帰らないと、と言った。だれとの約束かは言わなかったし、ベッキーもきかなかった。トリーの様子におかしなところはなかったかベッキーにきいてみたけど、機嫌がよかったし、ごく普通に見えたそうよ」

「五時以降はだれの名前も書かれてないの？」アンドリアがきいた。

「トリシア・バーセルの名前があるわ。時間は六時。トリシアは〈レイク・エデン劇団〉が感謝祭に上演するお芝居の主役なのよ。名前はもうひとつ書いてある」ドロレスはため息をついて言った。「でも、すぐに役に立ちそうにはないわ」

「どうしてそう思うの、母さん？」アンドリアがきいた。

「最後に書かれている名前は〝M・デュモント〟なのよ」

姉妹はけげんそうに目を合わせ、アンドリアが先に頭に浮かんだことを口にした。「このあたりでデュモントという名前は聞いたことがないわ」

「わたしもよ」ドロレスは言った。「だから役に立ちそうにないと言ったの。でも、ちゃんとトリーの字で書いてあるし、彼女の字はとてもきれいよ。たしかにM・デュモントと書いてある。まちがいないわ。それに、名前のまえには時間も書かれている。M・デュモントはトリーが殺された夜の七時四十五分に彼女のアパートメントを訪ねることになっていたの」

ハンナは裏口から〈クッキー・ジャー〉の厨房にはいると、フックにコートを掛けてまっすぐコーヒーポットのところに行き、ちゃんとしたコーヒーをカップに注《つ》いだ。ドロレスにハーブティーを出されたのでしかたなく飲んだが、リサの午後のお話会のためにさらにクッキーを焼かなければならないので、一気にギアをトップに入れてくれるものが必要だった。

ステンレスの作業台のまえに座って、濃いコーヒーの最初のひと口を飲んだハンナは、人びとのざわめきや親しげなしゃべり声がコーヒーショップから流れてこないことに気づいた。いつもなら話し声や笑い声、コーヒーカップとスプーンがかちゃかちゃ鳴る音が聞こえるのに。立ちあがって、レストランスタイルのスイングドアにゆっくりと近づいたが、コーヒーショップは静かだった。まるでお客が全員帰ってしまい、椅子もテーブルもまったくの無人であるかのように。何か理由があって、リサは早じまいをしたのだろうか？緊急事態ということなら電話をくれるか、メモが残されているはずだ。

ハンナは厨房を見わたした。電話のそばのカウンターにメモはなく、静けさを説明するものは何もなかった。スイングドアを開けてたしかめようとしたとき、リサの声が聞こえた。

「せまい階段をすごい勢いで駆けおりたせいで、ドロレスは少し息を切らしながら、階下《した》のご近所さんのドアのまえに立っていました。そこで不意に、どうするべきかわからなくなりました」

ハンナはほっとして息を吐いた。リサがまた殺人事件の話をしているのだ。椅子を移動させたお客たちは、咳もせず、咳払いもせず、衣擦れの音さえ立てずに静まり返っている。みんなリサ演出のドロレスが死体を発見した話に夢中で、ひとことも聞きもらすまいとしているのだ。

「何かしなければならないのはわかっていました。でも何を？　彼女はできることを考えてみました。ヴィクトリア・バスコムが自宅で演技のレッスンをしていることは知っていました。さっき聞こえた悲鳴や銃声のような鋭い音や破砕音は、ひどくリアルな稽古の一部だったのでしょうか？　過剰反応をしてヴィクトリアの稽古をじゃますることになったら、恥ずかしい思いをするでしょう。でも、何か恐ろしいことが起こっているのだとしたら、何もしないよりはいいのでは？」

「わたしならノックしただろうな」男性の声がして、ハンナはガス・ヨークの鼻にかかった声だとわかった。

「わたしも同感よ、ガス！　友人のピンチを無視するくらいなら、恥ずかしい思いをしたほうがいいわ」女性の声は力強く、ハンナは思わず微笑んだ。グランマ・ニュードスンは今朝リサが店を開けたとき最初にはいってきたお客のひとりだが、まだいたのだ。

「ドロレスもまさにそうしたんです、グランマ」リサは言った。「手を上げてできるだけ大きな音でノックしました。でも、返事はありませんでした」

何人かが息をのむ声が聞こえた。トリー・バスコムが殺されたことはみんな知っているはずなのに。リサは観客を引きこむ術《すべ》を知っていた。トリー・バスコムは正しかった。リサにはたしかに演技の素質がある。

「ドロレスはもう一度ノックしました。さらにもう一度。だれかがなかにいるはずでした。彼女が聞いた音は、ヴィクトリア・バスコムのアパートメントからしていたのですから。友人が玄関口に現れないのには理由があるのでしょうか？　緊急用にヴィクトリアから預かっている鍵を使うべきなのでしょうか？」

「使うべき」何人かが声をそろえて言った。

「だめだ」男性が反論し、警官モードのマイクの声だとわかった。「すぐに警察に電話するべきだ」

「それこそまさにドロレスがしたことでした」リサは話をつづけた。「保安官事務所に電話して助けを求めたのです。彼女はあなたと話したんですよね、マイク」

だが、彼女が先をつづけるまえに、マイクの声が割りこんだ。

「彼女はぼくと話したが、ぼくのアドバイスには耳を貸さなかった。電話を切らないでくれと言って、なかにはいったんだ。そのあとは話を聞いてくれなくなった。そこへロニーとぼくが急行したんだ」

ハンナはにやりとした。マイクがいちばん嫌いなのは、話を聞こうとしない人なのだ。「ドロレスはマイクがなんと言うかわかっていたので、携帯電話をポケットに入れ、鍵を使ってドアを解錠しました」

さらに息をのむ声がして、リサがみんなを椅子から乗り出させたのがわかった。リサの話は今朝一度聞いていたので、これからさらに増えていくお客のためにもっとクッキーを焼こうと、ハンナはレシピブックに戻った。

ラミネート加工されたレシピブックをめくったが、これといってピンとくるものはなかった。何か変わったもの、新しいものを焼きたかった。しばらく考えていると、あるアイディアが頭に浮かんだ。メレンゲクッキーはみんな大好きだ。そろそろ新作を考えてもいいだろう。

パントリーに行き、ひらめきを求めて棚を見あげた。ココナッツを使ったメレンゲクッキーは作ったことがない。それに、ドライパイナップルの袋もある。ココナッツとパイナップルはとてもよく合う。メレンゲクッキーはすべてエンジェルのついた名前にしているので、これはトロピカル・エンジェルと呼ぼう。

三十分もしないうちに、新作クッキーの一回目を焼き終え、二回目となる生地を余熱した業務用オーブンの回転台に置いていた。それを終えると、タイマーをセットしてまっすぐ厨房のコーヒーポットのところに行き、元気づけの一杯として自分のために熱いコーヒーを注いだ。ステンレスの作業台のまえのスツールに腰掛けようとしたとき、裏口をノックする音がした。

ハンナはにっこりしてドアに急いだ。ノックの音でだれだかわかった。思ったとおり、ノーマンがそこにいた。

「コーヒーは?」彼女はきいた。

ノーマンはドアのそばのラックにコートを掛けてうなずいた。「ありがたいね。外は寒いから」

ハンナはスツールに座ったノーマンのまえにコーヒーのマグを置いた。「わたしの最新作を試食してみる? トロピカル・エンジェルと呼ぶつもりなの」

「願ってもないよ!」ノーマンはちょっと笑って言った。「今日はランチ抜きだったんだ」

「何かトラブル?」ハンナは業務用ラックのところに行って、焼きたてのトロピカル・エンジェル・クッキーをいくつか皿に取った。

「そう言えないこともないね。ハル・マクダーモットがまたアプライアンスを壊したんで、ぼくは……」

「ちょっと待って!」ハンナがさえぎった。「まえに教えてもらったはずだけど、忘れちゃった。アプライアンスってなんだっけ?」

「ハルの場合、部分的なものでね。ブリッジって聞いたことがあるよね?」

ハンナはレイク・エデンからほんの数キロのところにミシシッピ・リバー・ブリッジがあるでしょと言いたいのをこらえて、ただうなずいた。歯科用語でブリッジが何を意味するかはわかっていた。

「ハルのそれが壊れて、縁がギザギザになってしまったんだ。取り外して、鋭利な部分をやすりでけずり、ハルには仮のものを装着した」

「ハルはまえにも壊してなかった？」ハンナは彼のまえにクッキーを置き、向かいのスツールに座った。

「そうなんだ。しょっちゅう氷をかじるから。昔からの習慣で、どうしてもやめられないらしい。今月壊したのはこれで二度目だよ。応急処置でしのいできたけど、今回はメーカーに送り返さなければならなかった」

「修理にはどれくらいかかるの？」

「少なくとも一週間は」

「じゃあ、ハルは一週間歯なしなの？」

ノーマンは首を振った。「歯は入れたよ。仮歯だけどね」

「よかった」

「まあね。でも、カフェの製氷機が壊れないかぎり、ぼくの作った仮歯はせいぜい一日か二日しかもたないだろうな」ノーマンはクッキーを取ってひと口かじった。そして、笑顔になった。「おいしいよ、ハンナ。南国の休暇を思わせる味だね。ぴったりのネーミングだ」

「ありがとう」ハンナは微笑みを返しながら言った。「きっとココナッツとドライパイナップルのせいね。トロピカルドリンクみたいな味になるから」

「ピニャコラーダだ。酒を飲んでいたころ、いちばん好きな飲み物のひとつだった」

ハンナは数年まえにノーマンが一滴も酒を飲まない理由を話してくれた日のことを思い出した。「お菓子にお酒を使うときはあなたに知らせるべきかしら？」

「その必要はないよ。食べ物にはいっているアルコールは大丈夫なんだ。ストレートで飲みたいとは思わないからね。それで思い出した……きみのところにビールはある？」

「ビールを飲みたいの？」

「ぼくじゃないよ。歯科学校時代の同僚からもらったレシピをきみに試してもらいたくて。彼は料理が得意で、パソコンにレシピを送ってくれたんだ」

「なんのレシピなの？」

「ビアマフィン。チリの日はかならず作るらしい」

「おもしろそうね。いまレシピはある？」

「いや、ないけど、彼のメールを転送するよ。今夜マイクとおじゃまするときに持っていくこともできるし」

「メールを送って。携帯電話で見てみるから。必要なものを〈レッド・アウル〉で買って、今夜のディナーにビアマフィンを作るわ」

「いいね！」ノーマンはうれしそうだ。「簡単なレシピだし、おいしそうだなと思ったんだ。ありがとう、ハンナ。味見するのが待ちきれないよ」

トロピカル・エンジェル・クッキー

●オーブンを135℃に温めておく

材料

卵……大6個

ドライパイナップル……1/4カップ（みじん切りにしてから量ること）

ドライマンゴー……1/4カップ（みじん切りにしてから量ること。
なければドライパイナップルのみじん切りを倍量に）

ココナッツフレーク……1カップ（みじん切りにしてから量ること）

クリームオブタータ……小さじ1/4

バニラエキストラクト……小さじ1/2

塩……小さじ1/4

白砂糖（グラニュー糖）……1カップ

中力粉……大さじ2（きっちり詰めて量る）

作り方

① 卵を白身と黄身に分けて別々の容器に入れる。
黄身は容器にふたをして冷蔵庫に入れ、
朝食用の黄身たっぷりスクランブルエッグや、
チョコレート・フランのキャラメル・ホイップクリーム添えを
作るときに使う。

← 次頁につづく

⑨ 生地をスプーンですくい、天板の上に充分間隔をあけて小山の形に落とす（メレンゲの小山はかなり低くなるが問題ない）。

⑩ 135℃のオーブンで約40分、または軽く色づいて、指で軽くさわったとき乾いた状態になるまで焼く。

⑪ オーブンから出し、天板ごとワイヤーラックに置いて冷ます。

⑫ 完全に冷めたら、オーブンペーパーからはがして密閉容器に入れ、乾いた涼しい場所で保管する（残念ながら冷蔵庫は乾いた場所ではない。こんろのそばでなければ戸棚のなかでよい）。

カリッとして口のなかでとろけるご機嫌なトロピカル風味のクッキー、3〜4ダース分。

注意！
トロピカル・エンジェル・クッキーはポテトチップスみたい。
あとを引くおいしさ！

白身は室温になるまでカウンターに置いておく
（こうすると泡立てたときかさが増す）。

② 天板にオーブンペーパー（これがいちばんうまくいく）か
小包用の包装紙を敷く。その上からパムなどのノンスティック
オイルをスプレーし、軽く小麦粉（分量外）を振っておく。

ハンナのメモその1：
すでに小麦粉がはいっている〈パム・ベーキングスプレー〉か、
ほかのブランドのベーキングスプレーを使ってもよい。

ハンナのメモその2：
ぴんと角が立つまで卵白を泡立てなければならないので、
電動ミキサーを使うほうがずっと簡単にできる。
銅製のボウルと泡立て器でもできるが、時間がかかるし疲れる。

③ スタンドミキサーのボウルに卵白、クリームオブタータ、
バニラエキストラクト、塩を入れ、軽く角が立つまで泡立てる。

④ 中速でさらに泡立てながら、砂糖の約1/3量を加え、
ミキサーを10秒間高速にしてから中速に戻す。

⑤ 残りの砂糖の半量を入れ、ミキサーを10秒間高速にしてから、
中速に戻す。

⑥ 残った砂糖をすべて入れ、同じ工程を繰り返したあと、
ミキサーをオフにする。

⑦ ミキサーを低速にして中力粉を加える
（せっかくメレンゲに空気を含ませたので、
空気が抜けないように気をつけてかき混ぜること！）。

⑧ ボウルをミキサーからはずし、ドライパイナップル、ドライマンゴー、
ココナッツフレークのみじん切りを加えて、ゴムべらで慎重に混ぜる。

7

　ハンナはアルコール売り場の通路に立って、携帯電話の画面をじっと見た。ノーマンがレシピを送ってくれたので、フローレンスが経営する〈レッド・アウル食料雑貨店〉に来ていた。レシピに目を通して、ビアマフィンは今夜のディナーに作るつもりでいるチキンストロガノフにぴったりだと判断したのだ。いつものように、だれかが立ち寄ったときのために多めに作るつもりでいたので、マイクとノーマンを自宅でのディナーに呼んでよかったと思った。

「ペール・ラガーの十六オンス瓶一本」

　材料を声に出して読んでみたが、それでもよくわからなかった。もちろん、ラガーがビールの種類ということは知っているが、どういう種類なのだろう？　生まれて初めて、もっとビール用語にくわしければよかったと思った。〝ペール〟というのは、肌の色に使うときと同じように、〝ライト〟の同義語なのだろうか？　テレビCMによると、ライトビールは普通のビールよりカロリーが低かった。きっとこれだろう。それとも、アルコールの度数が〝ライト〟なのだろうか？　アルコール度数三・二パーセントのビール《スリー・ツー・ビア》は普通のビールよりアルコール度数が低いというようなことを、ミシェルが言っていたような気がする。でもこのレシピに必要なのは十六オンス入りの瓶ビールなので、それでは答えになりようがない。

ハンナは棚から瓶ビールを一本取った。クアーズライト。〝ライト〟ということは〝ペール〟だろう。でも、ラガーなのかしら？　よくわからなかったので、何種類か組み合わせて買えるようフローレンスが売り場に置いている六本用のホルダーをひとつつかんだ。ホルダーを開いて、六つに分かれた箇所のひとつにクアーズライトを突っこみ、ショッピングカートの底に置いた。

つぎに手に取ったビールはニューカッスル・ブラウン・エールだった。ブラウンというのだからペールのはずはなく、その点は合致しない。エールということは、ラガーではないのだろう。ハンナはそれを棚に戻した。

つぎのビールはまるで謎だった。ピルスナー・ウルケル。ピルスナーというのはラガーなのだろうか？　わからなかった。だが、緑色の瓶のなかの液体は茶色ではなかったので、ホルダーに入れた。つぎはバドワイザーの瓶で、これで三つの異なる瓶ビールがはいったことになる。ホルダーにはあと三本分のスペースがあり、ハンナはラグニタスＩＰＡと書かれた別のビールを見つけた。もしかしたらこのＰは〝ペール〟を表しているのかもしれないので、これもホルダーに加えた。つぎに選んだのはコロナの瓶で、さらにベックスの瓶を加えた。カートを押してつぎの通路に向かおうとしたとき、製パン・製菓材料売り場の通路から話し声が聞こえてきた。

「あら、こんにちは！　ずいぶん久しぶりね！　もちろん、トリシアには稽古のたびに会ってるけど。彼女、とてもがんばってるわね、ヘレン」

イルマ・ヨークの甲高い声だとわかった。トリシアの名前が出ているということは、もうひとりの買い物客はトリシアの母親のヘレン・バーセルだろう。

ハンナはたちまち身がまえた。なんという幸運！　トリシアの名前はトリーのスケジュール帳に書かれていた。イルマとヘレンの会話に静かに耳を澄ましていれば、調査の役に立つことを何か聞けるかもしれない。

「会えてちょうどよかったわ、イルマ」ヘレンは言った。「〈レイク・エデン劇団〉の演出をだれが引き継ぐかご存じ？　公演中止になるんじゃないかとトリシアが心配してるの。あの子にとって初めての主役だから」

「わたしもわからないのよ、ヘレン。新しい演出家をさがす話は出ているんだけど、まだ結論に達していなくて」

「ほんとうに残念だわ。トリシアはとても熱心に演技のレッスンを受けていたのよ。もちろん、セリフだって全部覚えたし」

一瞬静かになったあと、イルマがまた口を開いた。「トリシアはトリーのことでとても動揺しているでしょうね」

「もちろんよ。あの夜、事件のまえにあそこにいたんだもの」

「知らなかったわ！　トリーのこと、トリシアはなんて言ってた？」

「六時半にうちに寄ったときは不機嫌そうだったわ。トリーに電話がかかってきて、レッスンを切りあげさせられたんですって。電話の相手に来るようにと言ったから」

「トリシアは電話の相手がだれなのか知ってるの？」

「いいえ。でも、あることを耳にはさんだみたい。わたしに話してくれたわ」

イルマが鋭く息を吸いこみ、ハンナにも彼女が息をのんだのがわかった。「どんなこと？」

「トリーが電話で言ったことよ。トリーはリビングで電話に出て、トリシアにはスタジオに行ってセリフのおさらいをするように言ったんですって。だからあの子はそうした。でも、ドアがちゃんと閉まっていなくて、トリーのしゃべっていることが聞こえたのよ」

「トリーはなんて言ってたの？」

「トリーが声を荒らげて、電話の相手を叱責するようなことばをいくつか聞いただけなんだけどね。もうがまんするつもりはないと言っていて、怒っているみたいだったそうよ。そして、たたきつけるように音をたてて電話を切ったんですって」

「それからどうなったの？」

「トリーはスタジオに来て、ちょっと問題が起きたからレッスンはこれで終わるけど、来週はもっと長くレッスンをして埋めあわせるからとトリシアに言ったそうよ」

「それから？」

「それで、トリシアは帰ったの」

「よかったわね！　もし……」イルマはことばを切り、また小さく息をのんだ。

「どうかした、イルマ？」

「トリシアがもう少し長くいたら、殺人犯と鉢合わせしていたかもしれないと思って！」

「そうなの、そのことは考えたくないわ。あまりに恐ろしくて！」

「ほんとうね！　トリシアは建物から出ていくときだれかを見たの？」

「わたしもまったく同じことをあの子にきいたのよ！　見なかったと言ってたわ。エレベーターでおりたとき、ロビーは完全に無人だったそうよ。駐車場に出て車に乗りこみ、そのままうちに来たの」

「駐車場にだれかが潜んでいるのを見たとか、そういうことはなかったのね？」

「ええ。〈レッド・ベルベット・ラウンジ〉でルーベンサンドイッチが食べられる夜だったから、たくさん車がはいってきていたみたい。町じゅうみんなあれが好きだものね。でも、普通じゃないものは何も見なかったし、ほかの車にはそれほど気をつけていなかった。

レッスンを切りあげさせられたことでまだ怒っていたから、急いでわたしのところに寄って、全部ぶちまけたかったんでしょう」

「レッスンが早めに終わってよかったかもしれないわね」

「いまにして思えばね」ヘレンはそこで小さなため息をついた。「わたしが知っていることはこれで全部よ、イルマ。だれにも言わないでくれるわね？」

「もちろんよ！　わたしは口が固いんだから。秘密は絶対に守るわ、こんな重要なことなんだし」

ハンナはもう少しで声をあげて笑いそうになった。こんなおかしな話は聞いたことがない。イルマ・ヨークはレイク・エデン・ゴシップ・ホットラインの創設メンバーで、帰宅したらすぐに電話で友人たちに話すのはまちがいなかった。

「もっと楽しい話をしましょうよ」ヘレンが言った。「ネッドの誕生日ケーキ用にどのケーキミックスを買えばいいと思う？　わたしはあの人の好きなチリとガーリックブレッドを作って、トリシアは彼の大好物の三種類の豆のサラダを作ってくれることになってるの。それでこの瓶入りのニンニクとタマネギをひと袋買ったのよ。ネッドはあの馬に頭を蹴られて以来ほとんどにおいがわからなくなって、スパイスを大量に使わないと味を感じないの。味蕾《みらい》によくないとお医者さまには言われてるんだけど、こんなに長引くとは思ってなかったから」

「ネッドが蹴られたのは六、七年まえよね？」

「そうよ。トリシアの馬に自分で蹄鉄《ていてつ》をつけようとしていたんだけど、セーブルは気に入らなかったみたいで。彼が蹄鉄工のまねをするのはあれが最後になったわ！　いまはアナンデールの蹄鉄工に電話して、農場まで来てもらってる」

「いつになったらネッドの嗅覚と味覚が戻るって、お医者さまは言ってるの？」

「いつ戻ってもおかしくないと言われたけど、わたしはあまり希望を持ってないわ。だから、いまはすべてのスパイスをまとめ買いしなくちゃならないの。大量に使わないとネッドは味がわからないから」

「あらまあ！」

ハンナはイルマがかなり驚いている様子なのに気づいた。その気持ちはよくわかった。味覚を失うというのは恐ろしいことだ。

「そんなにスパイスを使ったら、ほかの家族の食事が台なしにならないの？」

「それは大丈夫。ネッドのぶんはお代わりも含めて取り分けておいて、それだけに大量のスパイスを使うの。いちばんむずかしいのはパイよ。パイのひと切れだけにスパイスを増やすことはできないでしょ。それで、チキンポットパイに使うような使い捨ての小さい型を買ったの。フローレンスがわたしのために取り寄せてくれたのよ。それからネッドのパイは別に作ってる」

「それだとよけいな手間がかかるでしょう」

「そうでもないわ。どうせいつもパイフィリングを作りすぎちゃうから、クラストをよけいに作ればいいだけだもの。毎年ネッドのためにシナモンとクローブたっぷりのパンプキンパイを焼くのよ。最初の年はスパイスが一カ所に固まっちゃって、かわいそうにトリシアにその部分が当たってしまったの」

「それでどうなったの？」

「まずむせてから、大量に水を飲んでパイを流しこんだわ。ほんとにね、イルマ、スリー・リング・サーカスが来てるのかと思うような騒ぎよ」

イルマは笑った。「いい考えがあるわ。ネッドのためにスパイスケーキを作ったら？　カップケーキにして、彼用の生地にはスパイスを増量するのよ。そして、焼くまえに彼のカップケーキに楊枝を二本刺しておくの」

「それはいいアイディアね！」ヘレンはうれしそうだ。「バースデーキャンドルを立てておけば、フロスティングしたあとも彼のだとわかるし」

ハンナはだれかに肩をたたかれて振り向いた。そこに立っていたのはフローレンスだった。

「手伝いが必要かしら、ハンナ？」

「ええと……ええ、お願い、フローレンス」ハンナはすばやくごまかした。「今夜はチキンストロガノフにする予定で、それに合うワインをさがしてるの」

「お勧めはビールだけど、もう六種類の瓶ビールを選んだみたいね」フローレンスはハンナのホルダーにあるビールを吟味した。「いい選択よ、ハンナ」

ハンナは笑顔になった。「ビールのことはよくわからなくて。このなかにペール・ラガーってある？」

「ええ、コロナがそうよ。それと……ちょっと見せて」

「いいのよ、フローレンス。ひとつあれば充分だから。料理に使うの」

フローレンスは興味を引かれたようだ。「ペール・ラガーを使うなんて、どんなレシピなの？」

「ノーマンがくれたビアマフィンのレシピよ」

「おもしろそうね！　もしおいしかったら、レシピをもらえる？」

「いいわよ」

「ありがとう、ハンナ。それで、ワインだけど、かすかにフルーツの後味がする辛口の白をお勧めするわ」

ハンナはさまざまなワインの特徴についてのフローレンスの説明を聞き流した。シャトー・スクリュートップと呼んでいる〈コストマート〉の安い白ワインの大瓶がすでに冷蔵庫にあるのだが、お義理でフローレンスから一本買わねばならないだろう。

フローレンスは店にあるワインの長所を語りつづけ、今日は〈レッド・アウル食料雑貨店〉に来るだけでずいぶんいろいろな情報を得られたことにハンナは気づいた。もし急いでいなくて、もう少し通路に立って周囲の会話に耳を澄ましていられたら、重要な手がかりが耳にはいるかもしれない。この現象は〝見えない買い物客トリック〟と呼べるだろう。ハンナとリサが〈クッキー・ジャー〉の店内でコーヒーのお代わりを注《つ》いでまわるとき、お客たちは彼女たちがそこにいることに気づかず、個人的なことをどんどん話すという、見えないウェイトレスのトリックと同じくらい効果的だ。

ミシェルがここにいてくれたら！　フローレンスに選んでもらったワインを受け取って、会計の列に並びながら、ハンナは思った。トリシアとミシェルは連絡をとりあっているし、ハンナの末妹は、殺人のあった夜、トリーのアパートメントでトリシアが何を見て、何を聞いたのか、情報を引き出すのにうってつけの人物だ。だが、ミシェルはマカレスター大学に戻ってしまった。感謝祭の休暇までレイク・エデンには戻らないだろう。

二階の自宅に向かって外階段をのぼっているとき、リビングルームの窓がわずかに開いていることに気づいた。妙だ。今朝仕事に出かけるときたしかに閉めたし、ロスはわたしよりも早く出たのに。

泥棒にはいられたのだろうか？　マイクかビルに電話するべき？　一瞬迷ったが、すぐにその考えを一蹴した。泥棒が窓からはいったとしたら、窓は割れているか、少なくとも人ひとりがはいれるくらいは開いているはずだ。泥棒なら網戸を元に戻すような時間はなかっただろうし、モシェの前脚で窓は開けられない。ロスが昼間帰ってきて開けたか、今朝ハンナが閉め忘れたかだろう。

開いた窓に近づくと、おいしそうなにおいがただよってきてハンナを迎えた。チョコレート。これはおそらくとけたチョコレートだ。まちがいない。うっとりするようなチョコレートの香りの向こうに、今朝クロックポットにセットしておいたチキンストロガノフの鶏肉とタマネギのにおいもほのかにする。なんて奇妙なのだろう！　まるでだれかが彼女のアパートメントのなかにいて、キッチンで何かデザートを作っているかのようだ。

「にゃあああ！」

アパートメントのなかからモシェの鳴き声が聞こえてきて、ハンナは笑顔になった。階段をのぼってくる飼い主を見つけたのだろう。怖がっているような鳴き声でも不安そうな鳴き声でもなかったので、侵入者や泥棒の心配をするのはやめた。

階段をのぼりきり、鍵を取り出して、そのままドアを解錠した。ドアを開けるとモシェが飛び出してきて、ハンナはうしろに倒れそうになった。

「ごめん！」おなじみの声がした。「わたしがドアを開けると声をかけるべきだったわね。気にしないでくれるといいんだけど、姉さんにもらった鍵を使ってはいらせてもらったの」

ミシェルだった。ハンナはにっこりした。「もちろん気にしないわよ。そもそものために鍵をあげたんだから。いつ着いたの？」

「一時間半ぐらいまえ。ロニーに送ってもらったの。来て大丈夫だった？　もしおじゃまなら、母さんとドクのところに泊まるけど」

ハンナは驚いて末妹をまじまじと見た。「どうしてじゃまだと思うの？」

「昨夜話したでしょ。新婚だから、ロスとふたりきりになりたいんじゃないかと思ったのよ」

「ばかなこと言わないで。うちにはゲストルームがあるし、あんたは立派なゲストなんだから。泊まるのは大歓迎よ」

「それはうれしいけど……ロスもそうかたしかめたほうがいいんじゃない？　母さんとドクのところには空いてるベッドルームがたくさんあるし、なるべく迷惑をかけたくないのよ」

ハンナはちょっと考えてみた。「ロスもきっとそうしてほしがると思うけど、もしそれで気が楽になるなら、電話してたしかめるわ。それはそうと、レイク・エデンで何をしてるの？　感謝祭の休みまで帰ってこないつもりかと思ってた」

「そのつもりだったけど、わたしの手がけた芝居は観客に大好評だったの。担当教授にもね。教授は上機嫌で、〈レイク・エデン劇団〉の演出をする許可をくれたのよ。感謝祭の初日まで二週間しかないし、トリーがいなくなったんで、演出家が必要になるから」

ハンナは笑顔になった。「そのアイディア、母さんが裏で糸を引いてそう。ちがう？」

「そうよ。母さんが教授に電話してたのんだの。わたしがここに戻って、感謝祭に上演する〈レイク・エデン劇団〉の演出ができるように。教授は大学にかけあって、希望すれば自主研究の単位にもなるようにしてくれた。二時間まえに電話があったの」

ハンナは妹を抱きしめた。「すばらしいじゃない、ミシェル。あんたならきっとすばらしい仕事をするわ」

「それだけじゃないの」ミシェルは得意げな笑みを浮かべた。「〈レイク・エデン劇団〉にいる友人ふたりから仕入れた話によると、トリーは団員たちとかなり衝突していたみたいだから、劇団内にも容疑者がいるかもしれない」

ハンナは笑った。「じゃあ、〈レイク・エデン劇団〉の演出をすることで、わたしのモグラになりたいの？」

「モグラはやめてよ。一度父さんに見せられたけど、大きな足と小さな目をした醜い生き物だった。潜入捜査官だと思うほうがいいわ。わたしはいい演出家よ、姉さん。いい仕事をすると約束する」

「それは一瞬たりとも疑ったことはないけど」

「じゃあロスに電話して、わたしがここに泊まってもいいかきいて。母さんに車を使ってもいいと言われてるから、送り迎えの必要はないわ。それと、ロスを無理やり説得するのはやめてね。もし迷惑だと思われてるならここにいたくないから」

「あんたが作ってるチョコレート味のお菓子をひとつ味見したらきいてみる」ハンナは約束した。「おいしそうなにおいね」

「おいしいといいけど。わたしの芝居に出演した子のお母さんのレシピなの。舞台稽古のときひと箱送ってきてくれて、すごくおいしかったのよ！　焼かなくていいから、作るのはすごく簡単なの」

ハンナはミシェルのあとからキッチンにはいり、冷蔵庫から型が出されるとため息をついた。「ブラウニーみたいな感じ？」

「少しね。ブラウニーとチョコバーの中間と言ったほうがいいかな。まだ完全に固まってないけど、縁のほうなら切っても大丈夫そう」

ハンナはチョコバーのようなブラウニーの最初のひと口を食べて言った。「たまらなく贅沢《ぜいたく》ね！」キッチンテーブルのまえに座って言った。「足りないものといえばただひとつ……」

「ちゃんとあるわよ」ミシェルはハンナのことばをさえぎって、彼女のまえにブラックコーヒーのマグを置いた。

「完璧。ありがとう、ミシェル」ハンナはコーヒーをひと口飲んで、幸せそうな笑みを浮かべた。「このお菓子はすごく濃厚だから、ぜひともコーヒーが必要ね」

「わたしも最初に試食したときそう思った」ミシェルはテーブルの上のクロックポットを示した。「何を作ってるの？　それと、ディナーにはだれが来るの？」

「試しに作ってみようと思った鶏料理よ。チキンストロガノフと呼ぼうと思ってる。おいしいといいんだけど」

「すごくいいにおいだし、姉さんが作ったんだからきっとおいしいわよ」

「お墨付きをありがとう。おいしくなかったら、〈コーナー・タヴァーン〉にハンバーガーを食べにいく？　ディナーにはマイクとノーマンが来ることになってるの。ふたりから結婚祝いのプレゼントがあるんですって。こうしてあんたも来たから、マイクはロニーも連れてくるかもしれないわ」

「すてき。ロニーも来れば、六人になるわね。姉さんの試作品が失敗だったら、もちろん〈コーナー・タヴァーン〉にハンバーガーを食べにいくわよ。絶対そうはならないと思うけど。ところで、六人でもチキンストロガノフは足りるの？　それとも、きくまでもなかった？」

「充分足りるわ。エッグヌードルを添えるつもりだし、サラダの材料も買ってきたの。チーズ入りのビアマフィンも作るしね。デザートはあんたのブラウニー・チョコバーにしましょう」

「ビアマフィン?」ミシェルはけげんそうに繰り返した。「ビールのマフィンなんて、いままで聞いたことがないわ」

「ノーマンがレシピをくれたのよ。歯医者の友だちからもらったものらしいわ。ぜひ作ってみたいと思って」

「ノーマンはカドルズを連れてくる?」

「さあ」

「電話して連れてくるように言って。サラダシュリンプの大袋を買ってきたんだけど、サラダに入れてもあまるから。それと、ロスに連絡するのも忘れないでね」

「いまするわ」ハンナはそう言うと、ベッドルームに向かった。ロスとの会話は内密にする必要がある。もしミシェルを泊めたくないと言われたら、拒絶されたと思わせないように、何か言い訳を考えなければならないだろう。

ドアを閉めてこっそり電話をする準備をしながら、幸運を願って指をクロスさせた。そしてその指をほどき、ロスの携帯電話の番号を打ちこみ、また指をクロスさせた。

「ハンナ!」ロスは二回目の呼び出し音で出た。「ぼくが恋しかったかい?」

「もちろん」ハンナはすばやく言った。「でも、電話したのはそれが理由じゃないの。いまミシェルが来てるのよ。バスでレイク・エデンに戻ってきたの。それで、うちのゲストルームにあの子を泊めてもいいか知りたくて」

「もちろん、いいよ!」

すばやい返事に、ハンナは安堵のため息をついた。「ほんとにいいの? ミシェルはわたしたちがふたりきりになりたいんじゃないかと気にしてるけど」

「きみがいやじゃなければ、ぼくはいいよ」

ハンナの心はちょっと痛んだ。ロスはふたりきりでなくてもかまわないのだ。それっていいこと? それとも悪いこと? どっちなのだろう。よく考えるまえに尋ねていた。

「ふたりきりになりたくないの?」

「もちろんなりたいよ、クッキー!」今度も返事は早かった。「でも、これからずっとふたりきりでいられるんだ。いずれミシェルだって結婚して子供を持つだろう。そして自分の家族を持つ。そうなればきみとすごす時間はあまり取れなくなるかもしれない。彼女との時間を楽しむべきだとぼくは思うよ」

あなたの家族はどうなの、とロスに尋ねたかったが、これは別のときに話し合うことだろう。ロスの家族についてハンナが知っていることといえば、彼が電話をしたところ結婚式には来られないと言われたことだけだった。

「オーケー、わかった」ハンナは急いで言った。「あなたがほんとうにかまわないなら、泊まるのを歓迎するとミシェルに伝えるわ」

「かまわないよ。それどころか、ミシェルが泊まるのは大歓迎だ。〈クッキー・ジャー〉でのきみの仕事が楽になるしね。きみも彼女にそばにいてもらって、トリー・バスコムを殺した犯人さがしを手伝ってもらいたいんだろう」

「そうね。ミシェルがいてくれたら助かるわ。実を言うと、あの子の友人に、わたしの質問に答えられそうな人がいるの。その人に話をききにいくときミシェルも同行してくれれば、ひとりで行くよりもっと情報を得られるかもしれない」

「ミシェルはいつまでレイク・エデンにいられるって？」

「二週間か、もしかしたらもう少し長く。ミシェルは暫定的に〈レイク・エデン劇団〉の演出をすることになったの。ちょうど上級演出クラスを履修していて、ここでの助っ人活動で単位をもらえることになったのよ」

「それはますます都合がいいね。トリー・バスコムは演出家だったんだろう？」

「そうよ。トリーは〈レイク・エデン劇団〉の演出家で、ジョーダン高校でも演劇を教えていたの」

「ミシェルが劇団の人たちと働くことになれば、演出家としてのトリーについて何かわかるかもしれないね。稽古で特定の人物にきびしかったか、お気に入りはいたか、団員たちとうまくやっていたかとか、そういうことが。ごめん、ちょっと待っていてくれるかな、ハンナ」

ハンナが何事かと眉をひそめると、ロスはがたんと音をたてて電話を置き、何やら同僚に言った。そして、またがたんと音がして電話口に戻ってきた。

「ごめん。もう切るよ、ハンナ。六時ごろ帰る」

「よかった。マイクとノーマンと、おそらくロニーも夕食に来ることになってるの。マイクとノーマンは結婚祝いのプレゼントを持ってきてくれるんですって」

「ああ、いいじゃないか。じゃあね、愛してるよ、ハンナ」

わたしも愛してるわ、とハンナが言うのを待たずに、ロスは電話を切った。

ブラウニー・チョコバー

材料

有塩バター……1カップ（225g）

カシューバター……1カップ

粉砂糖（大きなかたまりがなければふるわなくてよい）……450g

砕いたバニラ味のビスケット（わたしはナビスコ・ニラを使用）……1 1/2カップ

セミスイートまたはミルクチョコチップ……1カップ（170g入り1袋）

ハンナのメモその1：
バターはまえの晩に冷蔵庫から出してふたつきのボウルに入れておくと、
翌朝にはちょうどいいやわらかさに。

ハンナのメモその2：
わたしはフードプロセッサーの断続モードでビスケットを砕く。
フードプロセッサーがなければ、ジッパーつきのビニール袋に入れて麺棒で砕く。
細かく砕くようにすること。

作り方

① ボウルに有塩バターとカシューバターを入れ、
なめらかになるまで木のスプーンで混ぜる。

② 粉砂糖を加えてよくかき混ぜる。

③ 砕いたビスケットを加えてよくかき混ぜ、
全体にいきわたらせる。

← 次頁につづく

④ 23cm×33cmのケーキ型に
パムなどのノンスティックオイルをスプレーする。
または、型に厚手のアルミホイルを敷いてから
スプレーする。

⑤ ③を型に入れ、できるだけ平らに型の底に広げる。

⑥ チョコチップを湯せんするか、
ソースパンに入れてつねにかき混ぜながら弱火にかける。
または、耐熱ボウルか2カップ入りの計量カップに入れ、
電子レンジ（強）に1分かけたあと、
そのまま庫内に1分おく。
取り出してかき混ぜ、なめらかになっているか確認する。
まだかたまりがあるようなら、さらに20秒電子レンジにかけて
20秒庫内におく。なめらかになるまでこれを繰り返す。

⑦ とけたチョコレートを⑤の上に流し入れ、
耐熱のスパチュラでできるだけ均等に広げる。

⑧ 冷蔵庫に入れて固める。少なくとも2時間かかる。

⑨ 固まったら、冷蔵庫から出してブラウニーの大きさに切り分ける。

切り分ける大きさにもよるが、24〜36切れ分。

8

ハンナは笑顔でクロックポットをテーブルに運んだ。チキンストロガノフとヌードルを味見したら、とてもいい味だった。チーズ入りビアマフィンもとてもおいしく出来あがり、前菜としてミシェルが作ったサラダにとてもよく合った。

ミシェルがエッグヌードルのはいった大きなボウルを持ってハンナにつづいた。チキンブイヨンを四個入れたスープでゆでたものだ。ミシェルがお湯を切って、ボウルのなかでくっつかないようにバターであえると、メインの料理が完成した。

「すごいごちそうだね、ハニー」ひと口目を食べてロスが言った。「しょっちゅうこういうものを食べることになるなんて言わないでくれよ」

ハンナはけげんそうな顔をした。「どうして？　何か嫌いなものがあった？」

「全部好きなものだよ。だから問題なんだ。毎晩この調子で食べたら、体重が何十キロも増えてしまう」

テーブルにいる全員が笑い、ハンナも笑った。最初はロスがまじめに言っているのかと思ったが、からかっているだけだったのだ。

「デザートもあるのよ」ハンナはロスに言った。「ミシェルが作ってくれたの。おいしいわよ。三切れ以上食べたかったら、夕食のあとでスウェットパンツに履き替えたほうがいいわ」

「どんなデザート？」ロニーがミシェルにきいた。

「ブラウニー・チョコバーと名づけたデザートよ。演出クラスの女子のひとりが稽古のときに持ってきてくれて、そのレシピをもらったの」

「危険そうだな」マイクがヌードルのお代わりを皿に取りながら言った。「これでやめておくべきかもしれない。さもないと、デザートがはいらなくなる」

「それはおかしいわ」ハンナがにっこりして言った。「あなたは生まれてこのかた、デザートがはいらなくなったことなんかないでしょ？」

「姉はぼくがアイスクリームを断ったときのことを覚えているらしいよ。しかも、大好きなチョコレート味のアイスクリームを」

「ほんとに？」ハンナはきき返した。

「姉によるとね。ぼくは幼すぎて覚えてないけど」

これでマイクは笑いを取ったが、ノーマンが黙りこんでいることにハンナは気づいた。

「どうかした、ノーマン？　今夜はほとんどしゃべってないけど」

ノーマンは首を振った。「なんでもないことかもしれないけど、明日カドルズをドクター・ボブのところに連れていこうと思ってるんだ。最近眠ってばかりいるから」

「モシェとさんざん追いかけっこをしたから疲れてるのかもしれないわ」ハンナが言った。「あの子は家のなかに別の猫がいることに慣れていないし、おそらくあなたがいないあいだ二匹で一日じゅう遊んでいたんだろうし」

「そうだね。でも、いちおう念のために連れていくよ。カドルズはドクター・ボブが好きだから。どうせ年に一度の健康診断もあるし、どこか悪いところがあって、警告のサインを見逃していたんだとしたら、後悔するだろうから」

「わかるわ」ハンナは言った。「わたしもモシェがそうなったら大事をとると思う。わたしにとってはモシェがすべてだから」

「きみにとってはぼくがすべてなんだと思っていたよ！」ロスがいきなり会話にはいりこんできた。「ぼくは猫のつぎだなんて言わないでくれ！」

ハンナはあわててロスを見た。動揺しているようにも見えるが、いまにもにやりとしそうな顔つきだったので、からかっているのだろうと思った。「モシェはただの猫じゃないわ。毛皮をまとった人なの。あなたもわたしにとってすべてよ。でも、あなたかモシェかどちらかを選べなんて言わないでね。そんなことできっこないから」

遅ればせながら、そこでノーマンの顔に浮かんだつらそうな表情に気づいた。婚約者のドクター・ベヴが猫アレルギーのふりをしたため、ハンナにカドルズを預かってもらっていたときのことを思い出したのだろう。ハンナが手を伸ばしてノーマンの手をにぎり、考えなしに発言してしまってごめんなさいという気持ちを示すと、彼はいいんだという笑みを返してくれた。

「車のトランクから結婚祝いのプレゼントを取ってくるよ」ノーマンはそう言うと、立ちあがって玄関に向かった。

「待ってくれ、ぼくもいっしょに行くよ」マイクがあわてて言った。「あれはすごく重いから」

「ポップコーン・マシーンを持ってきてくれたの?」ノーマンが自宅のメディアルーム用に一台買ったのを思い出して、ハンナが尋ねた。

ノーマンは首を振った。「ちがうよ。でも、同じくらいいいものだ。きっと気に入ってくれると思う」

ロスとロニーはテーブルを片づけ、ハンナはコーヒーを淹れ、ミシェルはブラウニー・チョコバーを切り分けた。マイクとノーマンが戻ってきたときには、すっかりデザートの準備が整っていた。

「わあ!」ふたりが大きな箱を運んでくると、ロスが叫んだ。「ずいぶん大きいんだね!」

「実際はそれほど大きくないよ」リビングルームのまんなかに箱を置いて、マイクが言った。

「そうなんだ」ノーマンも言った。「緩衝材がかなりはいってるから。カリフォルニアの倉庫から送られてきたんだよ。いま開けるかい、ハンナ？　そうすればデザートを食べながらぼくとマイクでくわしく説明できるけど」

ハンナはロスのほうを見た。「ねえ、わたしたちの結婚祝いのプレゼントなんだから、ふたりでいっしょに開けましょうよ」

ハンナがテープを切り、ロスが大きなダンボール箱を開けた。そして、ふたりで山ほどの緩衝材を取り出していくと、やがてもう少し小さな箱が現れた。ロスがそれを取り出してラグの上に置き、ハンナは側面に書かれた商品名を読もうとかがみこんだ。「ロボヴァック」声に出して読み、けげんそうな顔でマイクとノーマンのほうを見た。「商品名はわかったけど、なんなのかまだわからないわ」

「ぼくはわかるよ」テーブルに戻りながら、ロスが笑顔でハンナに説明した。「ロボット掃除機だ」彼はマイクとノーマンのほうを見た。「そうだよね？」

「そうだよ」ノーマンが言った。「ハンナは掃除機がけが嫌いだから、マイクとぼくでこれを買ったんだ。これでもうカーペットに掃除機をかける必要はないよ」

「掃除機がけが嫌いだなんて知らなかったよ」ロスはハンナに言った。

「掃除機がけはずっと嫌いだったわ。ほかの家事はいいけど、掃除機がけはすごく退屈なんだもの」

「ぼくもまったく同感だよ」ノーマンが彼女に微笑みかけて言った。「それもあって、自分でもロボヴァックを買ったんだ」立ちあがって箱の底から取り扱い説明書を取ってくると、ロスにわたしした。「好きな時間や曜日を設定することができるよ。うちの場合は二階建てだから、階上《うえ》に運ばなければならないという問題はあるけど」

「もう一台買って、二階に置いておいたら？」ロスが言った。

ノーマンは少し考えた。「なるほど……それはいい考えだね。同時に作業をさせれば、掃除機がけの時間が半分ですむし。ありがとう、ロス。明日もう一台注文するよ」

「きみはどう、マイク？」ロスはマイクのほうを見た。「やっぱりロボヴァックを買ったのかい？」

「いいや。掃除はマージョリー・ハンクスにたのんでるし、彼女は自分の掃除機を持ってくるから」

「きみは、ロニー？」ロスが尋ねる。

ロニーは首を振った。「ぼくは掃除をする必要がないんです。まだ両親の家に住んでるから」彼はミシェルを見た。「自分のアパートを手に入れたいと思ってますけど」

ハンナは妹のほうを見た。ミシェルは赤くなりかけていた。末妹は人前で狼狽《ろうばい》するタイプではないので、ミシェルとはあとで腹を割った話し合いをして、事情を知る必要があるとハンナは思った。

もちろん、だれもがブラウニー・チョコバーを気に入り、こんなにおいしいデザートを作ったミシェルを全員が称賛した。ハンナはもう一度ポットにコーヒーを淹れ、それもほぼなくなるころ、ノーマンがロスに言った。「もしご希望があれば、掃除機のセッティングを手伝うけど」

「ぼくも手伝うよ」マイクも言った。

「ありがたいね」ロスはテーブルから体を引いて立ちあがった。

「デザートは二切れしか食べないの？」ハンナがロスにきいた。

「うん、いまはね。でも、まだテーブルから片づけないでくれよ、クッキー。ロボヴァックのセッティングが終わったら、二杯目のコーヒーといっしょにもうひと切れ食べるから」ロスはミシェルの椅子まで来ると足を止め、軽く抱きしめた。「とてもおいしかったよ、ミシェル。きみと姉さんはお菓子作りの天才だ」

ハンナはロスに微笑みかけた。彼は背を向けていたので、見えないことはわかっていたが。ロスはミシェルのことがとても気に入っていて、ここに泊まってもかまわないと言ってくれた。ハンナは末妹がそばにいてくれるのが好きなので、ロスが同意してくれてとてもうれしかった。

「もう少しブラウニー・チョコバーを切り分けたほうがいいわね」ミシェルが言った。

「手伝うよ」ロニーが言った。「ロスはあとひと切れじゃすまないだろうし、マイクもふた切れは食べるだろうから」

「あなたは?」ミシェルがきいた。

「あとひと切れは確実だな。ロスの言うとおりだよ。きみとハンナはお菓子作りの天才だ」そして、テーブルから立ちあがろうとしたハンナに、ロニーは言った。「座ってゆっくりしててください、ハンナ。ミシェルとぼくでやりますから。それに、あの三人」ロボヴァックを囲んでいる男たちのほうを示す。「セッティング方法をめぐって口論になったら、レフェリーが必要かもしれないし」

「〝料理人が多すぎるとスープの味がだめになる〟ってやつ?」ハンナは曽祖母エルサのお気に入りのことわざを引き合いに出して彼に尋ねた。

「かもね」ミシェルがすかさず言った。「男の人が工具を持つとどうなるか知ってるでしょ。いまマイクが工具セットのなかからレンチを手にしたわよ」

「箱には〝要組み立て〟と書いてあります」ロニーが指摘した。「ノーマンがカーペットの上に掃除機の部品を出しましたよ」

「やっぱりね」ハンナは言った。「ロスは車輪を取りあげ、ノーマンは説明書をめくってる。父さんとエドおじさんの十段変速自転車のときみたいにならないように、目を離さないでいたほうがいいわね」

「お父さんたちはどうなったの？」ロニーがミシェルにきいた。

「知らない。たぶん、小さすぎたから覚えていないんだわ。姉さんにきいて」

ハンナは思い出してくすっと笑った。「アンドリアが誕生日に十段変速の自転車をほしがって、母さんと父さんはそれを買ってあげることにしたの。当時父さんは金物店を経営していたから、取引先の業者に自転車を注文した。残念ながら注文したのは完成品じゃなかったの」

「そりゃまずい！」ロニーは首を振った。「ぼくも一度それをやって、自分で組み立てようとしたことがあるんだ」

「どうなったの？」ミシェルがきいた。

「結局、自転車屋に五十ドル払って、一度ばらばらにしてから組み立て直してもらったよ。最初から完成品を注文するより二十五ドルよけいにかかった」

ミシェルは笑った。「節約しようとしたのに二十五ドルよけいに払うことになったの？」

「そういうこと」ロニーはハンナのほうを見た。「お父さんとおじさんも同じようなことになったんですか、ハンナ？」

「ある意味ね。でも、もっと悲惨だったわよ。ミシェルとアンドリアは二階で寝ていて、わたしと母さんが書斎でテレビを見ているあいだ、父さんとおじさんはふたりで自転車を組み立てていた」

「でも、できなかったのね？」ミシェルが予想した。

「いいえ、できたのよ。何時間もかかったし、ポットに何杯ものコーヒーを消費したけど。母さんとわたしが呼ばれて行ってみると、自転車はとても美しかった。色はピンクで、塗料に含まれているもののせいでキラキラ光っていた。まさにアンドリアがほしがっていたものだった」

ミシェルはけげんそうな顔をした。「じゃあ、問題はなかったってこと？」

「そうでもないの。アンドリアが乗ろうとするまで、自転車は完璧だった。でも、走行中にギアを変えられないことがわかったの」

「でも……走行中こそギアを変える必要があるのに」ロニーが指摘した。

「そうなのよ。父さんは自転車を業者に返品し、代わりのものを送るようたのんだ」

「組み立て済みのやつを？」ミシェルはにやにやしながら尋ねた。

「ええ、そうよ。組み立て済みのやつを。何年もあとになって、あの翌朝ガレージで見つけたという部品を母さんに見せられたの。父さんとエドおじさんが使う必要はないと判断した部品だった」

「でも、そのことを父さんには言わなかったのね？」ミシェルがきいた。

「そう、かたくなにね。父さんが亡くなってから、母さんはようやくその部品をわたしに見せたの。父さんに恥をかかせたくなかったんですって」

「お父さんのことをとても愛していたんですね」ロニーが言った。

ミシェルはうなずいた。「そうね。愛にちがいないわ。知ってのとおり母さんはああいう人だから、そんなに長いあいだ言わずにいるのはすごくたいへんだったはずだもの」

ロニーとミシェルがキッチンに行ってしまうと、ハンナはもう一度三人の男たちのほうを見た。裏返されたロボヴァックにはもう車輪がついていたが、三人は機械の底についている別のものに手こずっていた。

作業する三人を眺めながら、ハンナは微笑んだ。ノーマンとマイクとロスがこれほどうまくやっているのを見てうれしかった。ハンナの大好きな三人のあいだでは、すべてが申し分なくうまくいっていた。

作り方

① スロークッカーの内側にパムなどのノンスティックオイルをスプレーする。

② タマネギのみじん切り、鶏胸肉の順にスロークッカーに入れ、電源を入れて低温で5～6時間おく。

③ 鶏肉がやわらかくなったら、スロークッカーのスイッチを切り、温度計をはずしてそのままおく。

④ ふたを開けて数分間冷ましたあと、鶏肉を取り出してひと口大に切る。

⑤ ボウルの上にストレーナーをセットし、スロークッカーの中身をあけて、タマネギと煮汁に分け、タマネギだけスロークッカーに戻す。

⑥ 缶汁を切ったマッシュルームをスロークッカーに入れ、ひと口大に切った鶏肉を戻し入れる。

⑦ ガーリックソルト、オニオンソルト、普通の塩、黒コショウを振る（あとで味見をして調味料を加減する）。

⑧ 濃縮クリームマッシュルームスープと濃縮クリームセロリスープの缶を開け、それぞれゴムべらを使ってスロークッカーに入れる。

⑨ ランチドレッシング・ミックスを振りかける。

⑩ クリームチーズをさいの目に切って加え、ゴムべらで全体をよく混ぜる。

ハンナのメモその2：
大丈夫、サワークリームを忘れてはいません。
ここで加えるとゆるくなるので、サワークリームは食べる直前に加えます。

スロークッカーで作る
チキンストロガノフとヌードル

●5リットルの低温調理器用レシピ

材料

タマネギのみじん切り……中1個分（わたしは甘味のあるマウイ産のものを使用）

鶏胸肉（皮なし）……1,350g

スライスマッシュルーム……1缶（226g。汁を切っておく）

ガーリックソルト……小さじ1/2

オニオンソルト……小さじ1/2

普通の塩……小さじ1/2

挽いた黒コショウ……小さじ1/4

濃縮クリームマッシュルームスープ
……1缶（298g。わたしはキャンベルを使用）

濃縮クリームセロリスープ……1缶（298g。わたしはキャンベルを使用）

ランチドレッシングミックス……1パック（28g。わたしはヒドゥン・バレー・オリジナル・ドレッシングミックスを使用）

ホイップタイプではないクリームチーズ……226g（わたしはフィラデルフィアの四角い銀色のパッケージのものを使用）

サワークリーム……1カップ（226g）

ゆでてバターであえた好みのヌードル（食べる直前にゆでる）……適量

← 次頁につづく

⑪ スロークッカーのふたをし、電源を入れて低温にセットしたら、
30分以上放置する。味見をして調味料を加減する。
汁気が少なければ、スープストックでのばす。

ハンナのメモその3:
食事仲間が遅くなっても大丈夫。この料理は低温にしたスロークッカーに
2時間以上入れておくことができる。

⑫ 食事仲間が来たら、大鍋に水を入れ、スープストックの残りを
加える。こうするとヌードルに風味をつけることができる。
もっと風味をつけたければ、チキンブイヨンのキューブを加える。
このスープを沸かしてパッケージどおりにヌードルをゆでる。

⑬ ヌードルがゆであがったら、湯切りをしてバターであえ、
ボウルに盛る。

⑭ スロークッカーにサワークリームを加えて混ぜたら完成。

ハンナのメモその4:
ひとり分ずつ取り分けるのが面倒なら、ボウルとスロークッカーから
各自で取り分けてもらうようにする。

ロス、ノーマン、マイク、ロニーを招いていなければ約8〜10人分。
招いているときは、倍の量を
スロークッカー 2個で作るほうがよい。

チーズ入りビアマフィン

●オーブンを175℃に温めておく

材料

小麦粉使用のマフィンミックス……4カップ（わたしはビスクイックを使用）

ペール・ラガービール……1瓶または1缶（わたしはバドワイザーを使用）

細切りの熟成チェダーチーズ……1カップ（わたしはティラムークの熟成チェダーを使用）

ハンナのメモその1：
チェダーチーズがないときは、クラフトの細切りのメキシカンチーズか、イタリアンチーズを使ってもおいしくできる。

作り方

① マフィンミックスをカップですくい、すり切りにして量る。
きっちり詰めないこと。ボウルかスタンドミキサーのボウルに入れる。

ハンナのメモその2：
わたしはいつもスタンドミキサーを使うが、手で混ぜてもできる。

② ミックスの上からビールを注ぎ、泡が収まってからミキサーのスイッチを入れ、全体を混ぜる。少しかたまりが残っても大丈夫。

ハンナのメモその3：
ビールが冷たいときは、少し温まってからミックスに注ぐこと。
冷たいままだと焼き時間が何分か長くなる。

← 次頁につづく

温かいままでも冷めてもおいしい（わたしは温かいほうがおいしいと思うが、マイクは冷めたマフィンにクリームチーズを塗って翌朝の朝食にするのも好き）。温かいまま出すときは、ナプキンを敷いたバスケットに入れてもう一枚のナプキンで覆い、たっぷりのやわらかくした有塩バターを添える。

リサのメモ：
ハーブは自家製のチリやスープとともにこのマフィンを食べるのが好き。
トマトスープにも合うらしい。わたしは温かいうちに軽くバターを塗って、
ガーリックソルトを振ることも。

お客さまに受けることまちがいなしの、
ビールとチーズが香るマフィン、約2ダース分。

③ スタンドミキサーからボウルをはずし、チーズを混ぜこむ。

④ 12個焼けるマフィンまたはカップケーキの型2個に、
パムなどのノンスティックオイルをスプレーする。
またはカップケーキ用の紙カップを2枚重ねて敷く。

⑤ カップの3/4まで生地を注ぐ。

ハンナのメモその4:
わたしはときどきチーズを混ぜこむまえに、よく缶汁を切ったオルテガのダイスト・グリーンチリ1缶分(113g)を加える。
マイクがディナーに来るときは、
スラップ・ヤ・ママのホットソースもふた絞りほど加えるとよい。

ハンナのメモその5:
シュレッドチーズが残っていたら、焼くまえに上から少し振りかけることもある。
振りかけすぎは厳禁。視覚的効果をねらって、ほんの少しだけにすること。

⑥ 175℃のオーブンで15~18分、またはてっぺんに
焼き色がついて、まんなかに爪楊枝か串を刺したとき
何もついてこなくなるまで焼く(約16分)。

⑦ オーブンからマフィン型を取り出し、ワイヤーラックに置く。
ノンスティックオイルをスプレーした場合は、
そのまま2分ほど置いてから型からはずし、ワイヤーラックに置いて
さらに5分冷ます。紙カップを使った場合は、型のまま1~2分
置いてから、紙カップごと型からはずし、ワイヤーラックに
置いてさらに5分冷ます。

9

おやすみなさいと言ってお客たちを送り出したあと、ハンナはキッチンにいるミシェルのところに行った。時計を見あげると、まだ八時半だった。「トリシアはまだ仕事中だと思う?」

「トリシア?」ミシェルはけげんそうにきき返した。「だと思うけど。一週間まえにそのことが話題になったの。遅番で、閉店までの勤務だって言ってた」

「まだレイク・エデン・インで働いてるのよね?」

ミシェルはうなずいた。「あそこの仕事がすごく気に入ってるみたいよ。理想的な職場だって。ディックはすごく親切で、必要なときはいつも休憩を取らせてくれるし」

「カクテルウェイトレスだったわよね?」

「うん。以前はレストランのウェイトレスだったんだけど、カクテルウェイトレスのほうがチップがいいらしいわ。どうしてトリシアのスケジュールが知りたいの?」

「彼女と話す必要があるし、あんたがいれば好都合だと思ったのよ。わたしのことを覚えているかどうかわからないし」

「もちろん覚えてるわよ。このあいだ話したとき、姉さんのバタースコッチ・クランチクッキーのことを話題にしてたもの」

「よかった！　それなら少し冷凍してあるわ。クッキーを手土産に、彼女の話を聞きにいきましょう」

ミシェルは冷凍庫に向かおうとするハンナの手をつかんだ。「待って！」

「何よ？」

「ロスはどうするの？」

ハンナはたちまち罪悪感を覚えた。ロスがベッドルームでテレビを観るための楽な服装に着替えていることをすっかり忘れていたのだ。「いっしょにレイク・エデン・インに飲みにいかないかきいてみるわ」

主寝室のドアを開けると、ロスはベッドに腰掛けてスリッパを履いていた。「ハイ、ハニー」ハンナは声をかけてなかにはいり、ドアを閉めた。

「やあ、クッキー。急いでシャワーを浴びたし、これであのすばらしいホームシアターをまえに、リクライニングソファでのんびりする準備ができたよ」

「そうみたいね」彼がモノグラム入りのスウェットスーツを着ているのに気づき、ハンナは笑みを浮かべて言った。

ロスはかすかに眉をひそめた。「そうするつもりだって言ったはずだけど、かまわないよね？」

「もちろん、かまわないわよ！」ハンナは急いで言った。「わたしも着替えるべきなんだけど……」どうつづければいいのかわからず、そこでことばを切った。

「けど、どうしたんだい、ハニー？」

「ミシェルの友だちで、トリー・バスコム殺害事件について何か知っているかもしれない子と話ができそうなの」

「いまから？」

ハンナは夫の眉間のしわがさらに深くなったことに気づいた。「ええ、でもいいのよ。明日まで待っても。あなたもいっしょにレイク・エデン・インのバーに行きたいかなと思って。その子はあそこでカクテルウェイトレスをしていて、閉店までのシフトにはいってるから」

「ああ、クッキー！　いっしょに行きたいところだけど、明日は早く出ないといけないんだ。それに、正直もう目を開けていられそうにない。ふたりですばらしいクルーズの一週間をすごしたあとで通常業務に戻るのはなかなかハードだよ」

「わかるわ」ハンナは言った。「わたしも同じよ。今日は仕事でとても疲れちゃった。でも、もう回復したわ。心配しないで、ハニー。彼女とは明日時間を作って話すから」

ロスはうなずいたが、うれしそうではなかった。「でも、これは殺人事件の調査だよね。こういうことではぜひきみの力になるべきなのに……実を言うと今夜はもうくたくたで、まったく力にはなれないと思う。もしほんとうにぼくが必要なら行くけど……」彼はことばを切って、心配そうな顔になった。「正直に言ってくれ、クッキー。きみが会いに行こうとしている人は容疑者じゃないよね？」

「まさか、ちがうわよ！」ハンナはあわてて言った。「彼女には鉄壁のアリバイがあるの。わたしが必要としている情報を持っているかもしれないというだけ」

「ミシェルの友だちだと言ったね？」

「ええ。高校の同級生よ」

「ミシェルも疲れているだろうから、こんなことはたのみたくないんだけど、彼女にいっしょに行ってもらうことはできる？」

「もちろん。もう行くと言ってくれたわ。あなたもいっしょに行きたいかなと思っただけなの」

「それなら、ぼくがここに残って、テレビのまえで眠りこんでいても、がっかりしないよね？」

ハンナは笑った。「がっかりしないわ。わたしもしょっちゅうテレビのまえで眠りこんじゃうから。映画を見はじめても途中で寝ちゃって、気がつくと別の映画が流れてるの」

ベッドのロスの隣に座り、彼に両腕をまわす。「いいのよ、ロス。ここでゆっくりしてて。ミシェルと出かけて、その友だちからきけるだけのことをきいたら、できるだけ早く戻ってくるから」

「急ぐことないよ。たぶん、きみたちが出かけた瞬間に眠りこむだろうから。あのソファはほんとうに快適だからね。気をつけて運転するんだよ、クッキー。帰ってきたらぼくを起こすと約束してくれるかい？」

ハンナは微笑んだ。「約束するわ」

「ありがとう。深夜映画を流しながら、モシェといっしょに眠っていると思う」

それを聞いて、ハンナはもう一度ロスを抱きしめた。モシェがひとりぼっちにならないのはうれしいことだった。ロスはモシェのことが心から好きなようだし、モシェも彼を好きなのは明らかだった。


ハンナとミシェルがレイク・エデン・インのバーにはいっていくと、スピーカーからはカントリー・ウェスタンが流れていた。バーのスツールは満席だったが、ハンナにとっては好都合だった。トリシアに給仕してもらえるよう、テーブル席を希望していたからだ。何やらカラフルなカクテルをシェイクしているディックに手を振ってあいさつし、すぐうしろにミシェルを従えて隅のテーブルに向かった。

すぐにトリシアが気づいてくれた。微笑んで注文票を手にすると、足早にテーブルにやってきた。「こんばんは、ミシェル」そして、ハンナに向かって言った。「こんばんは、ハンナ。お伝えする機会がなかったんですけど、結婚式、ほんとにすてきでした。いままで出席したなかでいちばん刺激的な結婚式だったわ。すごく楽しかった!」

「ありがとう、トリシア」ハンナは礼儀正しく言った。あの日、聖救世主ルーテル教会に到着したときの自分の状態についてはできれば思い出したくなかった、とは言わずに。

「新婚生活はいかがですか?」トリシアが尋ねる。

「上々よ、トリシア」ハンナは笑顔で答えた。

トリシアは、ハンナの記憶にある、学校帰りにミシェルに連れられてクッキーを食べにきていたジョーダン高校の生徒だったころと、それほど変わっていないように見えた。唯一の変化は、髪を頭のてっぺんで束ねてゆるいお団子に結い、メイクをしていることだった。もう登校時に色つきリップしか母親に許されていない、すっぴんの女子高生ではないのだ。

「とてもきれいよ、トリシア」ハンナは彼女を褒めた。「おかげでこっちは年取った気分だわ。すっかり大人になっちゃって」

「あら、ミシェルも同じでしょう」トリシアが指摘した。

「そうだけど、この子の場合はそんなに急に大人になった感じがしないの。成長過程をずっとそばで見てきたから。あなたの場合は高校を卒業してからほとんど会ってなかったでしょう。それで、最近調子はどう、トリシア?」

「好調ですよ。とっても。わたし、婚約したんです」トリシアはカクテルウェイトレスのエプロンのポケットから婚約指輪を出して、左の手のひらにのせた。「いつも仕事中はつけてないんです。婚約してるとわかると、男性はチップをケチるから」

「幸運な男性はだれなの?」ハンナは尋ねた。

「ロニー・マーフィーのいとこのショーンです。去年会って、それで……」トリシアは微笑んだ。「まあ、そういうことに。まだ日取りは決まってないけど、たぶん来年、すてきな家が買えるくらいふたりにお金がたまったら」

「ショーンはシリルの自動車修理工場で修理工として働いてるの」ミシェルがハンナに説明した。「わたしがふたりを引き合わせたら、すぐに意気投合したのよ」ミシェルはハンナが持参したクッキーの包みを手にして言った。「はい、トリシア、姉さんがあなたにって。あなたの大好きなバタースコッチ・クランチクッキーよ」

「わあ、うれしい!」トリシアがハンナに満面の笑みを向けると、大人の女性の向こうに少女が垣間見えた。「ありがとう、ハンナ! わたし、このクッキーが大好きなの! 母は〈クッキー・ジャー〉でこれを買うたびに電話をくれて、わたしはなくなるまえに急いで母のところに行くんです。持ってきてくれてありがとう」

「どういたしまして」ハンナは言った。そして、思い切った決断をした。雑談による幕間はもう終わりにして、本題にはいることにしたのだ。「ところで、まじめな話になるけど、トリーのことでどうしてもあなたにききたいことがあるの」

「わかりました。いま休憩をとってもいいかどうか、ディックにきいてきます。そうすれば、ここで座って話せると思うから。何か飲みます？　それとも、情報だけでいいですか？」

「一杯だけ飲もうかな」ミシェルが言った。「白ワインをグラスで」

「わたしも同じものを」ハンナも急いで言った。

「おつまみは？　サリーの作ったチーズポップがありますけど」

「チーズポップ？」ハンナはたちまち興味を引かれた。「それはどんなもの？」

「ブルーチーズとクリームチーズで作った小さなチーズのボールです。刻んだベーコンをまぶして、つまみやすいように塩味のプレッツェルが刺してあるんです。食べてみますか？」

「ええ」ハンナはすぐに答えた。「サリーのおつまみはいつもおいしいから」

「わたしも食べたい」ミシェルも言った。「お勧めありがとう、トリシア」

トリシアが急いでバーに行ってしまうと、ハンナはミシェルのほうを見た。「トリシアとロニーのいとこの仲を取り持ったの？」

「まあ、そういうことになるかな。いつもならそういうことはしないんだけど、トリシアは高校時代からつきあっていた彼と別れたところだったから、出会いが必要かなと思ったの。ショーンはいい人よ。ロニーとわたしといっしょに何度か出かけたことがあって、彼にはガールフレンドがいなかったから……ふたりともとても働き者だし、どちらもフリーだし……まあ……そういうことになったってわけ」

「なるほど。そしてすごくうまくいっているみたいね。トリシアはきれいだもの。髪型とメイクを別にすれば、高校時代と変わらないように見える」

ふたりは飲み物のトレーを手にテーブルにやってくるトリシアを見守った。トレーにはミシェルとハンナの白ワインのほかに、水が三人分のっている。

「おつまみはもうすぐできるわ。いまベーコンビッツをまぶしてるところだから。それを運んだら、休憩を取っていいとディックに言われたの」

「じゃあわたしたちといっしょに座れるの？」ミシェルがきいた。

「お客さんといっしょに座っちゃいけないんだけど、あなたたちならいいって。話しているあいだ、ほかのふたつのテーブルに目を光らせて、必要なものがあれば給仕しなくちゃならないけど。担当してるテーブルに寄って、事情を話してきたの。用があるときは手を振ってくれればすぐに行きますからって」

「あなたの担当テーブルに気をつけるようにするわ」ミシェルが言った。「わたしの席からなら見えるから」

「ありがとう、ミシェル」

トリシアは厨房に戻り、ハンナはワインをひと口飲んだ。トリーが殺害された晩に彼女のアパートメントを訪問しているトリシアから、さらなる情報が得られるといいのだが。

「トリシアは姉さんに会えてよろこんでたわね」ミシェルが言った。「きっと知ってることは全部話してくれるわよ」

「そう願うわ。母さんのために、どうしても犯人をつかまえたいの。トリーを失ってすごく悲しんでるから」

トリシアがすぐにチーズポップのトレーを持って戻ってきた。「かわいいでしょう?」

「ほんとね」ハンナはチーズポップをひとつ取った。ひと口かじって、口のなかで炸裂するブルーチーズとクリームチーズとベーコンビッツをうっとりと味わう。白ワインにぴったりだ。サリーに会ったら忘れずに伝えなければ。サリーはいつも気前よくレシピを教えてくれるので、このレシピは絶対にもらおう!

「チーズポップは気に入ってもらえたみたいですね」ハンナがもうひとつ食べるのを見て、トリシアが言った。「厨房ではいろんなチーズで試作したみたいですよ。サリーの話では、なめらかな食感になるからクリームチーズは欠かせないけど、チェダーでも作ったそうです。ベーコンビッツがまぶしてあるのは赤い色をしてるでしょう?」

「たしかに。かなり赤いわね」

「サリーはベーコンビッツにハンガリー産のパプリカを混ぜたんです。風味が強くなりすぎないように、ほんのちょっとだけ。チェダーは刻んだパセリをまぶしたから、外側が緑色なんですよ。そうすれば、お客さんが区別しやすいから」

「なるほど」ハンナは言った。「クリスマスパーティにこのチーズポップのトレーを出してほしいわ。赤と緑できれいだから」

トリシアは色めき立った。「ほんとね！　赤と緑はクリスマスカラーだし、パーティにぴったりだわ！　サリーに伝えてもいいですか？」

「もちろん。さあ、座って、トリシア。どうしてもききたいことがあるの」

トリシアは椅子を引いて座った。「トリーのことをききたいんでしょう。あなたのお母さまが死体を発見した殺人事件の調査をしてるんですよね」

「そうなの」ハンナは言った。「事件のまえのあの夜、あなたは演技のレッスンであそこにいたそうね」

トリシアは重々しくため息をついた。「ええ、でもあんなにがんばったのに、いまとなってはすべて無駄だったみたい。トリーがいなくなって、〈レイク・エデン劇団〉は感謝祭に芝居を上演できないでしょうし」

「それができるのよ！」ミシェルが告げた。「だからわたしがここにいるのよ、トリシア。

マカレスター大で演劇を専攻してるし、ちょうど演出の上級クラスの試験が終わったところなの。それで、わたしが助っ人として戻ってきたわけ」

「つまり、あなたが演出家ってこと？」

「そうよ」

「うれしい！　あなたはトリーよりずっといい人だもの。セリフの言い方が気に入らなかったりすると、あの人ほんとに意地悪だったのよ」

ミシェルは笑った。「うわさには聞いてるわ……わたしは意地悪しないって約束する。批評はいいけど意地悪はだめよね。明日の稽古に全員を呼んでもらうことはできる？」

「もちろんよ！　でも、午後一時になるわ。芝居に出る人たちはみんな仕事のスケジュールを調整して、一時から三時をあけてるの」

「わたしは問題ないわ」ミシェルはそう言って、確認のためにハンナのほうを見た。「その時間は〈クッキー・ジャー〉にいなくていいわよね？」

ハンナはうなずいた。「もちろん、いなくていいわよ。リサとマージとジャックとナンシーおばさんがいてくれるから。あんたは無理して〈クッキー・ジャー〉で働く必要もないんだし」

「わたしは働きたいのよ。楽しいから。でも、ランチのラッシュと午後のコーヒーブレイクのラッシュのあいだはだいたいいつも暇でしょ」

「申し分のないタイミングだわ」ハンナは同意した。「でも、稽古なら何時に入れてもかまわないのよ。いつでも好きな時間にやって。お芝居はコミュニティにとってとても重要だもの。感謝祭の休暇にお芝居を見にいくのは伝統といってもいいくらいなんだから」トリシアのほうを見た。「さて、この問題は片づいたから、最後にトリーに会ったときのことを話してもらえる?」

「いいわ。実はちょっと気がとがめてるんです。レッスンを打ち切られたことですごくむかついてたから、母のまえでトリーについてひどいことを言ってしまって……」トリシアは水をひと口飲んだ。「いま思えば、トリーが殺されようとしているときに!」

「そんなことになってるなんて、あなたにわかるはずないじゃない」ハンナは急いで言った。「それに、あなたが怒るのも当然よ。どうしてレッスンが打ち切られたかは知ってるの?」

「それは……その……」トリシアは口ごもり、あたりを見まわして話が聞かれていないことをたしかめた。話が聞こえる距離にいるのはハンナとミシェルだけだとわかると、少し声をひそめてつづけた。「知ってますけど、母以外には話してないんです」

「わたしたちには話しても大丈夫よ」ミシェルが安心させた。

「わかったわ。でも、だれにも言わないで。この町であの人を敵にまわすとひどい目にあわされるから」

「最初から話して、トリシア」ハンナが助言した。「ミシェルとわたしはあなたがこれから話すことをだれにも言わないから」

「マイクにも？」

「もしそれが捜査に関係していて、マイクに知らせるべきだと思ったら言うわ……でも、あなたから聞いたとは言わない」

トリシアは少し考えてから言った。「ええ。それならいいわ」

ハンナはトリシアの手を軽くたたいた。「まず、だれにひどい目にあわされると思っているのか、教えてくれるかしら」

「それは……」トリシアはことばを切ってもう一度あたりを見まわした。ふたりに向き直ったとき、彼女の目には本物の恐怖があった。「バスコム町長です。彼ならわたしをひどい目にあわせることができるわ！」

「どうして？」

「彼がトリーのアパートメントにあがっていったことを、わたしは知ってるから。そして、トリーが彼に激怒していたことも」

「オーケー、トリシア」ハンナは言った。「どうしてそれを知ったのか話して」

トリシアはもう一度水を飲んで深呼吸をした。「六時ちょうどにトリーのアパートメントに行ったんです。ドアをノックするまえに携帯電話を出して時間を確認したからまちがいないわ。トリーはわたしが早めに着くのをいやがるし、遅れるのも嫌いだから、いつも時間ぴったりにレッスンに行くようにしてるんです。ドアをノックしたら、すぐに彼女が出てきました。はいりなさいと言われて、リビングルームを通ってスタジオに行く途中、電話が鳴ったんです」

「それで、トリーはどうしたの？」ミシェルがきいた。

「電話に出ると、だんだん顔がけわしくなりました。それから、みんなに命令するときの声で『ちょっと待って！』と言うと、受話器の送話口を手で覆ってわたしのほうを向いて、この電話に出なきゃならないと言ったんです」

「でも、だれからの電話か、そのときはわからなかったんでしょう？」ハンナが尋ねた。

「ええ、そのときは。電話に出ているあいだ、スタジオに行ってセリフの稽古をしているようにと言われました」

「言われたとおりにしたの？」ミシェルがきいた。

「ええと……」トリシアはちょっとやましそうな顔をした。「そうでもないの。スタジオには行ったし、台本を開くこともしたけど、そこでトリーの声が聞こえて」

「スタジオにいたのに、リビングルームからトリーの声が聞こえてきたの？」ハンナがきいた。

「ええ、少しドアを開けておいたから。そうするべきじゃなかったんでしょうけど、閉めわかったんです」

なさいとは言われなかったし。そのとき、電話の相手にトリーがすごく怒っていることが

「スタジオとリビングルームはどれくらい離れてるの？」ハンナがきいた。

「スタジオはリビングルームから廊下に出た少し先にあります。廊下をはさんで正面、というわけではないけど、充分近いです」

「トリーの話し声が聞こえるぐらい？」

「はい。そうするべきじゃなかったのかもしれないけど、あまりにも怒っていたから、ドアのところまで行って聞いていたんです。廊下に出ることまではしなかったけど、開いたドアのすぐ横で」

「それで、何を聞いたの？」ハンナが尋ねる。

「うるさい、もう助けてやるつもりはない、と言ってました。これまで何度も助けてやったんだし、もう大人なんだから自分でなんとかしろ、って」

「それで、相手がだれなのかわかったの？」ミシェルがきいた。

「そのときはわからなかった。そうじゃないかと思っただけ。浮気が奥さんにばれるとバスコム町長がお姉さんに泣きつくことは、この町の人ならだれでも知ってるし」

「あとは何を聞いたの？」ハンナが尋ねた。これが個人的な会話の盗聴に当たることをトリシアに気づかれないよう、充分気をつけながら。

「バスコム町長は口答えしたんだと思う。というのも、トリーがカンカンに怒ったの。つまり、彼に罵声を浴びせかけたってこと。トリーが口にしたことばのなかにはここで繰り返したくないものもありました。要するに町長は……その……」

「もっと自制するべきだと？」ハンナが上品な言い方を提案した。

「ええ。そうなんです。そう言ったわけじゃないですけど、趣旨はそういうことだと思います」

「それでどうなったの？」トリシアの声はさらに小さくなっていたので、ミシェルは彼女に身を寄せた。

「トリーは言いました、『いいこと、リッキー』。それで電話の相手がだれだかはっきりわかったんです。『あなたは結婚当初からステファニーを裏切りつづけてきた。いいかげんもうやめなさい！』すると、バスコム町長が何か言ったようで、彼女はしばらく黙りこんだんです」

「それだけ？」ミシェルがきいた。「聞いたことはそれで全部？」

「いいえ」トリシアは首を振った。「この逸脱行為を永久にやめさせるつもりだ、とトリーは言ったわ。逸脱行為ということばは使わなかったけど。その……別のことばを使ったから」

バーの薄暗い照明のなかでも、トリシアの顔が恥ずかしさでピンク色になっていくのがわかった。「どんなことばを使ったかは言わなくていいわ」

「よかった。とにかく、トリーは言ったんです。わたしの老後の蓄えが減らないようにするための手続きはすでに進めていると。そして、彼は例の……逸脱行為のせいで相続分をすべて使ってしまっているから、すでに相続人から除外してあると」

「うそ！」ミシェルは息をのんだ。「トリーは本気だったの？」

トリシアは肩をすくめた。「わからないわ。顔を見たわけじゃないから。同じ部屋にいたとしても、わからないかもしれない。トリーは賞を取ったこともある女優なのよ。だれにでも何でも信じさせることができるわ。でも、弁護士に会ったと言ってた。新しい遺書を作成したとも」トリシアはそこでごくりとつばをのんだ。「これって動機になると思う……？」

トリシアが言い終えるまえに、ミシェルが割りこんだ。「殺人の？」

「ええ」トリシアは怖がっている様子でハンナを見た。「わたしの身に危険はあると思いますか、ハンナ？」

ハンナはもう一度手を伸ばしてトリシアの手を軽くたたいた。「いいえ、大丈夫よ、トリシア。あなたがわたしたちにこの話をしたことは、だれにも知られないんだから。町長はあなたがトリーの会話を立聞きしていたことを知らない。ほかのだれにも言わないようにすれば大丈夫よ」

「だれにも言わないわ！　あなたたちに話したのは、トリーにあんなことがあったときに彼女に腹を立てていたことに罪悪感を覚えたからなんです。あれはよくなかったって」

「罪悪感を覚えることはないわ」ミシェルが言った。「あなたが怒っていたことなんて、トリーは知らないもの。それにねトリシア、それは自然な反応よ。わたしだって怒ると思う」

「トリーは電話を切るまえにほかに何か言ってた？」目下の重要な問題に話題を戻してハンナがきいた。

「そんなことをしても意味はないけど、もっと話し合いたいなら来なさいと言ってました。町長は行くと言ったんでしょうね、それならわたしの演技レッスンをキャンセルすると彼女は言った。でも、夜にまた別の人と約束があるから、三十分しか会えないと」

「別の人のレッスンがはいっていたの？」ミシェルがきいた。

「わからない。町長に長居させないための言い訳だったのかも」

　ハンナはうなずいたが、別の疑惑が浮かんだ。トリシアはトリーのアパートメントを出て六時半には家に着いているし、市街からバーセル家の農場までは二十分ほどかかる。トリーが殺された夜にバスコム町長が訪ねていたとしたら、七時までにはアパートメントに着いていたはずだ。その夜七時四十五分にはM・デュモントとの約束がはいっていたのだから。町長が割りあてられた三十分よりも長居したとすれば、ドロレスが聞いた悲鳴と銃声が彼によるものと考えることは可能だ。もちろん、町長が帰ったあともトリーが生きていて、M・デュモントが犯人という可能性もある。

　このことについてはあとで考えることにして、ハンナはトリシアに笑顔を向けた。「ありがとう、トリシア。とても役に立ったわ。あともうひとつだけ知りたいことがあるんだけど」

「なんですか？」

「あの夜スタジオで何か普通じゃないことに気づいた？」

「いいえ、とくには」トリシアは言った。「スタジオはいつもと同じに見えました。ステージには背中がまっすぐな椅子が置かれていて、脇にソファがあって」

「それはいつもと同じなの？」ハンナがきいた。

「ええ、いつもと同じです……戻ってきたらトリーはすぐにレッスンをするだろうと思っていたので、彼女がいつも座るソファのところに台本を持っていって、コーヒーテーブルに置きました」トリシアはそこでため息をついた。「トリーはセリフを覚えることに関してすごくきびしいんです。台本をちらりと見ることも許されないの。わたしはセリフを全部覚えたことを知ってほしくて、そこに台本を置きました」

「コーヒーテーブルに台本を置いたと言ったわね」ハンナはトリシアが言ったことを繰り返した。「コーヒーテーブルの上にはほかに何かなかった？」

トリシアは一瞬ぽかんとハンナを見つめたあと、うなずいた。「ありました。トリーのクリップボードが。わたしの演技を見ながらメモを取れるように、電池式のライトがついたクリップボード」

「ライトつきのクリップボードと台本以外、テーブルの上には何もなかったのね？」ハンナは確認のためにきいた。

「ええ。わたしは台本を置くとすぐにドア口に行って、トリーが電話で何を言っているのか聞こうとしたんです」トリーはそこで間をとって、ハンナを見あげた。「これで役に立ちそうですか？」

「ええ。ありがとう、トリシア」

「犯人はだれか、わかってるんですか？」

「まだわからない」ハンナはすぐに答えた。「でも、心配しないで、トリシア。遅かれ早かれわかるから」

バタースコッチ・クランチクッキー

●オーブンを175℃に温めておく

レシピは2倍の量にしてもいいが、ベーキングソーダは2倍にしないこと。
小さじ1 1/2 でオーケー。

材料

やわらかくした無塩バター……1カップ(225g)

白砂糖(グラニュー糖)……2カップ

モラセス……大さじ3

バニラエキストラクト……小さじ2

ベーキングソーダ(重曹)……小さじ1

溶き卵……2個分(グラスに入れてフォークで混ぜる)

砕いた塩味のポテトチップス……2カップ(砕いてから量ること。わたしはレイズの塩味を使用)

中力粉……2 1/2 カップ(きっちり詰めて量る)

バタースコッチ・チップ……2 1/2 カップ(わたしはネスレの311g入りの袋から量って使う。1袋で2カップ弱あるが、チップを多めにしたければ全部使ってもよい)

ハンナのメモその1:
5〜6カップのホテトチップスを砕くと約2カップ分になる。
フードプロセッサーを使わず、ビニール袋に入れて手で砕くこと。
大きさの目安は大きめの砂利程度。

← 次頁につづく

作り方

① ボウルにやわらかくしたバター、白砂糖、モラセスを入れる。
白っぽくふんわりして、モラセスが完全になじむまでかき混ぜる。

② バニラエキストラクト、ベーキングソーダを加えてよくかき混ぜる。

③ 溶き卵を加えてよくかき混ぜる。

④ 砕いたポテトチップス2カップを③のボウルに加えて混ぜる。

⑤ 中力粉を1カップずつ加え、その都度よくかき混ぜる。

⑥ バタースコッチ・チップを1袋全部、または1 1/2カップ量って
クッキー生地に混ぜこむ。
電動ミキサーを使っている場合は低速で混ぜる。
ミキサーからボウルをはずして、
この工程だけ手でおこなってもよい。

⑦ 天板にパムなどのノンスティックオイルをスプレーするか、
上下を余分にとったオーブンペーパーを敷く。
後者の場合、クッキーが焼けたとき、クッキーごと持ちあげて
ワイヤーラックに移せるので便利。

⑧ スプーンで生地を丸くすくい、充分間隔をあけて天板に落とす。

⑨ 175℃のオーブンで10〜12分、または適度に色づくまで焼く
(わたしの場合は11分)。

⑩ オーブンから取り出し、天板のまま2分間冷ましたあと、
金属製のスパチュラでワイヤーラックに移して完全に冷ます。

食感がすばらしい、さくさくで塩気のあるクッキー、約5ダース分

チーズポップ

材料

四角いクリームチーズ（ホイップタイプではないもの。わたしは銀色のパッケージのフィラデルフィアを使用）……226g

細かくしたブルーチーズ……226g

ベーコンビッツ……226g（わたしは170g入りのホーメル・リアル・ベーコンビッツを使用。それで充分）

挽いたパプリカ……小さじ2

塩味の棒状プレッツェル……小1袋

ハンナのメモその1：
このレシピで使うプレッツェルは1ダースだけなのに、
大袋を買ったので大量にあまってしまった。
ロスは自作のテレビ映画を見ながらこれを食べ、わたしも食べた。
そのあと残りでプレッツェル・パテを作り、
ふたりとも職場に持っていった。

← 次頁につづく

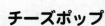

⑨ チーズボールを⑧のなかでひとつずつ転がし、
またワックスペーパーの上に戻す。

⑩ 食べる15～20分まえまで冷蔵庫で冷やしておく。

⑪ チーズボールのまんなかにプレッツェルを刺して皿に置く。

ハンナのメモその4：
熟成したチェダーチーズで作ることもできる。ブルーチーズをチェダーチーズに変えるだけで、作り方は同じ。両方作る場合、チェダーチーズのチーズポップには細かく刻んだパセリをまぶす。

お客さまがよろこぶチーズポップ、12個分。

ハンナのメモその5：
大人数のパーティ用に、2倍または3倍の量でも作ることができる。
クリームチーズにさまざまな種類のチーズを混ぜ、まぶすものもいろいろ試してみるとよい。
わたしはゴマやナッツなどのほか、みじん切りにしたココナッツとドライパイナップルも試してみた。

プレッツェル・パティ

（チーズポップで使った塩味のプレッツェルの残りで）

材料

塩味の棒状プレッツェル……約226g

セミスイート・チョコチップ……2カップ（340g入り1袋）

有塩バター……大さじ2

ミニマシュマロ……4～5つかみ

作り方

① 耐熱ボウルにクリームチーズと細かくしたブルーチーズを入れ、
電子レンジ（強）で30秒加熱する。
そのまま1分置いてから取り出し、かき混ぜる
（わたしはこの工程に耐熱のスパチュラを使用）。
チーズが硬すぎて混ざらなければ、
電子レンジ（強）に戻してさらに20秒加熱する。
よく混ざって大きなかたまりがなくなるまで、これを繰り返す。

② 粗熱が取れたら冷蔵庫に入れ、2時間冷やす。

③ 縁つきの平たい型を用意し（わたしは長方形のプラスティック容器を使用）、内側にワックスペーパーを敷く。

④ ①のチーズを4等分し、さらにそれぞれのかたまりを3等分する。
チーズは全部で12個になる。

⑤ よく手を洗い、清潔なタオルで拭く。チーズをボール状に
丸めるには、手が少し濡れているほうがやりやすい。

⑥ チーズをボール状に丸め、型か容器のなかに敷いた
ワックスペーパーの上に置く。少なくとも2.5cmは間隔をあけること。
そうしないとくっついてしまう。

ハンナのメモその2：
わたしの容器はそれほど大きくなかったので、
チーズポップを2段に置かなくてはならなかった。
そういうときは新しいワックスペーパーを切って敷き、その上に置く。

⑦ 冷蔵庫でさらに2時間冷やす（ひと晩でもよい）。

⑧ 冷えたら冷蔵庫から出し、浅めの小さいボウルに
ベーコンビッツを入れ、パプリカ小さじ2を混ぜこむ。

作り方

① プレッツェルを細かく砕いてボウルに入れる。

ハンナのメモその1:
子供に手伝ってもらう場合は、プレッツェルを多めに用意すること。
砕いているあいだに食べられてしまうだろうから。

② ワックスペーパーを何枚か切ってカウンターの上に広げる。

③ 耐熱ボウルにチョコチップと有塩バターを入れ、
電子レンジ(強)で1分加熱する。そのまま1分おいてから、
取り出して耐熱のスパチュラでかき混ぜる。
なめらかになっていれば出来あがり。
なめらかでないときは、電子レンジでさらに20秒加熱したあと
そのまま1分おき、取り出してまたかき混ぜる。
なめらかになるまで必要なだけこれを繰り返す。

④ 砕いたプレッツェルとマシュマロを③に加えてかき混ぜる。

⑤ スプーンですくってワックスペーパーの上に落とす。

⑥ 室温になるまで待って固まったら、ワックスペーパーからはがし、
ワックスペーパーをあいだにはさみながら重ねて
プラスティックの容器に入れ、冷蔵庫で保存する。

大きさにもよるが、数ダース分。

10

翌朝目覚めたハンナは、寝返りを打ってロスにキスしようとした。ハネムーン中にふたりで約束したのだ。毎朝、先に起きたほうが相手にキスをして起こそうと。だが、ロスはいなかった！　そこでようやく、そもそも目覚めた理由が、シャワーの音を聞いたからだと気づいた。

ロスはハンナをキスで起こすこともなく起きだして、すでにシャワーを浴びていた。もう少し寝かせておくことで、思いやりを示そうとしたにちがいない。正直なところ、この朝のルーティンの変化にどう反応すればいいのかよくわからなかった。ロスがキスで起こしてくれなかったことに感謝すればいいのだろうか、それともがっかりするべきなの？　その気持ちをロスに伝えるべき？

しばらく考えて、すべて忘れてしまうのがいちばんいいと判断した。昨夜トリシアとの面談を終えてハンナとミシェルが帰宅したとき、ロスはもうベッドで寝ていた。昨日は仕事場に戻った初日で、彼が疲れていたのは知っていた。ハンナもとても疲れていたので、寝る支度をして彼の隣にもぐりこみ、眠ってしまった。おやすみのキスのために起こされなかったと気づいて、彼は今朝がっかりしたかもしれない。おはようのキス同様、おやすみのキスもふたりの約束だった。厳密に言えば、キスはしたのだが、彼は起きなかったのだ。あまりにぐっすり眠っていたので、もう一度キスをして起こすのはやめた。これについても考えなければならないだろう。

起きあがって眠気の名残を意識から追いやると、おいしそうなにおいがただよっていることに気づいた。これはまさしくブラックコーヒーだ。ほかのにおいもする……おそらくチーズとブレックファストソーセージだろう。ミシェルが早起きして朝食を作ってくれたにちがいない。

ベッドの脇に置いてあるスリッパに足を突っこんだ。立ちあがって、寝室のドアの裏に掛けてあるローブを取った。新しいローブで、母と妹たちからもらったものだ。そんなわけで、〈ヘルピングハンズ中古品店〉の売れ残り品の箱から救出した古いシュニール織りのローブではない、ふわふわした美しいパウダーブルーのシルクのローブを着た。一瞬、長いあいだいくつもの朝をともにしてきたあの着心地のいい古いローブに思いを馳《は》せ、あれはどうなったのだろうと思案した。今日の午後にでも中古品店に立ち寄って、母か妹たちがあのローブをもとの場所に戻したかどうか確認するべきだろうか。

ベッドに目をやった。モシェは、ロスの枕の上でまだ眠っていた。いつもはハンナの枕のほうが好きなのだが、使われていたので、もうひとつの枕で間に合わせることにしたのだろう。手を伸ばしてなでると、猫は目を開けてのどを鳴らしはじめた。「湿地の夜明けよ（昔、木材を伐採する野営地で、料理人が木こりを起こすために叫んだことば）」毎朝口にすることばをモシェにかけた。じっと見ていると、モシェはあくびと伸びをして、ハンナにくっついてキッチンに行こうとマットレスから飛びおりた。

リビングルームの窓を通りすぎながら、おもてはまだ暗いことに気づいた。もちろんいまは……もう十一月で、感謝祭が近づいている。ミネソタの冬は昼が短い。真冬の何週間かは、たまたま窓や〈クッキー・ジャー〉の裏口から外を見ないかぎり、太陽を目にすることもなかった。暗いうちに起きて、暗いなかを車で仕事場に向かい、一日の仕事を終えると、暗いなかを車で帰宅するからだ。だが、昼が短く、気温は氷点下で、最高に温かい防寒着でも太刀打ちできない氷のように冷たい風が吹いていても、ハンナは四季の移り変わりを楽しんだ。

「何を作ってくれたのか知らないけど、おいしそうなにおいね」キッチンにはいったハンナはミシェルに言った。

ミシェルはカウンターを示した。ワイヤーラックの上にケーキ型が置かれている。「チーズとソーセージのブレックファスト・ベイクを作ったの。味見したければ、あと数分で冷めるわよ」

「もちろんしたいわ！」ハンナは近づいて朝食用の料理を見た。「見るからに神々しいし、においはそれこそ天国みたい」

「ほんとだね！」ロスがドア口に現れた。ベロア素材のローブを着て、ハネムーン中にプエルト・バヤルタで買ったレザーの寝室用スリッパを履いている。

「ふたりとも座って。コーヒーを用意するわ」ミシェルはキッチンテーブルを示して言った。「ハンナ姉さんはブラックだけど、あなたはクリームを入れるんだったわよね、ロス？」

「そうだよ」ロスは答えた。「きみのせいでシャワーを早めに切りあげることになったよ、ミシェル。あんまりいいにおいだから、何を作っているのか見たくてたまらなくて」彼はハンナの好きなにっこり笑顔をミシェルに向け、コーヒーを受け取ってから彼女の手を取った。「大学を中退してここに住むことは考えてないのかな？　そうすれば毎日きみに朝食を作ってもらえるんだけど」

「申し出はありがたいけど、いまは無理ね。まずは大学を卒業して、自分で食べていけるようになりたいから。そうなったら遊びにきて」

「そうするよ」ロスはそう言うと、ハンナに微笑みかけた。「何時に仕事に出かけるんだい、クッキー？」

「すぐよ」ハンナは微笑みを返して言った。「朝食をとって、急いでシャワーを浴びたら出かけるわ。今夜は何時に帰ってこられるの、ロス？」

「早ければ六時、遅ければ八時かな。今日の午後撮影する映像をＰＫが編集するのにどれくらいかかるかによる。もし八時より遅くなるようなら電話するよ」

「わかった」ハンナは言った。ふたりのスケジュールがちがうのはわかっているが、ロスはおおよその時間を伝えようとしてくれていた。「じゃあわたしも六時までには帰っているようにする。もし何かあって遅れるときは、メモを残すか、メールで知らせるわ」

コーヒーを飲んでいると、ミシェルがチーズとソーセージのブレックファスト・ベイクを取り分けた皿を運んできた。「気に入ってもらえるといいけど」彼女は言った。

「気に入った」ハンナは最初のひと口を食べて言った。「おいしいわ、ミシェル」

ロスもうなずいた。「ほんとだね。キッシュみたいだ。ちょっとちがうけど」

「そうなの」ミシェルは説明した。「キッシュは普通パンを入れないけど、これにははいってるし、普通のキッシュはパイ型によく似たサイドがまっすぐな丸型を使うんだけど、基本はだいたい同じなの。丸型を使っても、ケーキ型を使っても、要は卵とチーズのパイよ」

「リサにひと切れ持っていってあげましょう」ハンナが言った。「ハーブの朝食に作りたいだろうから。冷めても温かいときと同じくらいおいしいだろうし」

ミシェルは三切れぶん減ったケーキ型を見た。「姉さんの言ったとおり冷めてもおいししいかどうか、たしかめる必要があるわね。型ふたつぶん作ったから、まだたくさんあるの。今朝食べきれなければ、明日の朝食にも食べることになるわよ」

「それはまいったな」ミシェルにウィンクをしてロスが言った。「明日もこれに耐えなくちゃならないのか」

「ほんとね」もうひと口食べて、ハンナは言った。ミシェルとロスとの朝食は楽しく、妹がいてくれるのをありがたく思った。大学を中退してここでいっしょに住まないかと言ったとき、ロスがふざけていたのはわかっていたが、ミシェルの作った朝食を口にしているいまは、とてもいい考えのように思えた。

「それで、今日の午前中はだれにききこみをするの?」ハンナの運転で市街に向かいながら、ミシェルがきいた。

「わからない。トリーのスケジュール帳にじっくり目を通して、何か話してくれそうな人をさがさないと」

「午後一時に〈レイク・エデン劇団〉の稽古があるの」ミシェルが思い出させた。「そこで何かわかるかもしれない。劇団の人たちはみんなトリーが殺されたことを話題にして、だれが犯人かあれこれ推理するだろうから」

ハンナはハイウェイをおりてメインストリートからサードストリートに向かった。角を曲がって小路にはいり、〈クッキー・ジャー〉の駐車場に車を入れた。

「マイクの車がある」ミシェルが指摘したが、ハンナはすでに隣のスペースに停まっている黒と白の警察車両に気づいていた。「厨房でリサから情報を引き出そうとしているのかしら?」

「かもね。リサはトリーから演技レッスンを受けていたのよ。容疑者ということはありえないけど、トリーや、彼女のスタジオでレッスンを受けていたレイク・エデンの人たちについての情報なら提供できるわ」

「急いで、姉さん」ハンナが車を停めた瞬間、ミシェルはドアを開けて車から降りながら言った。「早く行って、リサを助けなきゃ」

「助ける?」車のキーをバッグに入れ、運転席から降りながらハンナはきき返した。

「そうよ。情報を引き出そうとするときのマイクがどんなだか知ってるでしょ。あんまり尋問がきびしいようなら、クッキーか何かで彼の気をそらさないと」

「わかった」ハンナは同意し、店の裏口に向かった。「昨夜店を出るまえにダブルファッジ・ブラウニーを焼いておいてよかったわ。マイクはあれが大好きだし、口がチョコレートでいっぱいになれば、尋問を中止しなくちゃならないもの」

作り方

① 23cm×33cmの型の内側にパムなどのノンスティックオイルをスプレーする。

② 大きめのフライパンにブレックファスト・ソーセージ・パティを入れ、油が出て焼き色がつくまで中火で焼く。

③ 大皿にペーパータオルを敷き、その上にソーセージを移して余分な油を切る。

④ 食パンの耳を切り落とし、片面にバターを塗る。

⑤ バターの面を上にしてパンを型の底に敷く(ぴったり敷くために切ってもよい)。

⑥ パンの上にソーセージをできるだけ均等に並べ、さらに缶汁を切って水気を拭いたスライスマッシュルームを散らす。

⑦ その上にできるだけ均等に細切りのチェダーチーズを散らす。

⑧ 卵6個をボウルに割り入れ、ハーフアンドハーフを加えてよくかき混ぜる。

⑨ 別の小さめのボウルにとかしたバター、塩、マスタード、パプリカパウダーを入れて混ぜてからホットソースを数滴加え、よくかき混ぜる。

⑩ ⑨を⑧の卵液に加え、よくかき混ぜる。

⑪ これを⑦の焼き型に注ぎ入れ、全体を均一に覆うようにする。

⑫ 刻んだ生のパセリを散らす。

⑬ 175℃のオーブンで覆いをせずに55〜60分、またはまんなかにテーブルナイフを刺して卵液がついてこなくなるまで焼く。

チーズとソーセージのブレックファスト・ベイク

●オーブンを175℃に温めておく

材料

ブレックファスト・ソーセージ・パティ……450g（わたしはファーマー・ジョンのものを使用）

お好みの食パン……8〜10枚（わたしは白パンを、マカレスター大学の近郊に住むミシェルは、近所のパン屋さんのライ麦パンを使用）

やわらかくした有塩バター……8〜10枚のパンに塗れる量

スライスマッシュルーム……1缶（226g）

細切りの熟成チェダーチーズ……3カップ（約340g）

卵……大6個

ハーフアンドハーフまたはライトクリーム……2カップ

とかした有塩バター……大さじ2

塩……小さじ1

ディジョンスタイルの石臼挽きマスタード……小さじ1

パプリカパウダー……小さじ1/2

ホットソース……数滴（わたしはマイクの大好きなスラップ・ヤ・ママを使用）

刻んだ生のパセリ……1カップ

← 次頁につづく

⑭ オーブンから型を出し、ワイヤーラックの上に置いて、少なくとも10分冷ます。

⑮ 切り分けて金属のスパチュラで皿に取り分け、お客さんに振る舞う。

お客さんが気に入って、また作ってほしいと何度も言われることになる
おいしい朝食料理、少なくとも10人分。

ミシェルのメモ：
大学のルームメイトたちのためにこの朝食を作るときは、
まえの晩にすべて準備して型に入れ、アルミホイルで覆って
ひと晩冷蔵庫に入れておく。朝になったらオーブンを余熱して焼くだけ。
このやり方だと、型の中身は冷たくなっているので、
焼き時間は10〜15分長くなる。
オーブンから取り出すまえに、できたかどうか確認するのを忘れないで。

ハンナのメモ：
ソーセージ・パティの代わりにグラウンド・ソーセージ
（固めていないひき肉状のソーセージ）で作ったこともある。
焼いて脂肪を減らせば問題はない。

アンドリアのメモ：
ビルの誕生日にこれを作った。トレイシーが手伝ってくれた。
ブレックファスト・ソーセージがなかったので、ハムの薄切りを使った。
ビルは気に入ってくれたし、ハムで作ってもおいしかった。

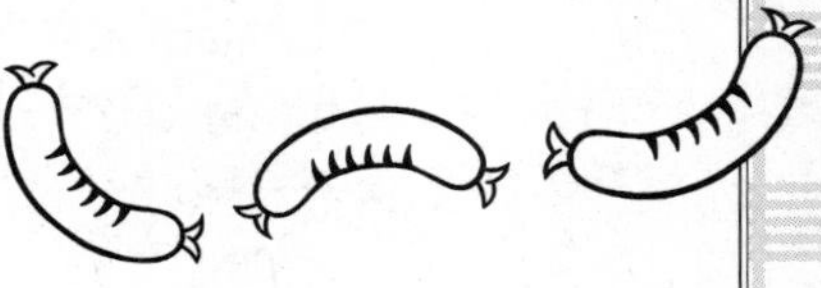

11

「ハンナ！」ハンナがミシェルと裏口をはいった瞬間、マイクが呼びかけてきた。「まさにぼくが会いたかった人だ」

こっちはそうじゃないけど、とハンナは心のなかで辛辣に返したが、声には出さなかった。マイクはステンレスの作業台のまえのお気に入りのスツールに座って、コーヒーを飲んでいた。「おはよう、マイク」ハンナは感じよくあいさつした。「コーヒーを出してもらったみたいね。リサはどこ？」

「コーヒーショップで片づけをしているよ。昨日閉店後に片づける時間がなかったから、散らかっているらしい。できるだけ早く戻ってくるけど、開店準備をするまえにやることがたくさんあると言っていた」

ハンナはにやにや笑いが浮かびそうになるのをなんとかこらえた。コーヒーショップでやるべきことは何もないはずで、リサもそれはわかっている。昨日帰るまえに片づけて開店準備をしておいたのだから。

リサもなかなかやるじゃない！　と思ったが、今度も口には出さなかった。マイクが帰ってから、とっさに判断したリサを褒めてあげよう。そのあとで、マイクに何をきかれたか話してもらおう。

「ダブルファッジ・ブラウニーはいかが？」ハンナはきいた。

「朝食にチョコレート？」マイクはきき返し、ハンナがうなずくとうれしそうな顔をした。「いいね」そして、ミシェルのほうを見た。「昨夜ぼくらが帰ったあと、ふたりでレイク・エデン・インのバーに行ったんだって？」

「ええ」ミシェルは視線だけで会話が交わせる姉妹の技を使って、姉さんがどんな作戦でいくのかわからないから、わたしは除外して、とハンナに伝えた。

ハンナはすぐにミシェルの視線の意味を読み取って、代わりに答えた。「そうよ。行ったわ。ミシェル、ブラウニーを出して、マイクに少し切ってあげたら？　それと、彼のコーヒーを温かくしてあげてくれる？」

ミシェルはハンナに感謝の笑みを向けると、姉に言われた作業に取りかかった。マイクのカップにコーヒーを注ぎ足し、ハンナにコーヒーのカップをわたしてから、ウォークイン式冷蔵庫に向かった。ブラウニーを持って冷蔵庫から出てくると、マイクのうしろを通りながらハンナにウィンクをした。

「ロスはいっしょじゃなかったとディックは言っていた」マイクは言った。

「ええ。わたしたちがあそこにいたのはほんの短い時間で、そのあいだロスは巨大フラットスクリーンで何か見たがっていたから」

「女性ふたりで飲みにいくにはちょっと遅すぎやしないか？」

「たしかにそうだけど、お酒を飲みにいったわけじゃないの」ハンナはそれ以上説明しなかった。ちょっと意地悪かもしれないが、昨夜レイク・エデン・インのバーに行った話をじらせば、マイクは逆上するだろう。彼はいま、情報を求めている状態で、ハンナが厨房にはいってきた瞬間に不意打ちをかけて当然と思っているのだから。

ミシェルが作業台にブラウニーの皿を置くと、マイクは視線を上げた。「すごくおいしそうだね！」

「おいしいわよ」ミシェルが言った。「ひとつ形が悪いのがあって、試食させてもらったの」

「当然のなりゆきだ」彼はにやりとして言った。

ミシェルはハンナを見た。「残りは冷蔵庫に戻しておくわね、姉さん。そのあとでもっとコーヒーを淹《い》れるわ。厨房のポットがそろそろ空っぽだから」

「ありがとう、ミシェル」ハンナは冷蔵庫に向かう妹を見送った。ブラウニーをしまって、新しいポットにコーヒーを淹れるのに、ミシェルが時間をかけるのはまちがいなかった。

マイクがブラウニーを大きくひとかじりするのを待って、ハンナは尋ねた。「それで、捜査はどんな調子なの、マイク？」

「うーん」ハンナの質問に手を振り、答えるのはもう少し待ってくれと伝えながら、彼は言った。

「気の毒に、母さんはトリーの死にまだすごく動揺しているの」ハンナはつづけた。「昨夜はドクが病院でミーティングだったから、食事会に母さんも呼ぶべきだったのかもしれないけど、トリーの事件について話題にする気分じゃなかったし、母さんはあなたに山ほど質問するだろうと思ってやめたのよ」

マイクが口のなかのものを飲みこんでコーヒーをもうひと口飲んだので、ハンナはつづけた。「捜査がどこまで進んでいるのか、母さんは知りたがるわ、マイク。わたしはなんて言えばいい？」

「うーん……そうだな……可能なかぎり順調だとだけ伝えてくれ。きみのほうはどうだい、ハンナ？ 昨夜レイク・エデン・インのバーに行ったのは調査のためなのか？」

「いいえ、ミシェルの友人のトリシア・バーセルに会いにいったのよ。彼女はあそこで働いていて、シフトが終わるまえに会いたかったから」

「彼女が生きているトリーを最後に見た人たちのひとりなのは知ってる？」

「ええ、あの夜六時に演技のレッスンを受けることになっていたけど、途中で切りあげられたそうよ。もちろん、だれかがトリーのアパートメントに行くのを見たかときいたけど、建物から出るあいだ、だれにも会わなかったと言ってた」

「そうなんだ。ぼくにもそう言った。ところで、なんでミシェルがここにいるんだい、ハンナ？　大学に戻ったんじゃなかったのか？」

「戻ったけど、感謝祭のお芝居を演出するためにまた帰ってきたのよ」

マイクは厨房の向こうの隅でディスプレー用のクッキージャーにクッキーを詰めているミシェルのほうを見た。「彼女にできると思う？」

「もちろん。ミシェルはとても才能があるもの。やる気になればなんだってできるわよ」

「トリー殺害事件の調査も手伝ってもらえると思ってるんじゃないか？」

ハンナはため息をついた。会話を別の方向に向けようと努力してきたのに、あまりうまくいかなかったようだ。マイクはまっすぐ目的に向かって突き進んでいた。

「ハンナ？」

「もし何かわかったら、ミシェルはわたしに教えると思うわ」

「そしてきみはぼくに話してくれるんだよね？」

やっぱりそれが目的だったのね！　犯罪捜査となると、マイクがやたらと短絡的になるのは、いまにはじまったことではなかった。「ええ、マイク。あなたに話すわ」

「すぐに話してくれる？　それともぼくが真相に気づくまで待つ？」

「すぐに話すわよ」子供のころ約束を違《たが》えるときにいつもやっていたように、テーブルの下で指を交差させながら、ハンナは言った。

「それならよかった」マイクはひと口でコーヒーを飲み干し、ブラウニーをもうひとつつかんで立ちあがった。「ブラウニーをごちそうさま、ハンナ。仕事に戻るよ……きみからぼくに話すことがほかになければだけど？」

「何も思いつかないわ」ハンナは言った。バスコム町長のことも、彼が遺言書のことで直訴するべくトリーのアパートメントに行ったかどうかについても、あえて考えまいとしながら。


シトラス・シュガークッキーの最後の天板二枚をオーブンから取り出して、業務用ラックに移したとき、ミシェルが空っぽのディスプレー用クッキージャーを持って厨房にはいってきた。

「もっとクッキーがいるわ」ミシェルは言った。「このクッキージャーをいっぱいにしてリサのところに持っていったら、こっちで焼くのを手伝うわね。ナンシーおばさんが早めに来てくれたし、あと一時間でマージとジャックも来るから、リサとわたしで厨房を手伝えると思う」

「それはよかったわ！　この二時間のクッキーの売れ行きときたら、信じられないほどよ。振り向くたびにあんたがここにいて、ラックのクッキーをクッキージャーに入れてるんだから」

「たしかに。殺人事件についてのリサの語りがこれ以上うまくなったら、厨房にもっと助っ人を雇わなくちゃならなくなるわよ」ミシェルは笑った。

「それか、二時間早く出勤するかね」ベイカーズ・キャップからこぼれた巻き毛の束をかきあげながら、ハンナは言った。

「そんなことになったら結婚生活の危機よ」ミシェルが警鐘を鳴らした。「そうでなくても疲れてるんだから。もっと眠ったほうがいいわ」

「そうね。いまの気分だと、四時間ぐらい仮眠できそう。まだお昼にもなっていないのに」

「座って。コーヒーを持ってきてあげる」ミシェルが言った。「姉さんにはカフェインが必要よ」

「カフェインでも無理かも。わたしのやる気は過去形になっちゃったみたい」

ミシェルは作業台にコーヒーのカップをふたつ運んできて、ひとつをハンナのまえに置いた。「そういうカントリー・ウェスタンの曲があるのを知ってる？」

「どんなの？」

「わたしのやる気は過去形にっていう曲。曲名は忘れたけど、たしかそんなような歌詞があった」

「なるほどね」ハンナはコーヒーをひと口飲んだ。「五〇年代から六〇年代にヒットしたカントリー・ウェスタンの曲の多くは、ミネソタの田舎に住むある女性が書いたって知ってた？」

「知らなかった。でも、わかる気がする。田舎に住んでたら、冬にはやることがあんまりないもの。それにミネソタでは、除雪車が来ないかぎり何週間も雪のなかに閉じこめられる。おそらく田舎にはケーブルテレビも衛星放送もないころよね。テレビ局もひとつかふたつしかなかっただろうし」

「そうよ。そういう時代は、家族でお互いを楽しませるしかなかったの。その女性が自作の歌を歌って、夫や子供たちを楽しませたのはまちがいないわ」

「たぶんね」ミシェルは疑わしそうに言った。「その女性が有名になって、曲がたくさん売れるようになったら、家族みんなでミネアポリスの大きな家に引っ越して、いつでも好きなときに食事に行ったり映画に行ったりしたでしょうけど」ミシェルはしばらく口をつぐんだあと、いきなり話題を変えた。「ところで、なんていうクッキーを焼いたの、姉さん？　なんだかお腹がすいてきちゃった。だって、すごくいいにおいなんだもの」

「シトラス・シュガークッキーと名づけるつもりなの。レモンとオレンジのゼストがはいってて、砂糖をまぶしてから焼いたものよ。味見がしたければ、ラックの一番下にある天板のをどうぞ。最初に焼いたものだから、冷めているはずよ」

二度言う必要はなかった。ミシェルは勢いよく立ちあがって業務用ラックに突進すると、皿にクッキーを取った。「はいどうぞ」かすかに息を切らして作業台に戻ってきて言った。

ハンナはクッキーをひとつ取ってにおいをかいだ。まだレモンとオレンジのすてきな香りがする。ひと口かじると、思わず顔がほころんだ。「悪くないわね」そして、もうひと口かじった。

「悪くない？」ミシェルが唖然《あぜん》とした様子で繰り返した。「悪くないですって？　何言ってるのよ、姉さん。最高よ！」

ハンナはちょっと得意げな気分になった。新しいレシピがうまくいくと、いつもうれしくなる。「そう。よかった」

「みんなも気に入ると思う。今日お店に出すつもり？」

「そうしてもいいわね。クッキージャーふたつに詰めて、お店に出してくれる？　でも、少なくとも一ダースは残しておいてね、ローナのところに持っていくから。彼女がランチに出るまえにオフィスでつかまえたいの」

「ハウイーの法律事務所にいるローナ・クーサック？」

ハンナはうなずいた。「ハウイーが先にランチに出て、帰ってきたらローナが入れかわりにランチに行くの。ハウイーが出かけて帰ってくるまでのあいだに彼女の話を聞きたいのよ」

「トリーの遺言書のことを探るつもりなのね」ミシェルが言った。質問というより声明だった。

「ええ。バスコム町長が信じたかどうかは別として、トリーがほんとうに遺言書を書き換えたのか、町長をまともにするための脅しとしてそう言っただけなのか、知りたいのよ」

シトラス・シュガークッキー

材料

有塩バター……2カップ（450g）

粉砂糖……2カップ（大きなかたまりがなければふるわなくてよい）

白砂糖（グラニュー糖）……1カップ

卵……大2個

レモンエキストラクト……小さじ1

オレンジエキストラクト……小さじ1

レモンゼスト……レモン1個分

オレンジゼスト……オレンジ1個分

ベーキングソーダ（重曹）……小さじ1

クリームオブタータ……小さじ1

塩……小さじ1

中力粉……4 1/4カップ（ふるわなくてよい。きっちり詰めて量る）

仕上げ用の白砂糖……1/2カップ

ハンナのメモその1：
念のために説明すると、
ゼストというのは柑橘類の皮の色のついた部分を細かくすりおろしたもの。
使うのは色のついた部分だけ。その下の白い部分はペクチンを含み、とても苦い。

← 次頁につづく

⑪ 用意した天板に充分間隔をおいて置き、
金属製のスパチュラの裏で軽く押してつぶす。

⑫ 160℃のオーブンで10～15分焼く
（縁がかすかに色づく程度。茶色になると焼きすぎ）。

⑬ オーブンから取り出して、天板のまま1、2分おく。

ハンナのメモその2：
すぐに天板からはがすと割れる可能性がある。
天板のまま1、2分おくとクッキーが固まるので、移動させてもくずれない。

⑭ 粗熱が取れたら、天板からワイヤーラックに移して
完全に冷ます。

ハンナのメモその3：
オーブンペーパーを使用した場合は、ペーパーごとラックに移動するだけ。
完全に冷めたあとでペーパーからはがす。

子供も大人も大好きな、さくさくで、バターたっぷりで、
柑橘が香るシュガークッキー、約10ダース分。

ミシェルのメモ：
ひとつ食べたらやめられなくなること請け合い！

作り方

① 耐熱ボウルにバターを入れ、電子レンジ（強）に60秒かけてとかす。
ソースパンに入れて弱火でとかしてもよい。
その場合、バターが茶色くならないように
スプーンでかき混ぜること。
とかしたバターを大きめのボウルかスタンドミキサーの
ボウルに注ぐ。

② 粉砂糖と白砂糖を加えてよくかき混ぜる。

③ 室温になるまで待ってから、ミキサーを低速にして、
卵をひとつずつ加えながらかき混ぜる。

④ ミキサーを低速にしたまま、レモンエキストラクトと
オレンジエキストラクトを加え、さらにレモンゼストと
オレンジゼストも加える。

⑤ ベーキングソーダ、クリームオブタータ、塩を加えて混ぜる。

⑥ 中力粉を1カップずつ加え、その都度よくかき混ぜる
（最後は1/4カップ分になる）。

⑦ 最後に手でひと混ぜして、ボウルに覆いをかけ、
冷蔵庫に1時間入れておく（ひと晩入れておいてもよい）。

⑧ 焼く準備ができたら、オーブンを160℃に余熱して、
天板にパムなどのノンスティックオイルをスプレーするか、
オーブンペーパーを敷く。

⑨ 浅めのボウルに仕上げ用の白砂糖1/2カップを入れ、
冷やした生地を冷蔵庫から出す。

⑩ 清潔な手で生地をクルミ大のボール状に丸め、
ひとつずつ⑨のボウルのなかで転がして砂糖をまぶしつける。

12

ミシェルもハンナに同行することになり、三十分後、ふたりはハウイー・レヴァインのオフィスにはいっていった。先ほどミシェルに説明したとおり、ハンナが会いたい人物はローナ・クーサックで、もし今日ハウイーがランチに出かけないことにした場合、ハンナとローナが話しているあいだ、ミシェルが法手続きについて二、三ハウイーに質問をしてくれるととても助かるのだ。

「あら、まあ！」法律事務所の入り口をはいって、ハンナは声をあげた。すっかり改装されて、豪華になっていた。

「いらっしゃい、ハンナ」受付兼弁護士秘書のローナが呼びかけた。ハンナの妹にも声をかける。「こんにちは、ミシェル。まだ大学にいるのかと思ってたわ」

「一度は戻ったんですけど、いまは勉強を兼ねた仕事でレイク・エデンにいるんです。〈レイク・エデン劇団〉の感謝祭のお芝居の演出をすることになって」

「それはすばらしいわね！　トリーがいなくなって、お芝居は中止になるんじゃないかとみんな心配してたから」ローナは重々しくため息をつくと、ハンナに向き直った。「遅かったわね」

「えっ？」

「遅かったわね、と言ったのよ。今朝九時に事務所を開けたらマイクがいたの」

今度はハンナがため息をつく番だった。「先を越されたわ。彼、トリーの新しい遺言書のことをききに来たんでしょ」

ローナは首を振った。「いいえ。ハウイーに話があると言われたの。そして、数分後にハウイーが来てマイクとオフィスに入り、ドアを閉めた」

「じゃあ、ふたりの会話は聞かなかったのね？」ミシェルがきいた。

「ええ、でもインターコムが鳴って、トリーの新しい遺言書の写しを持ってくるように命じられたわ」

「あなたが清書したのよね？」ローナが内容に通じていることを期待して、ハンナはきいた。

「ええ。専用のフォームがあるから、空欄に入力して印刷しただけだけど」

「トリーの古い遺言書もここで作成したの？」ミシェルがきいた。

「そうよ。彼女は町に引っ越してきてすぐにここに来たの。そのときもわたしが清書したわ」

「新しい遺言書があるなら、古いものはもう無効なんだし、内容を教えてもらうことはできるかしら？」ハンナはきいた。

ローナは首を振った。「そうできたらいいんだけど、できないのよ。あれが正式な遺言書だから」

「トリーは新しい遺言書に署名しに来なかったってこと？」ミシェルが推測した。

「そうなのよ。殺された日の翌朝十時にここに来て、すべての書類にサインすることになっていたの」

「新しい遺産受取人はだれだったの？」ハンナはきいた。

「それはちょっと倫理観を試される質問ね」ローナは言った。「でも、トリーの更新版の遺言書はもう無効なわけだから、彼女の意向をあなたたちに教えても責められはしないわよね」

「お願い、教えて」ハンナは持参したシトラス・シュガークッキーがはいった袋を出して言った。「それと、忘れるまえにわたしておくわね。あなたに新作のクッキーを持ってきたの」

「まあ！」ローナは袋を受け取って、なかをのぞいた。そして、目を細めた。「クッキーでわたしを買収するつもりね、ハンナ？」

「まさか！　友だち兼ご近所さんにちょっとした贈り物を持ってきただけよ」

ローナが笑顔になった。「うーん……そう言われたら、拒絶するわけにはいかないわね。それに、トリーの新しい遺言書のことを話すのは、必ずしも道義に反するわけじゃないの。遺産はジョーダン高校演劇科と〈レイク・エデン劇団〉で分けるようにという内容だったから」

「うそ!」ミシェルには衝撃だったようだ。「それを知っている人は町にいると思う?」

ローナは首を振った。「わたしからはもれてないわ。ハウイーがだれにも言っていないのもほぼ確実よ。トリー本人が遺言書を書き換えたとだれかに言っていないかぎり、トリーとハウイーとわたし以外だれも知らないはず」

ミシェルとハンナは意味ありげな視線を交わし、ハンナは姉妹で同じことを考えているのを知った。トリーが殺されるまえに新しい遺言書のことを知っていた人物はあとふたりいる。そのふたりとは、トリシアとバスコム町長だ。

〈レイク・エデン劇団〉の稽古場でもあるジョーダン高校の講堂でミシェルを降ろした。まっすぐ〈クッキー・ジャー〉に戻るつもりだったが、そのまえにドロレスがキャリー・ローズ・フレンズバーグと共同で経営しているアンティークショップに寄ることにした。〈クッキー・ジャー〉の裏に車を停め、足早に駐車場を横切って、隣のアンティークショップに向かった。

ハンナは裏口からはいってアンティークの在庫品が置かれた倉庫室を通りすぎ、せまい通路を進みながら声をかけた。「母さん、わたしよ!」

「あら、ハンナ!」ルアーン・ハンクスがそれに応えた。ルアーンはドロレスとキャリーのアシスタントで、彼女なくして母たちのビジネスの成功はなかっただろうとハンナは思っていた。

「母さんはいる?」ルアーンが帳簿のページを調べている店の前面のカウンターに着くと、ハンナは尋ねた。

「キャリーといっしょに上の休憩室よ。行ってあげて、ハンナ。ふたりともきっとよろこぶわ」

「そうするわ」ハンナは笑みを浮かべて言った。「ところで、何をしているの、ルアーン?」

「先週末のエステートセール(住宅を一般公開して故人の遺品を売ること。または引っ越しまえに不用品を売ること)で買ったアンティークの利益率を計算しているの。ドロレスとキャリーに安すぎる値段をつけてほしくないから」

「安くしがちなの?」

「ええ。ふたりともみんなに得をさせたいと思っていて、それはとてもいいことだけど、店を維持していくためには利益も出さないと」

「あなたの言うとおりだわ、ルアーン」

「まあね。でも、あなたも同じでしょ、ハンナ。ただでクッキーをあげてしまうんだもの。気前のよさは家系なのかしら」

「経営センスのなさもね」

ルアーンは笑った。ハンナがこれまで聞いたなかで最高の笑い方だった。小さな笑いがだんだん大きくなって、最後は一連のくすくす笑いになって終わる、というものだ。

「さあ、行って、ハンナ」ルアーンは店の中央にある階段を示して言った。「あなたが行けばふたりともよろこぶわ。ドロレスは調査の進捗状況を聞きたがっているでしょうし」

「ハンナ！」ドアを開けてコーヒールームにはいると、ドロレスに迎えられた。「きてくれてよかったわ！〈クッキー・ジャー〉に電話したら、リサはあなたがどこに行ったかわからないって言うから」

母がかなり興奮気味だったので、ハンナはちょっと心配になった。「何かあったの、母さん？」

「いっしょにランチに行ってもらいたいのよ！　キャリーはアールと〈バータネリズ〉に行くことになっているからだめなの。だれかが店番をしなきゃならないからルアーンを連れてはいけないし」

ハンナは首を傾《かし》げた。たしかに母は困っているようだが、その理由がわからない。「ひとりになりたくないから、ランチにつきあってほしいってこと？」

「いいえ、そうじゃないの！　質問のしかたを知っているあなたが必要なのよ。ジョージーナ・スウィントンのシフトが終わるまえに〈レッド・ベルベット・ラウンジ〉にランチを食べに行かなきゃならないの！」

ハンナはまだ理解できなかったが、うなずいた。「わかった。じゃあ、行きましょう」あいさつと出かける知らせを兼ねてキャリーに手を振ると、ウィンクを返されたのでほっとした。母の親友はドロレスの注文の多さを知っているのだ。

「あなたが運転して」襲歩《ギャロップ》よりわずかに遅い速足《トロット》で駐車場に向かいながら、ドロレスは命じた。振り向いてハンナがついてきていることを確認し、ハンナの業務用車に着くころにはひどく息切れがしていた。「乗って、ハンナ！　エンジンをかけて！　ジョージーナに給仕してもらうには二十分以内に着いていないといけないのよ。でないと、すべてが水の泡《オール・フォー・ノート》よ！」

すべてが水の泡？　頭のなかでそのフレーズを繰り返した。母はまたリージェンシー・ロマンスの新作を書きはじめたところにちがいない。「心配しないで、母さん。五分ぐらいで着けるから」ハンナは約束した。

三分半後、ハンナは旧アルビオンホテルの入り口すぐ横の母の客用駐車スペースに車を停めた。そして約束どおり、十五分の余裕をもって〈レッド・ベルベット・ラウンジ〉のブース席にすべりこんだ。

「いったいこれはどういうことなのか話して」ハンナはテーブルの上のメニューに手を伸ばしながら言った。昼食をとるつもりはなかったが、ここに来て、母がとてもおいしいと言う料理を食べないのもばからしい。

「ちょっと待って」ドロレスはそう言って、ふたりのテーブルに水のグラスをふたつ運んでこようとしているバスボーイを示した。「ジョージーナは勤務中かしら？」彼が水を運んでくるやいなや、彼女は尋ねた。

「はい。テーブルの担当は彼女がよろしいですか？」

「ええ、そうしてちょうだい」ハンナが母に代わって答えた。なぜドロレスが自分とここに来たがり、ジョージーナに給仕させたいのか、まだわからなかった。

バスボーイがいなくなり、ハンナは母のほうを見た。「そろそろ話してもらえる？」

ドロレスは水をひと口飲んで重々しくため息をついた。「ましになったわ」

「ええ。イルマ・ヨークと話したの。ジョージーナは彼女のいとこなのよ。イルマがジョージーナから聞いた話によると、トリーが殺された夜、バスコム町長はここで奥さんと飲んでいたんですって」

「なるほど。それで、バスコム町長のことをジョージーナにきいてほしいのね？」

「ええ、そうなの。でも、まだあるわ。ジョージーナは、階上《うえ》に行ってトリーを説得する、とバスコム町長が言っているのを聞いたんですって。そして彼はステファニーに、お代わりをたのんでおいてくれ、トリーを説得するのにそれほど時間はかからないだろうから、と言ったそうよ」

「それは気になるわね」ハンナは言った。そのことなら、トリシアが立ち聞きした電話の会話からもう知っていたが。「何時だったかわかる？」

「いいえ。ジョージーナは言わなかったから、イルマも知らなかった」

「それをわたしに探らせようっていうのね？」

「ええ、そうよ」ドロレスは問いかけるようにハンナを見た。「知りたくない？」

単純な返事以上のものを期待されているような気がして、ハンナは一瞬混乱した。やがて、何を求められているかに気づいた。「たしかに役立つかもしれないわ。ここに連れてきてくれてありがとう、母さん」

ドロレスが微笑んだので、ハンナはそれが正しい答えだったとわかった。「いいのよ、ディア」

ほどなくして、染めた黒髪を頭の上できっちりとお団子に結った女性が、ブースにやってきた。「いらっしゃい、ハンナ」彼女はにこやかに言った。「また会えてうれしいわ」

ハンナは頭のギアを高速に切り替え、記憶をさらった。どこかで見たことがある気がする。名前はジョージーナとわかっているが、いったいどこで見たのだろう？

すごい勢いで可能性をひとつずつ消していった。〈クッキー・ジャー〉のお客ではない。

親戚やその友人ではない。母が所属するリージェンシー・ロマンス愛好会のメンバーでもない。シナプスが別の場所につながり、これという答えを導き出した。だが、出た答えが正解かどうか再確認してもバチは当たらないだろう。

「あなたがここで働いていたなんて知らなかったわ、ジョージーナ」情報を引き出そうとしてハンナは言った。

「週に二日だけね」ジョージーナは笑みを浮かべて答えた。「日替わりメニューがルーベンサンドイッチとパティメルトのときはすごく忙しいから」

この声だ、まちがいない。バーガーに添えるのはオニオンリングにするかフレンチフライにするかと、最後にきかれたときのことを思い出して、ハンナは結論づけた。顔ははっきり覚えているとはいえないし、もちろん制服もちがうが、出した答えは正しかった。

「まだ〈コーナー・タヴァーン〉でも働いているんでしょう?」

「ええ、週末にね」ジョージーナが認めた。「それで、ランチのご注文は?」

「わたしはコブサラダをいただくわ」ドロレスが言った。「ドレッシングはかけずに添えてもらえるかしら、ジョージーナ?」

「いいですよ。サラダは厨房で混ぜておきますか、それとも、レタスの上にお肉、チーズ、固ゆで卵、アボカドのスライスと刻んだトマトをきれいなリボンのように並べます?」

「厨房で混ぜてちょうだい」ドロレスは言った。「並べたのはとてもきれいなんだけど、テーブルで混ぜようとすると散らばってしまうのよ」

ジョージーナは小さく笑った。「あなただけじゃないわ。ほとんどの人が最初は見栄えのいいほうをたのむけど、ボウルがどれだけいっぱいかわかってからは、厨房で混ぜてもらうようになるから。飲み物はなんにします、ドロレス？」

「マンゴー・アイスティーを。先週階上に運んでもらったけど、とてもおいしかったわ！」

「あれはわたしも好きよ」ジョージーナは注文票に注文を書きこんだあと、ハンナのほうを見た。「あなたは何にする、ハンナ？」

ハンナは身振りで彼女を近くに呼んだ。「ここのバーガーは〈コーナー・タヴァーン〉と同じくらいおいしい？」

「そうねえ……」ジョージーナはそこであたりを見まわし、だれにも会話を聞かれていないか確認した。「言っていい？　全然だめ！　全然ジューシーじゃないし、コックはウェルダン以外の焼き方を知らないみたい。付け合わせのフレンチフライもあんまりおいしくないわ」

「じゃあ、ほかにお勧めは？」ハンナはきいた。

「揚げ物系は全滅だから、残るはサンドイッチね。全粒粉パンのターキースタックはとてもおいしいわよ」

「ターキースタックには何がはいってるの？」ハンナはきいた。

「ローストしたターキーが二枚。エデン湖の対岸で育った七面鳥を毎日仕入れてローストしてるの。絞めたばかりだから新鮮よ」

ハンナは思わず身震いした。自分の食べる肉がどこから来るのかは知っているが、農場からどうやって〈レッド・アウル食料雑貨店〉のカウンターに来るのかはあまり考えたくなかった。「ローストターキーのほかには何がはいってるの？」

「全部説明するわ。昨日サンドイッチ係が作るのを見ていたの。実は、わたしのランチだったのよ。まずは全粒粉のパンのスライスを二枚。ツインシティのベーカリーから毎日届けてもらってるパンよ」

そのベーカリーはミシェルがすばらしくおいしいライ麦パンを買う店だろうか、と思ったが、尋ねはしなかった。いまはサンドイッチの作り方のほうに興味があった。「全粒粉のパンのスライスを二枚ね」ハンナは繰り返した。「つぎは何、ジョージーナ？」

「パンの両方に、マヨネーズと石臼《いしうす》挽《ひ》きのマスタードを混ぜたものを塗るの。そして、一枚のパンの上に具をのせていく。まずはエメンタールチーズのスライス」

「それは何？」ドロレスがきいた。

「スイスのチーズよ。サンドイッチ係はお金で買える最高のスイスチーズだって言ってる。スイスのエメンタールっていう町が原産みたい」ジョージーナはハンナに向き直った。

「そして、チーズの上にローストターキーを一枚。つぎにここで作ってるベリー丸ごとのクランベリーソースをのせる」

ハンナは笑顔になった。「いままでのところはおいしそうね。クランベリーソースの上には何を？」

「もう一枚のローストターキーよ。そしてその上にコールスローを少々。べちゃべちゃになるほどじゃなくて、歯ごたえを楽しめる程度にね」

「コールスローですって！」ドロレスがちょっと驚いたように繰り返した。

「そう珍しくもないのよ」ハンナが母に教えた。「ミシェルの家の近くにあるデリでは、コンビーフ・サンドイッチにコールスローをはさむらしいし」

「いまもそうなの？」ジョージーナはずっとわからなかったことにつながる鍵を見つけたような口ぶりで言った。「きっと彼はそこで学んだのね」

「彼《ヒー》ってだれ《フー》？」ドロレスがきいた。

ハンナは唇を噛《か》んで笑い声をあげるまいとした。母はほとんどいつも完璧な文法で話すので、その母の口から〝彼ってだれ〟という質問が飛び出すのはたまらなくおかしかった。

「うちのサンドイッチ係よ。彼がコールスローをはさむ理由がやっとわかったわ。セントポールで働いていたと言ってたから、きっとそのデリで働いていたのよ！」

「かもしれないわね」ハンナはにこやかに同意した。サンドイッチにコールスローをはさむデリはひとつだけではないだろうが。「サンドイッチはそれで完成なの、ジョージーナ？」

「ほぼね。スイスチーズのスライスをもう一枚のせるの。チーズは汁気のバリアの役割を果たすから、いちばん上にのせるんですって。それからマヨネーズとマスタードを塗っておいたもう一枚のパンをのせる。これで出来あがりよ。切るときのコツは、ばらばらにならないように押さえつけておくこと。それにスペシャル・コーンチャウダーのカップを添えて出すの」

「スペシャル・コーンチャウダー？」ドロレスが興味を示した。「何がスペシャルなの？」

「チャウダーそのものはどこもスペシャルじゃないの。作るのはすごく簡単で、わたしも家で作るわ、孫たちがランチに来たときなんかに。スペシャルなのは、ハラペーニョ・ジェリーを少量たらして、その上に塩味のポップコーンを六個ほど浮かべるから」

「驚いた！」ドロレスは大きな声をあげた。「食欲をそそるかはわからないけど、たしかに興味はそそられるわね」ハンナのほうを見る。「そんなコーンチャウダーを出すところ、聞いたことないわ。あなたは？」

「ないけど、〈レッド・ベルベット・ラウンジ〉に来たからには試してみるべきね。わたしはターキースタックにするわ、ジョージーナ。マンゴー・アイスティーとスペシャル・コーンチャウダーもつけてね」そして、ドロレスを見た。「もしそうしたければ、わたしのを味見していいわよ、母さん」

「いいえ、けっこうよ、ディア」ドロレスはきっぱりと言った。「さっきの注文はキャンセルしてちょうだい、ジョージーナ。わたしもターキースタックとスペシャル・コーンチャウダーをいただくわ。こんなに興味深いランチは何年ぶりかしら！」

「いいチョイスよ、ドロレス」ジョージーナは褒めた。「注文を通して飲み物を持ってくるわね。それから、休憩をもらってここであなたたちと話をするわ。今朝は休憩をとらなかったから、支配人に言えばすぐにもらえると思う」彼女はハンナを見た。「わたしが戻ってきたら、ここに来た目的を果たせるわよ」

ハンナはかすかに眉をひそめた。「それって……食べること？」

「いいえ、トリーとバスコム町長についてわたしに質問すること。調査してるんでしょ。いつもやっているものね。今日はそのためにランチを食べにきたんだってわかってるわ。でも、情報はそれだけじゃないのよ。幸運なことに、トリーとスタン・クラマーがここに来た午後も、わたしはシフトにはいっていたんだから。ふたりはとても興味深い会話をしていて、わたしはその一部始終を聞いていたの。言わせてもらえば、これから話すことがトリーを殺した犯人につながったとしても驚かないわ！」

ターキースタック・サンドイッチ

材料

目の詰まった全粒粉パン……普通の厚さにスライスしたもの2枚

マヨネーズ……1/8カップ（わたしはベストフーズ・マヨネーズを使用）

石臼挽きのマスタード……1/8カップ（わたしはディジョンを使用）

スイスチーズ……サンドイッチ用のスライス2枚（わたしはクラフトを使用）

ローストターキー（胸肉）……スライスしたもの2枚

ベリーが丸ごとはいったクランベリーソース……1/8カップ（わたしは生のクランベリーで作った）

細かい千切りキャベツで作ったコールスロー……1/8カップ

作り方

① パン2枚をまな板の上に置き、マヨネーズとマスタードを混ぜたものを両方のパンの片面に塗る。

② 片方のパンの上にスイスチーズを1枚、ターキーを1枚のせ、その上にクランベリーソースを塗る。

ハンナのメモその1：
クランベリーソースが残ったら、サンドイッチが出来あがってからいっしょに食べても。

③ ソースを塗った上にもう1枚のターキーのスライスと、水気を切ってペーパータオルで拭いたコールスロー、スイスチーズをのせる。

← 次頁につづく

ハンナのメモその2：
コールスローの量は控えめに。この場合少ないほどよい。
ターキーをコールスローで完全に覆う必要はない。
かじるたびにわずかにコールスローの歯ごたえを感じられればオーケー。

④ マヨネーズとマスタードを塗った面を下にして、
もう一枚のパンをのせる。

⑤ 幅広のスパチュラで軽く押すか、清潔な手のひらを押しつける。
こうすると切るときばらばらにならない。

⑥ サンドイッチを横に2等分し、皿に盛る。

⑦ スペシャル・コーンチャウダーを作る場合は、
カップに注いでサンドイッチに添える。
作らない場合は、コーンチップスやポテトチップスで代用する。

ハンナのメモその3：
クランベリーソースとコールスローが残ったら、追加したいお客さんのために、
忘れずにテーブルに出しておくこと。

おいしいサンドイッチ1人分。
このレシピは2倍にも、3倍にも、
ランチに招いた人数に合わせて何倍にもできる。

スペシャル・コーンチャウダー

材料

生クリーム……1カップ

チキンブイヨンのキューブ……2個（または、チキンブロス2カップ分ができる量の顆粒や粒状のブイヨン）

有塩バター……56g

冷凍コーン……1袋（約280g）

クリームコーン……2缶（約450g入り×2）

ブラウンシュガー……大さじ1

おろしたナツメグ……小さじ1/4（おろしたてのもの）

オニオンソルト……小さじ1/2

ガーリックソルト……小さじ1/2

黒コショウ……小さじ1/2

ホットソース……少量（わたしはスラップ・ヤ・ママを使用）

インスタント・ポテトフレーク……1/4カップ（とろみをつけるのに必要であれば）

トッピング

ハラペーニョ・ジェリー……1瓶

電子レンジで作れるバター味のポップコーン……1パック

← 次頁につづく

⑩ コーンチャウダーをもうひと混ぜしてからボウルに注ぐ。

⑪ それぞれのボウルのまんなかに、
とかしたハラペーニョ・ジェリー小さじ1をたらす。
広がって小さな池のようになる。

⑫ ハラペーニョ・ジェリーの上に6粒ほどのポップコーンをのせ、
すぐに食卓へ。

だれもが好きになるコーンチャウダー、ボウルにたっぷり注いで4人分。

これを試した人はたいていもう普通のコーンチャウダーでは満足できなくなる。

ハンナのメモその2:
ポップコーンの残りはとっておいて、
宿題をすませた子供たちにボウルごとあげよう。

ミシェルのメモ:
わたしが小さいころ、ハンナ姉さんはアンドリア姉さんとわたしのために、
よく電子レンジでポップコーンを作ってくれた。
いつもボウルに入れたあと、噛んで歯を痛めないように
はじけていないコーンの粒を取り除き、M&Mを混ぜていた。
塩味のポップコーンと甘いチョコレート菓子は特別なごちそうだったが、
アンドリア姉さんはわたしに茶色のM&Mばかり食べさせた。
色のついているものは小さいわたしによくないからと言って。
もちろん信じていなかったが、わたしは気にしなかったし、
その理由は決してアンドリア姉さんに言わなかった。
一度姉さんがチアリーディングの練習中にM&M1袋分の数を数えたら、
色つきのものより茶色のもののほうがずっと多いとわかったことは!

作り方

① 3～4リットルはいるソースパンに生クリーム、チキンブイヨンのキューブ、有塩バターを入れて弱火にかけ、クリームが焦げつかないようにつねにかき混ぜながら、チキンブイヨンとバターをとかす。

② 冷凍コーンを加え、火が通るまでかき混ぜながら煮る。約6分かかる。

③ クリームコーンを加えてかき混ぜる。

④ ブラウンシュガーとナツメグを加え、よくかき混ぜる。

⑤ オニオンソルト、ガーリックソルト、黒コショウ、お好みでホットソースを加え、熱々になるまで火にかける。

⑥ とろみを確認する。とろみが強いようなら、生クリームを少量加える。ゆるすぎるようなら、とろみがつくまでインスタントのポテトフレークを少量振りかける。

⑦ 塩、コショウ、ホットソースで家族の好みの味に整える。

ハンナのメモその1：
ホットソースを追加するときは気をつけること。
チャウダーをさらに〝辛く(ホツト)〟するために、ボウル一杯につき
ハラペーニョ・ジェリー小さじ1をトッピングすることを忘れずに。

⑧ コーンチャウダーのこんろをごく弱火にして、トッピングの準備をする。耐熱ボウルにハラペーニョ・ジェリー大さじ3を入れ、電子レンジ（強）で20秒加熱する。かき混ぜてみてとけていなければ、さらに10～15秒加熱する。

⑨ パッケージの指示どおりに電子レンジでバター味のポップコーンを作る。弾けたら、やけどをしないように充分冷ましてから袋を開け、ポップコーンをボウルにあける。

13

ジョージーナは二分もしないうちに、トールグラスが三つのったトレーを持って戻ってきた。トレーをテーブルに置いて、飲み物を配り、椅子を引いてハンナとドロレスに加わる。「わたしもマンゴー・アイスティーにしたわ」

ジョージーナが戻ってくるのを待つあいだ、いくつもの質問が浮かんでいたが、ハンナは彼女がアイスティーをひと口飲むまでなんとかこらえた。

「さあ、どうぞ、ハンナ」ジョージーナが言った。「わたしに質問したくてたまらないって顔してる」

「ええ、そのとおりよ」ハンナはいちばん重要なことから質問することにした。「トリーが殺された夜、バスコム町長とステファニーがここにいたことは知ってるわ。階上《うえ》の彼女の住まいに行って、考えをあらためさせると彼が言ったことも」

「そうじゃないかと思ったわ。だから、いとこのイルマに話したのよ。町いちばんのうわさ好きだから」

「なるほど」ハンナは言った。レイク・エデン・ゴシップ・ホットラインと呼ばれている電話連絡網の創設メンバーのドロレスのほうは、あえて見ないようにしながら。「バスコム町長がラウンジに戻ってきたのは何時ごろかわかる？」

「正確にはわからないけど、だいたいの時間なら教えられるわ。わたしが休憩にはいるのが七時半なんだけど、町長はその直前に出ていって、わたしが八時十分まえに戻ってきたときは、奥さんといっしょに座ってた。夜の責任者は休憩時間にきびしいから、いつも時間を気にするようにしてるの」

ハンナは重いため息をついた。ドロレスがトリーの悲鳴を聞いたという時間が正しいなら、町長はシロだ。その瞬間、ランチのあとで母のアパートメントに行って、仕事部屋の時計の時間を確認しようと決めた。

「がっかりしたのね？」ハンナの表情を読んで、ジョージーナが言った。「彼のことはテフロン町長と呼ばせてもらってるの。どんなトラブルが起きても、無傷で切り抜けてきたから」

「そのとおりね、ジョージーナ」ドロレスが言った。「リッキー・ティッキーはこの町でいくら悪いことをしても切り抜けてしまうけど、まだ人を殺したことはないわ。彼のトラブルはほとんどが……」適切なことばをさがそうとして口ごもる。

「結婚していることを忘れるというトラブルだから」ジョージーナがその先をつづけた。

「近ごろはそういう人が多いのよ。二週間まえにランチに来たキティ・レヴァインから聞いた話だけど、ハウイーは毎年彼女をウィネトカ郡の法廷弁護士が集まる盛大なクリスマスパーティに連れていくんですって。弁護士っていうのは、お酒がはいるとふしだらになるみたいね。二年まえのパーティで、みんながダンスしている写真を携帯電話で撮ったら、自分の妻と踊っている人はひとりもいなかったそうよ。そして、去年のクリスマスパーティでは、その弁護士たちは全員離婚して、キティが撮った写真の相手と再婚していたんですって。あの写真はすべてを予言していたってわけ」

「おもしろいわね」ハンナはそう言ってしまってからあわてて訂正した。「その、写真が未来を予言したのがおもしろいって意味よ。離婚された妻にとってはおもしろくないでしょう」

「わたしもそう思ったけど、よく見たら元妻たちにも新しい夫がいたそうよ」

ハンナはできるだけ控えめに時計を見たが、ジョージーナはそれを見て笑った。

「オーケー、ハンナ。言いたいことはわかったわ。雑談は最後にわたしがトリーを見たときのことを話してからにしましょう」

ハンナもドロレスもジョージーナに心持ち身を寄せた。

「話して、ジョージーナ」ドロレスがせかした。

「ちょうど一週間まえ、わたしはランチのシフトにはいっていた。そこへスタン・クラマーが来店して、静かな席をリクエストしたの。トリーとランチ・ミーティングをするということだったわ。それで、あそこの席に案内した」ジョージーナは隅にある四人掛けのテーブルを示した。「書類やなんかを広げる必要があるだろうと思ったから」

「気がきくのね、ジョージーナ」ドロレスが言った。

「そうあろうと努めてるわ」ジョージーナは小さく乾いた笑い声を上げた。「それに、お客が満足するとチップがいいから」

「あの席はほかとはずいぶん離れたところにあるわね」ハンナは隅のテーブルをじっと見ながら言った。「そばにあるのは壁際のあの大きなテーブルだけだわ」

「ええ、でも、大勢でランチに来るお客は少ない。ほとんどがこの界隈で働いている人で、町役場の職員や、料理をしたくないここのアパートの住人や、〈ハル&ローズ・カフェ〉よりしゃれたものを求めている地元民だから」

「それで、どうやってふたりの会話を聞いたの？」ドロレスが尋ねた。

「そばの大きいテーブルを片づける必要があったから、休憩のあいだそこに座って、その夜の十人のパーティに備えてぴかぴかにした。それから〝予約席〟のプレートを出して、端まで移動し、休憩時間が終わるまでそこに座っていたの」

ハンナはにやりとした。「つまり、そこに座ってトリーとスタンの話を聞いていたのね？」

「ええ……まあ、そうね。でも、わたしが詮索好きでよかったでしょう？　トリーとスタンが話題にしていた人が犯人かもしれないんだから！」

「だれのことを話題にしていたの？」今度はドロレスが妥当な質問をした。

「トリーの投資コンサルタントよ。彼女はマネーマンと呼んでたわ。トリーは毎月彼から生活費をもらってたって知ってた？　それ以上の金額が必要なときは、いちいちたのまなくちゃならなかったって」

「それほど珍しいことじゃないわ」ハンナはジョージーナに言った。「投資コンサルタントに財産管理をまかせて、生活費をもらっている人は多いわよ」

「でも、彼女のお金なのよ！　稼いだのはトリーで、投資コンサルタントじゃないわ。なんの権利があって、彼女がもらうべき金額を決めるの？　しかも、お金を管理してもらうための報酬も払ってるのよ！　毎月小切手を送っていると彼女がスタンに言うのを聞いたんだから」

　ジョージーナは激怒しているようで、ハンナは無理もないと思った。いつも自分でお金の管理をしている人にとって、投資コンサルタントを雇うことは無駄な出費のように思えるのだ。ハンナにはそれが理解できるので、ジョージーナに説明しようとした。

「あなたやわたしにとっては奇妙かもしれないけど、トリーはキャリアの頂点にあったとき、大金を稼いでいるの。大金を稼ぐ人がお金を使いすぎないように自制心を働かせるのは、とてもむずかしいのよ。トリーは女優のキャリアが永遠にはつづかないことを知っていたから、老後に充分なお金を残すために、健全な投資の助言がほしかったんでしょう」

「それはわかるけど」ジョージーナは言ったが、まだ少し納得がいかないようだった。

「それならなぜ銀行に預けなかったの？　みんなそうしてるのに」

「銀行は利息が低いし、トリーはお金を運用して増やしたかったのよ。たぶん、株式市場や投資についてはあまりくわしくないから、専門家を雇ってまかせていたんでしょう」

「なるほどね。まあ、わからないでもないわ」ジョージーナはしぶしぶ認めた。

「どうしてトリーはマネーマンのことをスタンに話していたの？」ハンナはきいた。

「スタンは会計士で、彼女の財務関係の書類にすべて目を通したから。どうやらスタンは、投資コンサルタントがトリーのお金で不正を働いている証拠をつかんだみたいだった」

「それはやっかいね」ドロレスが言った。「計画的にトリーをだましていたってこと？」

「スタンはそう言ってたわ。トリーの株が何銘柄かポートフォリオから消えているのに、売却した記録も、別のものに投資した記録もないって。ニューヨークの銀行の預金口座からもいくらか消えているらしいわ」

「スタンはいくらなくなってるか言ってた？」ドロレスがきいた。

「全部を調べてみないことには細かい数字まではわからないけど、参考までに概算の金額は伝えてた」

「それで、その金額は……」ハンナは息を止めた。これはとても重要なことだ。

「六万ドル近くよ。それもこの一年だけで」

「トリーはなんて言ってた?」ドロレスがきいた。

「すべてに目を通してもらえるように、その日じゅうに残りの財務記録をスタンに提出すると。そして、どれくらい時間がかかるかきいた。何をさがせばいいかわかっているから、二週間ほどで終わるだろうとスタンは言った。それから、全部をチェックするにはかなりお金がかかると」

「いくらかかるかトリーはきいてた?」ドロレスは興味津々の様子だ。

「ええ。五千ドルくらいかかるかもしれないということだった」

「トリーはそれでいいって?」ハンナがきいた。

「ええ、もちろん。まったく動じていなかったわ。今年だけでマネーマンに六万ドルもだまし取られてるんだから、あと五千ドルぐらいなんでもないと言って笑ってた」ジョージーナはそこまで言って身震いした。「でね、ずっと気になっていることがあるの。あなたたちにすべてを話した理由はそれなのよ。トリーはスタンのアドバイスを無視したせいで殺されたのかもしれないの!」

ハンナは戸惑った。「アドバイスって?」

「少しあとでスタンはアドバイスしたの。わたしの代わりにはいっていたウェイトレスが、トリーに二杯目のウォッカ・マティーニを運んできたすぐあとだった。こうなったら今日マネーマンがオフィスにいるあいだに電話してやるわ、とトリーはスタンに言ったの。お金をくすねていることは知っていると話すつもりだったのよ。月末までに全額返さなかったら、彼のクライアント全員に連絡して、何をされたかすべて話し、自分のように個人の会計士に相談するべきだと勧めると」

「トリーらしいわ」なんでもずけずけ言う友だちが恋しくてならない様子で、ドロレスが言った。

「でも、スタンはそんなことをしちゃだめだと言った。短気を起こしたら損をすると。トリーに気づかれていることを投資コンサルタントが知ったら、クライアント全員からできるだけお金をかき集めて雲隠れするかもしれない、と指摘したのよ。そうなったら、お金は決して回収できないって」

「いい指摘だわ！」ハンナは言った。

「トリーもそう思ったみたい。スタンの言うとおりだと認めて、スタンがチェックを終えるまでは、マネーマンを警戒させるようなことは何もしないと言ったの。でも……」

「でも、何？」ドロレスがきいた。

「もしトリーがそれを守らなかったとしたら？　ほかのクライアントにばらされるまえにマネーマンが彼女を殺す動機になるんじゃない？」

「そうね」ハンナは母と視線を交わして言った。ふたりともトリーが衝動的になれることを知っていた。もしトリーが言っていたとおりに投資コンサルタントに電話していたら、彼女を殺す格好の動機になるだろう。

〈クッキー・ジャー〉に戻るころには、ひどくむしゃくしゃしていた。バスコム町長は第一容疑者だったのに、ジョージーナから聞いた話によるとシロだった。母の仕事部屋の時計もチェックしたが、たしかに数分遅れていた。もしドロレスがあの時計を見て、悲鳴と銃声を聞いたのは八時数分すぎだと思ったなら、実際は八時十五分か、八時二十分近くだったということになる。

もちろん、新たな第一容疑者はいる。トリーの投資コンサルタントだ。でも、ジョージーナは名前を知らなかった。スタン・クラマーにきけばわかるだろうが、教えてくれないだろう。クライアントに対する守秘義務違反になるし、スタンは自分の誠実さにプライドを持っている。もちろんマイクにきかれれば話すだろうが、ジョージーナによるとマイクはまだ接触してきていないという。トリーの投資コンサルタントがトリーからお金をだまし取っていたことをマイクが知らないとしても、こちらから話すつもりはなかった……少なくともマネーマンがだれなのか、自力でさがすための手段がなくなるまでは。

〈クッキー・ジャー〉の厨房にはだれもいなかったので、ハンナはよろこんだ。いまはだれかと話をする気分ではなかった。スタンからトリーの投資コンサルタントの名前をきき出す方法を考えなければならないのだ。カップにコーヒーを注ぎ、作業台のまえのお気に入りのスツールに腰を下ろすと、サドルバッグ形のバッグをかきまわして、殺人事件メモと呼んでいる速記用のメモ帳をさがした。

「あなたじゃなかったのね」聞いている人はだれもいなかったので、容疑者のページに書いたバスコム町長の名前に線を引いて消しながら、ハンナはだれにともなく言った。「気に入らないけど、あなたはシロよ」

「だれがシロなの？」リサが空のディスプレー用クッキージャーを手に厨房にはいってきいた。

「バスコム町長よ。絶対クロだと思ったのに、トリーの殺害時刻にアリバイがあったの」

「そんなにがっかりしないで、ハンナ。容疑者を消していくのが、殺人事件の調査をするときのいつものやり方でしょ。容疑者リストにはほかにだれがいるの？」

「ひとりいるけど、名前を知らないからリストに書けないのよ」

「未知の動機を持った未知の容疑者？」

ハンナは首を振った。「動機はわかってるの。彼はトリーからお金を盗んでいた。でも名前がわからないのよ。わかっているのは職業だけ。トリーの投資コンサルタントなの」

「バスコム町長にきいてみたら？　いまお店で午後のコーヒーを飲んでるわよ」

「どうして知りたいのかときかれるし、話せばマイクに伝わるかもしれない」

「わかった。マイクの妨害なしに手がかりを追いたいのね。当たり?」

「ええ。ちょっと変に聞こえるかもしれないけど、母さんのためにどうしても事件を解決したいの。わたしの結婚式のプランニングやアパートメントの模様替えに骨を折ってくれたから。その母さんが、いまはわたしをたよりにしてる……だから……借りを返したいのよ、リサ」

「わかるわ。でも、落ち着いて、ハンナ。あなたはいまたいへんなストレスを抱えていて、ちゃんと考えられない状態なのよ。リラックスすれば、解決策が見つかるわ。どんな問題にも解決方法はあるんだから」

ハンナはため息をついた。リサの言うとおりだ。考えることがたくさんありすぎて、ちゃんと考えられない。シャワーと身支度という朝のルーティンの問題を解決しなければならないし、夫の朝食用に簡単にすばやくできるメニューを考えなければならないし、結婚祝いをくれた人全員にお礼状を書かなければならないし、ロスと充実した時間をすごしていい奥さんにならなければならないし、おまけに殺人事件も解明しなければならない。

「思いついたわ、ハンナ」

「バスコム町長からトリーの投資コンサルタントの名前をきき出す方法を?」

「あなたは無理だけど、ドロレスならできる」

「母さんが?」

「ええ。お母さんにたのんで、バスコム町長にきいてもらうのよ。投資の相談ができる人をさがしていると言えばいいわ。とてもいい人がいるとトリーが言ってたけど、名前を教えてもらえなかったと」

ハンナは少し考えてから言った。「ありがとう、リサ! それならうまくいくかもしれない。母さんは人から情報を引き出すのがすごく上手だから。でも、バスコム町長が知らなかったら?」

「そのときはそのときよ」リサは空っぽに近い業務用ラックまで行くと、バークッキーの型を取り出した。傾けてカウンターに出したクッキーを切り分け、そのうちのふたつを紙ナプキンにのせて、ハンナのところに持ってきた。「はい。コーヒーのおともにどうぞ。あなた疲れてるみたいだから、砂糖でエネルギーを補給しなくちゃ。しかも、おいしいのよ。あなたが出かけてすぐにナンシーおばさんが焼いたの。友だちのリンからもらったレシピで、店では好評だったわ」

「なんていうクッキー?」

「塩キャラメル・バークッキー。ランチにひとつ食べてみたけど、最高においしかった! 甘いキャラメルと塩のコンビネーションが絶妙なの」

ハンナはひとつ取ってかじった。そして、笑顔になった。「ほんとね。すごくおいしい！」

「食べた人はみんなそう言ってる。ミシェルが戻りしだい、ナンシーおばさんを厨房に送りこんで、もっと焼いてもらいましょう。もうクッキーがなくなりそうなの」

「レシピをくれればわたしが焼くわよ」ハンナは申し出た。「オーブン仕事をしてるといつも頭がよく働くの」

「レシピブックのいちばんうしろにあるわ。今朝持ってきてくれたの」リサは厨房の時計を見た。「いけない！　つぎのお話会の時間だわ。オーブン仕事を楽しんでね、ハンナ！」

ハンナは微笑みながらコーヒーの残りを飲み干し、ふたつ目の塩キャラメル・バークッキーを食べた。あとでドロレスに電話して、バスコム町長からトリーの投資コンサルタントの名前をきき出してくれるようたのもう。でもいまは、早くオーブン仕事をはじめたかった。落ち着いて考えれば、どんな問題にも解決策はある。

塩キャラメル・バークッキー

●オーブンを160℃に温めておく

材料

クラストとトッピング

室温でやわらかくした有塩バター……2カップ（約450g）

白砂糖（グラニュー糖）……1カップ

粉砂糖……1 1/2カップ

バニラエキストラクト……大さじ2

中力粉……4カップ（きっちり詰めて量る）

キャラメル・フィリング

個包装された四角いクラフトのキャラメル……1袋（約400g入り。約50個。子供たちにむくのを手伝ってもらう場合、2袋買ったほうがいいかも！）

生クリーム……1/3カップ

バニラエキストラクト……小さじ1/2

シーソルトまたはコーシャーソルト（粗挽きのもの）……大さじ1

← 次頁につづく

⑨ クラストを冷ましているあいだ、座ってコーヒーを飲む。
大量のキャラメルの包み紙をむいたあとは休憩が必要。

ハンナのメモその3:
子供たちがキャラメルの包み紙をむく手伝いをしてくれるときは、
ボウルにちゃんと50個あるか、数えてたしかめたほうがいい。
もしなかったら、避けられない事態になったときのために買っておいたふたつ目の袋から、
必要な分を足しておくこと。

⑩ クラストが冷めたら、⑦のキャラメルのボウルに生クリームを加え、
電子レンジ(強)で1分加熱する。
そのまま1分おいてから取り出し、耐熱のスパチュラか
木のスプーンでかき混ぜてなめらかにする。
なめらかさが足りないときは、電子レンジでさらに20秒加熱して
同じだけ時間を置き、もう一度かき混ぜる。
なめらかになるまでこの工程を繰り返す。

⑪ キャラメルがとけたら、バニラエキストラクトを加え、
なめらかになるまでかき混ぜる。塩はまだ加えないこと。

⑫ 焼いたクラストの上にキャラメルソースをできるだけ
均等に流しこむ。

⑬ ここで塩の出番!
キャラメルソースの上にシーソルトかコーシャーソルトを振りかける。

⑭ クラスト生地の残りを冷蔵庫から出してラップをはずす。
35分ほど冷蔵庫に入れておけば、完全に冷えているはず。

⑮ 清潔な手で生地をちぎり、クランブルにしてキャラメル層の上に
できるだけ均等に散らす。クランブルは少し隙間をあけて
散らすこと。キャラメルソースが見えるように
(これで味が変わるわけではないが、見た目がとても美しい)。

準備
23cm×33cmの型にパムなどの
ノンスティックオイルをスプレーする。

ハンナのメモその1：
このクラストとフィリングは電動ミキサーを使うとずっと簡単。
手でも混ぜて作れるが、かなり疲れる。

作り方

① 大きめのボウルかスタンドミキサーのボウルにバター、白砂糖、粉砂糖を入れ、中速にしたミキサーで白っぽくクリーミーになるまで混ぜる。

②バニラエキストラクトを加えてよくかき混ぜる。

③ 中力粉を半カップずつ加え、低速でその都度よくかき混ぜる。

ハンナのメモその2：
中力粉を加えると生地は固くなる。

④ 清潔な手で生地の1/3量を型に入れる。これがクラストになる。型の底いっぱいに広げて型に押しつけ、できるだけ平らにする。

⑤ 残りの生地はラップで包んで冷蔵庫に入れて冷やす（もし冬で、ミネソタ在住なら、裏のポーチに出しておく）。

⑥ 型を160℃のオーブンに入れて20分、または縁が薄い茶色になってくるまで焼く。

⑦ クラストを焼いているあいだに、キャラメルの包み紙をむいて耐熱ボウルに入れておく（50個あるか数えてたしかめておくこと）。

⑧ クラストが薄い茶色になってきたらオーブンから取り出し、型のままワイヤーラックに置いて約15分冷ます。

⑯ 型をオーブンに戻してさらに25〜30分、またはキャラメル層がふつふつとしてクランブルが軽く色づくまで焼く。

ハンナのメモその4:

とてもいいにおいがするので、すぐに四角く切り分けて、ひとつ食べてみたくなるはず。でも、あわてないで!

煮立った熱いキャラメルで口をやけどします。

それより、あまったキャラメルを食べながら、ワイヤーラックの上でバークッキーが室温まで冷めるのを待ちましょう。

あるいは、ミネソタに在住で季節が冬なら、裏のポーチのテーブルにワイヤーラックを移動させ、そこで冷ますこともできます。

⑰ 完全に冷めたら、ブラウニーぐらいの大きさに切り分けてきれいな皿に並べ、お客さまに出す。

おいしい塩キャラメル・バークッキー、四角い型1個分

母さんを招いているときは、
大皿にこのクッキーを用意したほうがいい。
一度に6個食べるのを見たことがあるから!

14

「よかった！　ここにいたのね！」ミシェルが裏口から厨房に飛びこんできて、満面に笑みを浮かべた。

「あら、ミシェル。稽古はどうだった？」

「なかなかよかったわよ！　トリシアの母親役の女性がすばらしいの。ほかのキャストも悪くなかったわ。まだ完全ではないけど、感謝祭までにはいい芝居を見せられるようになると思う」

「じゃあ、トリーなしでもうまくやっていけそうなのね？」

ミシェルはかすかに顔をしかめた。「ううん……そうは言ってない。稽古から戻るのが遅れた理由は、書類に目を通すために学校にあるトリーのオフィスにいたからなの」

ハンナはミシェルの声に不安の響きを聞き取った。「それで……？」

「トリーは衣装と舞台メイク用品にそうとうお金を使っていたみたい。それに、独立記念日にやった芝居はそれほど利益が出なかった。〈レイク・エデン劇団〉の銀行口座宛てに千ドルの小切手を切ること、というメモを見つけて、お金があるか確認しようと思って銀行に寄ってみたの。ダグ・グリアスン頭取はいなかったから、行員のリディア・グラディンにきいてみた。彼女、わたしが演出を引き継いだことを知ってたのよ、姪《めい》が芝居に出るから。それで劇団口座の収支を調べてくれたの」

「トリーは小切手を切っていなかったのね？」ハンナが予想した。

「そうなの」

「じゃあ、〈レイク・エデン劇団〉は破産するの？」

「それに近い状態ね。口座には十八ドルしかなかったし、トリーは感謝祭の興業権の契約金も振りこんでなかった。たったの五十ドルだけど、口座にはそれさえもないのよ。募金活動が必要だわ」

「それしかないでしょうね。どんな募金活動を考えてるの？」

「まだわからない。このあたりでは洗車が人気みたいだけど、寒すぎるわ！　寒いなか外に立って、洗わせてくれる車を待ちたい人なんていないわよ。学校の講堂でがらくた市をしてもいいかと思ったけど、マーチングバンドが二週間まえに新しいユニフォームの資金集めでやったばかりだし」

ハンナは少し考えてみた。「焼き菓子なんかを売るベイクセールはどうかしら」そう提案した。「それならいつだってレイク・エデンの人たちは来てくれるわ」

「ベイクセールはよさそうね」ミシェルはその考えに少し興奮してきたようだ。「それに、何か別のことをからめてもいいかも」

「たとえばどんな？」

「そうねえ。何かの出し物のチケットを売るとか、福引をするとか、何かベイクセールがもっとおもしろくなりそうなことよ。わたしたちは〈レイク・エデン劇団〉なのよ。ベイクセールよりもっと大掛かりで、もっとエンターテインメント性があって、もっとおもしろいものじゃないと。ベイクセールをおもしろくするものってなんだと思う、姉さん？」

「おいしいものを買い食いすること」ハンナはすぐに答えた。「でも、あんたが言いたいのはそういうことじゃないのよね。できそうなことといえば……」そこまで言って、ハンナの顔に笑みが浮かんだ。

「何？」ミシェルがきいた。

「パイの早食いコンテストは？　州農産物家畜品評会《ステートフェア》で毎年やってるでしょ。大人気で、観覧するにはチケットが必要なのよ。レイク・エデンでもパイの早食いコンテストの観覧チケットを売れない理由はないわ」

「いいわね、それ！　事前に出場者がわかれば、みんなだれが優勝するか見にいきたくなるでしょうし」

「宣伝が必要ね」ハンナが指摘した。

「それなら簡単よ。ロッドはいつも記事になる話題をさがしてるから、出場者の写真を撮ってもらって新聞に載せてもらうの。きっとやってくれるわ」

「レイク・エデンの有名人を出場させられるならね」

「たとえばだれ？」

ハンナは少し考えて言った。「バスコム町長がいいんじゃない？　新聞に写真を載せてもらうのが大好きだから」

「たしかに。バスコム町長なら人を呼べるわ。ロスに交渉してもらって、撮影したコンテストの様子をＫＣＯＷの夜のニュース番組で紹介してもらうことはできると思う？」

「それを知る方法はひとつしかないわ。ロスに電話してきくのよ」ハンナは壁の電話を示した。「うまくやってね。ロスは番組編成の責任者よ。地域のためになるし、視聴率も稼げるからと説得して」

「わかった、やってみる。早食いコンテストのパイは姉さんが作るって、ロスに話していい？」

ハンナはくすっと笑った。末妹は抜け目がない。「ええ、話していいわよ」

「それと、姉さんもステージにあがって、コンテストの進行を手伝ってくれることになったって言っていい？」

これには声をあげて笑うしかなかった。「いいわよ、ミシェル。彼にそう伝えて」

「ところで、ロスがいちばん好きなパイって何？」

「バナナクリーム・パイよ。ハネムーン中にそう言ってた」

「じゃあ、早食いコンテストのためにバナナクリーム・パイを作ってくれる？」

「いいわよ」

「よかった！　それもロスに言うわね。ＫＣＯＷの視聴者はみんな姉さんと姉さんのパイのことを知ってるから、きっと興味をそそられるはずよ」ミシェルは厨房の電話のほうに向かったが、振り返って言った。「パイの早食いコンテストそのものが姉さんのアイディアだってことも、ロスに話していい？」

「いいわよ、ミシェル」明らかにおもしろがっている顔で、ハンナは言った。

新妻をよろこばせるためならロスはなんでもする、とミシェルは思っているらしく、それをあてにしているのだ。ハンナはそれほど確信が持てなかったが、妹のために、そして自分のためにも、ミシェルの思いこみが正しいことを願った。

「つぎは何を作る？」ミシェルがハンナにきいた。姉妹はステンレスの作業台をはさんで座り、またコーヒーのお代わりを飲んでいた。「またクッキーがなくなりそうなんだけど」

「バークッキーがいいわ。早くできるし簡単だから。みんな好きだしね。どれを作ればいいと思う？」

「そうねえ。どれもおいしいけど、新しくて変わったものが作りたい気分なのよね。姉さんのレシピに新しい材料を加えれば、新作がひねり出せるかも。レシピブックを見て、バークッキーのレシピを全部出してみたら。わたしはパントリーをのぞいて、何があるか見てみる。おもしろい材料があれば、アイディアがもらえるし」ミシェルは作業台にレシピブックを持ってくると、パントリーの在庫を調べにいった。

ハンナは両手でマグを包んでため息をついた。レシピブックに載っているバークッキーなら全部知っているから、ページをめくる必要はない。忙しい一日だったので疲れていた。座ったまま、クルーズ船でのんびりすごした日々と、なんの責任もないというすばらしい感覚を恋しく思った。日常に戻ってきたいまはそうはいかない。私的理想郷《シャングリラ》は消えてしまった。いまはトラックまるまる一台分もの義務と責任があった。レイク・エデンの人びとはだれもが何かしらハンナにたよっているように思えた。ハンナ自身は夫の夕食に何を作ればいいかも考えられないのに。やることリストはあまりにも長くて、精神的に圧迫してくる。いまできるのは、そこに座って、今日できなかったことすべてに対して罪の意識を感じることだけだった。

罪の意識を感じるなんて時間の無駄よ、と頭のなかの声が言った。もっと悪いことに、非生産的だわ。いつまでも座ったまま自分を哀れんでいても、何もなし遂げられないわよ。

「そうよね」ハンナは声に出して言った。すぐにひとり言を言っていることに気づき、口をしっかり閉じた。

スタン・クラマーのオフィスに電話しなさい、と頭のなかの声が命じた。彼がクライアントの情報をもらすとは思えなくても、少なくともその可能性は消せるわ。

いいアドバイスだったので、ハンナは立ちあがり、作業台から壁の電話に向かった。スタンのオフィスに電話したが、出たのはスタンでも秘書でもなく、録音されたメッセージだった。今週はオフィスを留守にしています、とメッセージは告げた。来週月曜日の朝九時から営業を再開します。緊急の場合はつぎの番号に……。

録音メッセージが告げる番号は控えなかった。別の町の会計士は、スタンが現在抱えている仕事のことなど何も知らないだろう。電話を切って作業台に戻ろうとしたとき、リサのアイディアをまだ母に伝えていないのを思い出した。

もう一度受話器を取って、母の番号を押し、勇気を出すために深呼吸をした。これからドロレスが嫌がりそうなことをたのまなければならないのだ。

「もしもし、母さん?」ドロレスが出ると、ハンナは言った。「いま家?」

「あたりまえでしょ。これは家の電話だもの。そうでしょ?」

「あら、そうだったわ。ごめん、母さん」

「いいのよ、ディア。どうかしたの?」

「電話ではちょっと話せないことなんだけど、一時間後ぐらいにミシェルとふたりで寄ってもいい？」

「いいわよ、ディア。あなたたちが会いにくる理由で、いま話せることはある？」

ハンナの頭がトップギアにはいった、やがて、真実であり、母もよろこびそうな答えを見つけた。「ええ……あるわ、母さん。理由のひとつは、いまここで相談できないことなんだけど、〈レイク・エデン劇団〉の別の問題でも母さんのアドバイスが必要なの。ミシェルは募金運動をしたがっていて、専門家としての母さんの意見を聞きたいのよ」

「もちろんいいわよ、ディア！」ドロレスはとてもうれしそうだ。「それに、あなたたちに会うのはいつでも歓迎よ。でもひとつきいていいかしら。いまここで相談できないことというのは、トリー殺害事件のこと？」

「ええ、そうよ。じゃあ、あと一時間以内に行くわね、母さん。ほんとにありがとう」

一瞬間があってから、ドロレスがまた口を開いた。「何がありがとうなの、ディア？」

「そこにいてくれることに。そして……母さんでいてくれることに。じゃあ、あとでね、母さん」

「いまのはなんだったの？」パントリーから出てきて、ハンナの最後のことばを耳にしたミシェルが言った。

「母さんとちょっと微妙な話をしなきゃならなくて」

「わたしは知らないほうがいいような微妙な話？」

「ちがうわよ」ハンナは軽く笑って答えた。「わたしと母さんは、トリーがスタン・クラマーと会っていたことを知ったの。スタンはトリーの投資コンサルタントが彼女のお金をだまし取っていたことを突き止めたのよ」

「ちょっと待って！」ミシェルは目を見開いた。「まえにもそんな話を聞いたことがあるわ。以前舞台俳優だった演劇の教授が言ってたの、投資コンサルタントにお金を巻きあげられた友人が何人かいるって」

「トリーも同じ問題を抱えていたみたい。相手に電話して脅したりしないとスタンに約束したみたいだけど、母さんから聞いた話を総合すると、トリーはちょっと短気なところがあるから、約束を守らなかったのかもしれない」

「それで、訴えられたり他言されたりしないように、投資コンサルタントがトリーを殺したってこと？」

「そんなところね。少なくとも可能性はあるから、確認しないと」

「じゃあ、トリーの投資コンサルタントの名前を知ってるか、母さんにきくつもりなのね」

「いいえ、それは今日のランチのときにきいたわ。母さんは知らなかった。だから、バスコム町長から聞き出してもらうつもりなの」

ミシェルは眉をひそめた。「それはちょっと無神経じゃない？　だって、お姉さんが殺されたばかりなのよ」

「まあね。でも、社交上の会話のなかで遠回しにきき出す方法を、母さんが何か考えてくれるんじゃないかと思って。たとえば、『すばらしい投資コンサルタントがいるとトリーから聞いたことがあるんだけど、彼の名前を知ってたりしないわよね?』とか」

ミシェルの眉間のしわが深くなった。「母さんは社交術に長《た》けてるけど、それはうまくいかないと思う。それより、奥さんのステファニー・バスコムをお茶に招くようたのんでみたら?　彼女からならきき出せるかもしれないわよ」

ハンナはしばし考えてみた。「いい考えね!　お茶というのはシャンパンのことよね?」

「もちろん。前回ステファニーとペントハウスでお茶したときの話を母さんから聞いたの。お気に入りのシャンパンを振る舞ったら、ステファニーはあらゆることをぶちまけたんですって」

「そうなのよ、ミシェル。それに、ステファニーからきき出してもらうようにたのむのは、社交上のルールを破ることにはならない。ステファニーとトリーは友人同士じゃなかったから。町長を介してつきあいはあったけど、それほど親しくはなかった。夫がトリーの遺産をすべて相続したことで、ステファニーがすごく落ちこんでいるとは思えないわ」

「じゃあ、それで決まりね。クッキーを焼いたら母さんのところに行って、必要な情報をステファニーから引き出してほしいとたのみましょう」

「話があるからふたりで行くことはもう伝えてあるの。それに、ベイクセールとパイの早食いコンテストのアドバイスももらえるわよ。出場者と審査員の人選でも力になってくれると思うし」

「完璧ね。母さんがステファニーに出せるものを持っていきましょう。ステファニーは甘いものに目がないし、姉さんの焼くものならなんでも好きだから。彼女の好きなフレーバーはなんだっけ？」

ハンナは少し考えてから言った。「確信はないけど、フルーツがはいっているものならなんでも好きだった気がする。それで思い出したわ。パントリーに何かおもしろい食材はあった、ミシェル？」

「ええ」ミシェルは作業台を示した。ステンレスの作業台のまんなかに、大きな缶詰が置かれている。

ハンナはそれを見にいった。「オレンジマーマレード？　こんなものがあることも知らなかったわ！　どうしてこんな大きな缶を買ったのかしら？　オレンジマーマレードで何か作る予定なんて……」そこでハンナの顔に愉快そうな表情が浮かんだ。「思い出した！抽選会で当たったのよ！　もともとはフローレンスが友だちからもらって、ロンドンからはるばる持ち帰ったものだったの。向こうではすごく人気があるのよ。フローレンスも好きだけど、こんなに大きな缶じゃ百歳まで生きても食べきれないって言ってた。それで、牧師館のグランマ・ニュードスンのところに持っていったの。クリスマスの不用品抽選会に寄付するためにね。それがわたしに当たったってわけ」

「ステファニーはオレンジが好きかしら?」ミシェルがきいた。

「好きだと思う。シトラス・シュガークッキーが気に入っていたみたいだから。ひとりで六個食べてたってリサに聞いたわ」

「それなら申し分ないわ。ステファニーにとってもね。オレンジマーマレード・バークッキーを作りましょう」

「ショートブレッドのクラストで?」

「ええ、でもココナッツロングを加えたクラストに変更するわ」

「おいしそうね。ココナッツとオレンジはよく合うし。ラブリー・レモンバーのクラストを代用する?」

「ええ。ココナッツを入れればもっとおいしくなると思う。ココナッツをすごく細かく刻まなくちゃならないけどね。歯にはさまるのをいやがる人が多いから」

「わかってる。細かくするわ。ココナッツロングをフードプロセッサーに入れて。ローズのココナッツケーキを作るときみたいにね」


一時間を少しすぎてしまったが、ハンナとミシェルは旧アルビオンホテルのエレベーターに乗りこんだ。ハンナはほぼ冷めたオレンジマーマレード・バークッキーを型ごと持っていたので、ミシェルにたのんだ。「あんたのカードキーを出してくれる？」

「了解」ミシェルはカードをスロットに通し、ペントハウスのボタンを押した。

「いま何時？」ハンナはきいた。

「三時十五分すぎ。母さんがステファニーをお茶に招待するのに遅すぎないといいけど」

「それはないわよ。町長は今夜六時に公聴会の予定がはいってるから。《レイク・エデン・ジャーナル》で読んだの。市街地の駐車場不足に対処するために町長が建てたがっている新しい立体駐車場のことで、不安を覚えている住民の意見を聞くらしいわ」

「どこに建てたがってるの？」

「墓地沿いの通りだけど、アウグスト・ラーンが反対しているの。彼が所有する牧草地のすぐ隣だから、交通量のせいで牛が動揺して牛乳の量が減ってしまうと言ってね。今朝コーヒーショップで聞いたんだけど、牛乳の産出量についてアウグストと同意見のご近所さんが何人かいるそうだから、長い公聴会になるかも」

「ステファニーは公聴会に出席しないわよね？」

「するわけないでしょ。そんならしくないこと」エレベーターの扉が開き、ハンナが降りると、ドロレスが娘たちを待っていた。

「よかった！　やっと来たわね。さあ、はいって」彼女は振り向いてハンナを見た。「何を持ってきたの、ディア？」

「オレンジマーマレード・バークッキーよ。今日の五時にステファニーをお茶に招いたときのお茶請けにと思って」

ドロレスは不意に立ち止まり、けげんそうにハンナを見た。「ステファニー・バスコムを？　彼女をお茶に招いてなんかないわよ！」

「いまはまだね」ミシェルが引き継いだ。「でも、そうしてほしいと思ってるの。母さんは人から情報を引き出す天才でしょ。ハンナ姉さんはどうしてもステファニーからきき出したい情報があるのよ」

ドロレスは笑った。「お世辞がうまいわね、あなたたち。あなたのほしい情報ならわかってるわよ、ハンナ。トリーの投資コンサルタントの名前を知ってるかどうか、ステファニーにきいてもらいたいんでしょう」

「そのとおりよ、母さん。それをきき出せる人がいるとすれば、それは母さんよ。スタン・クラマーをのぞけばだれも知らないみたいだし、彼は月曜日まで町を離れてるの」

「わかったわ」ドロレスは先に立って温度管理された庭に向かい、テーブルと椅子のほうを示した。「座っていてちょうだい。いい白ワインがあるのよ……もちろん、コーヒーのほうがいいなら別だけど」

「姉さんは母さんといっしょに白ワインを飲むわ」ミシェルが姉に代わって言った。「少しリラックスする必要があるから。わたしはもしあるならコーヒーをもらいたいな。それか水を。どっちでもいいけど。〈クッキー・ジャー〉を閉めたら、ハンナ姉さんのアパートまでわたしが運転するつもりだから、飲まないほうがいいと思うの」

「うちの娘たちはとても賢いこと」ドロレスは少し得意げに言った。「このワインはあなたも気に入るわよ、ハンナ。ディック・ラーフリンがとても勧めていたから。このまえドクとレイク・エデン・インに行ったときにいただいたけど、最高だったわ。それと、水なら冷蔵庫にボトル入りのがあるわよ、ミシェル……コーヒーのほうがいいなら別だけど」

「のどが乾いてるときは水のほうがいいのよ。わたしはのどが乾いてるの」ミシェルはそう言うと、冷蔵庫を開けて水のボトルを一本取り出した。

「グラスは使う、ディア？」

「いいえ、いらないわ、母さん。ペットボトルだし、ここで飲むならこれで充分」

「そうね。ドクは毎朝、冷蔵庫を水でいっぱいにしていくの。わたしはつねに水分を補給する必要があるんですって。ある程度の年齢になると……」ドロレスはそこまで言うと、ちょっときまり悪そうな顔をした。「もちろん、わたしはまだそこまでの年齢じゃないけど、話を合わせてるのよ」

「シャンパンはある？」ハンナは母からワイングラスを受け取ってきいた。

「もちろんあるわよ、ディア。冷蔵庫にいつも一本入れてあるわ。たまたまステファニーのお気に入りのが。すぐに彼女に電話して、五時のお茶に招待しましょう。たしか今夜リッキー・ティッキーは公聴会のはずだから」

「そのとおりよ」ハンナは言った。「ありがとう、母さん。トリーの投資コンサルタントの名前をきき出せるのは母さんしかいないのよ」

ドロレスは決然と電話をかけにいき、そのあいだハンナとミシェルはペントハウスのドームつきの庭で待った。「泳ぐ時間があったらよかったのに」ミシェルが言った。「母さんのプールで泳ぐのはすごく気持ちがいいから」

「そうね。冬はとくにすばらしいわ。ドームの外で雪が降っていても、プールやジャクージでリラックスできるんだもの。ここは住むには最高ね」

「ほんと。母さんにぴったり。ここでの暮らしをすごく楽しんでるみたいね。庭でも楽しめることがたくさんあるし」

姉妹はしばし黙って飲み物を飲んでいたが、そのうちミシェルが笑いだした。

「どうしたの?」ハンナが尋ねた。

「すごく変なこと考えちゃった。母さんとドクはここで水着なしで泳いだことがあるのかしらって」

「もう、ミシェルったら!」ハンナはぎょっとしたが、必死でそれをごまかした。「正直、それは考えたくないわ」

ミシェルはちょっと恥ずかしそうだった。「そうね。こんなこと言うべきじゃなかったわ。でも、どうしても気になって……ごめん、もうやめる」

ミシェルが話題を変えて、閉店後に生地を作っておくクッキーの種類について話しはじめたので、ハンナはとてつもなくほっとした。クリスマス・レース・クッキーのような手がこんだものを焼くことの可否について話し合っていると、ドロレスが庭に戻ってきた。

「ステファニーは来てくれるって？」思わず幸運を祈って指をクロスさせながら、ハンナはきいた。

「ええ。出かけたくてたまらなかったし、わたしとお茶をするのは大歓迎ですって。それに、あなたが焼いた新作のバークッキーに興味津々だったわ。帰るまえに切り分けてくれる、ハンナ？　どれくらいの大きさに切ればいいかわからないから」

「わたしがやるわ」ミシェルがそう言うと、立ちあがって室内にはいり、設備の整った母のキッチンに向かった。

「戸棚に銀の大皿があるでしょう」ドロレスが彼女の背中に向かって言った。「ドクと結婚したお祝いにグランマ・ニュードスンからいただいた、銀線細工の取っ手つきのやつが。百年近くまえから家族が所有していたものだそうよ。あれにのせればバークッキーがすてきに見えるわ」

「あれなら何をのせてもすてきに見えるわよ！」ハンナは母に微笑みかけながら言った。

「あの大皿なら覚えてるわ。ゴージャスよね」

「わたしが死んだらあなたに遺してあげましょうか？」ドロレスがきいた。

「母さん！　やめてよ、そんな話！」ハンナは思わず身震いした。「そんなこと考えたくない」

「あら、どうして？　だれでもいずれは死ぬのよ。永遠の命なんてないんだから」

「それはそうだけど、話題にするのはいやなのよ。悲しくなるだけだもの。人生の一瞬一瞬を味わい尽くし、最後まで精一杯生きなくちゃ……そうじゃない？」

ドロレスは何度かまばたきをしたあとうなずいた。「ええ、そうね。それに、あなたの言い分は正しいわ、ハンナ。避けられないことについてあれこれ悩んでも、いま手にしているものを楽しめなくなるだけよね」

ミシェルが庭に戻ってきて、母の意見を耳にした。「こんなすてきな午後に深い話をしてるのね。気分が明るくなるものを持ってきてよかったわ」

「あら、うれしい！」ドロレスがミシェルから小さな皿を受け取って言った。「あなたの説明を聞いてからずっと食べたかったのよ」

「わたしもよ」ハンナもそう言って、バークッキーをひとつ取った。「いただきましょう、ミシェル。シャンパンの最初の一杯といっしょにステファニーに出せるくらいおいしいか、それとも二杯目か三杯目からのほうがいいかたしかめないと」

ドロレスは笑ってクッキーをかじった。すぐに至福の表情が顔に広がった。「すごくおいしいわ！」

「でしょ」ミシェルが言った。「ひとつ大きめなのがあったから、余分なところを切り落としたの。捨てるのはもったいないから食べちゃった」

「おいしい！」ふた口目を食べながらハンナも言った。「ココナッツはいいアイディアだったわね、ミシェル」

ハンナがふたつ目のバークッキーを取ろうとしたとき、携帯電話が鳴った。ポケットから出してディスプレーを見ながら微笑む。「ロスだわ。出てもかまわない？」

「どうぞ」ドロレスが言った。「きっと何時に帰るかあなたに伝えたいんでしょう」

「ハイ、ハニー」ハンナは電話に出た。しばし耳を傾けてから言った。「いまどこって言ったの？」

会話が進むうちに、ハンナのウキウキした表情が消え、あきらめの表情に変わったことにドロレスとミシェルは気づいた。

「もちろんよ」ハンナは言った。「ちゃんと理解してる。じゃあ、戻ったときにね、ハニー」電話を切って顔を上げると、不安そうな妹と母を見ることになった。

「何か困ったこと？」ドロレスがきいた。

「いいえ、そういうわけじゃないの。ちょっとがっかりしただけ。ロスとPKはいまミネアポリスの空港にいて、今夜ニューヨークに飛ぶんですって。ＫＣＯＷはロスにトリーの経歴をまとめさせたいらしくて、ブロードウェイ時代の知り合いにインタビューする必要があるの」

「がっかりして当然よ」ドロレスはなんとか娘をなぐさめようとして言った。「新婚なのに、旦那さまは出張なんて」

「せめてもっと早く伝えてくれればよかったのに。空港に行く途中でも電話はできたはずよ。それか、家で荷造りしているときに。でも、しなかった」

「きっと急いでたのよ」ミシェルは必死でロスの行動を説明しようとした。

「しかも、シアター・ディストリクトのウェストンに泊まるのよ！」ハンナはつらそうにつばをのみこんだ。どうして涙をこらえているのかわからないままそうしていた。「デザートシェフ・コンテストでニューヨークに行ったとき泊まったところよ。それなのに、考えもしなかったんだわ……わたしも連れていこうとは！」

「きっと行けないだろうと思ったのよ」ドロレスがあわてて言った。「あなたには仕事があるから。トリーの事件も調査しているし」

「ええ……そうよね」ハンナはのどのつかえをのみくだして言った。「ばかなことを言ってるのはわかってる。きかれたとしても行けないと答えただろうから。でも……きくだけはきいてほしかったわ！」

ミシェルは同情するように姉を見た。「それはそうよね、でもいい面を見なきゃ」

「いい面なんてあるの?」ハンナはなんとか心の平静を取り戻そうとして言った。

「もちろんあるわよ！　これでもう姉さんは、仕事のあと急いでうちに帰ってロスのために夕食を作らなくていいのよ」

「たしかにそうね」ハンナはぎこちなく微笑んだ。「何を作るかアイディアも浮かんでなかったし」

「それならふたりとも、アンドリアたちとのディナーに合流するといいわ！」ドロレスが言った。「ドクは病院で会議があって、長引きそうなんですって。ビルも今夜は仕事だから、アンドリアと子供たちをレイク・エデン・インでのディナーに誘ったの。ハネムーンから帰ったあと、トレイシーとベシーに会ってないんじゃない、ハンナ?」

「ええ、会ってないわ」母の言うとおりだと気づいて、ハンナは言った。結婚披露宴の夜以来、姪たちには会っていないし、あれはもう一週間半まえのことだ。気分転換になるし、ぜひ会いたかった。仕事のあとまっすぐうちに帰ったら、ロスがニューヨークに行ってしまったことをくよくよ考えてすごすに決まっている。「急いでうちに戻ってモシェにえさをやらないといけないけど、ぜひ行きたいわ、母さん」

「よかった」ドロレスはミシェルを見た。「あなたも来るわよね、ディア?」

ミシェルは笑った。「わたしの懐事情ではごちそうしてもらえるのは見逃せないわ。それに、あそこの料理はいつもすごくおいしいし。もちろん、行かせてもらうわ、母さん。誘ってくれてありがとう」

「何よりだわ。アンドリアと子供たちとは七時に現地で待ち合わせなの。グランマ・マッキャンがベシーに長い午後のお昼寝をさせてくれることになっているから、あの子も眠くならないと思う。あなたたちはそれより少し早く来てもらえるかしら？」

「もちろんよ！」ハンナは母が三人だけで話し合いを持ちたがっているのだと気づき、急いで言った。「ミシェルとわたしは五時に〈クッキー・ジャー〉を出て、まっすぐうちに戻って着替えとモシェのえさやりをしたら、すぐにインに行けるわ。六時半でどう？」

「いいわよ、六時半ね」ドロレスは言った。「いつものカーテンつきの席を予約してあるから、そこで待っているわ。これでステファニーから聞き出したことを報告する時間がたっぷりとれるわね」

オレンジマーマレード・バークッキー

●オーブンを175℃に温めておく

材料

ココナッツロング……1 1/2カップ

おろしたシナモン……小さじ1/2

粉砂糖……1/2カップ（ふるわなくてよい）

ブラウンシュガー……1/2カップ（きっちり詰めて量る）

冷えた無塩バター……1 1/2カップ（336g）

中力粉……2カップ（ふるわなくてよい。きっちり詰めて量る）

バニラエキストラクト……小さじ1

ココナッツエキストラクト……小さじ1（なければバニラエキストラクトを小さじ2に）

オレンジマーマレード……1瓶（510g入り。わたしはスマッカーを使用。280g入りの瓶しかなかったら2個使う）

← 次頁につづく

⑩ オーブンから型を取り出し、ワイヤーラックに置いて
完全に冷ます。冷めてから冷蔵庫に入れ、
オレンジマーマレードのフィリングを固める。

⑪ ブラウニーの大きさに切り分け、きれいな大皿に並べる。

ハンナのメモその1：
型にアルミホイルが敷いてあると楽。
ホイルの〝耳〟を持ってホイルごとクッキーを持ちあげ、
まな板に置いたら、ホイルを広げて切り分けることができる。

王に（女王にも）ふさわしいオレンジマーマレード・バークッキー、
ブラウニーサイズのクッキーがたくさん焼ける型1個分。

ハンナのメモその2：
みんなが大好きなバークッキー。
母さんによると、ステファニー・バスコムは
シャンパンによく合うと言っていたという。

準備
23cm×33cmの型の内側にパムなどのノンスティックオイルをスプレーする。
厚手のアルミホイルを上下左右に余裕を残して敷いてからオイルをスプレーしてもよい（その場合、型を洗わなくてすむ！）。

作り方

① ココナッツロング、シナモン、粉砂糖、ブラウンシュガーをフードプロセッサーに入れ、ココナッツが細かくなって、糖類がよく混ざるまで断続モードで動かす。

② 冷えたバターをさいの目切りにして1/3量を入れ、その上に中力粉1カップを振りかける。これをあと2回くり返す。

④ その上にバニラエキストラクトとココナッツエキストラクトを振りかける。

⑤ 粗い砂利状になるまでフードプロセッサーを断続モードで動かす。

⑥ ⑤の半量を型の底に広げる。均等に広がるように型をゆすり、清潔な手のひらか金属製の広刃のスパチュラで型に押しつける。

⑦ オレンジマーマレードの瓶を開け、生地の上に何カ所かたらす。ゴムのスパチュラで広げる。

⑧ 残りの生地をその上に振りかける。

⑨ 175℃のオーブンで45〜50分、または振りかけた生地がきつね色になるまで焼く。

15

自宅に戻ってハンナが最初にしたのは、モシェにえさをやることだった。つぎにベッドルームに向かった。急いでシャワーを浴びて、家族が集う高級ディナーの席にふさわしいと母が認める服に着替えるためだ。

ベッドルームにはいって部屋を見まわし、眉をひそめた。どうやらロスは急いで荷造りしたわけではないようだ。きびすを返して、ミシェルがジーンズとスウェットシャツよりもドレッシーな服に着替えているゲストルームに急いだ。「ちょっと来てくれる？　見せたいものがあるの」

「いいわよ！　もう支度はできたから！」ドアを開けたミシェルは、ハンナがまだ着替えていないのを見て、かすかに眉をひそめた。「動揺してるみたいね。何かあったの？」

「ついてきて」ハンナは先に立って主寝室にはいった。「ちょっとなかを見て。ロスが急いでいてわたしに電話できなかったというあんたの推理はまちがってたみたいよ」

ミシェルが部屋にはいると、眉間のしわが深くなった。「ロスはシャワーを浴びたのね。

せっけんのにおいがする」

「それだけじゃないわ。くずかごのなかにあるものを見て」ハンナは洗濯物入れやティッシュホルダーとおそろいの、枝編み細工のくずかごを示した。

「ドライクリーニングの袋」ミシェルがくずかごのなかにあったものをつまみあげて言った。「レシートもあるわ。日付のスタンプには受け取った時間もはいってる」

「それは見落としてたわ」ハンナは心のなかで自分を責めながら言った。「ロスは何時にクリーニングを引き取ってる?」

「今日の午後一時二十分」

ハンナは自分の今日一日の活動を思い起こした。「わたしが厨房でクッキーを焼いていた時間よ。ロスは出張のことを知ってたんだわ。そうじゃなかったら、仕事を終えてからクリーニングを引き取りにいったはずだもの。そのときにはもうわかっていたのに、わたしに電話しなかったのね!」

「そうみたいね」ミシェルは慎重に言った。「たぶん、手元に携帯電話がなかったのよ」

「ロスはいつも電話を持ち歩いてる。電子の鎖と呼んでるわ。気に入らないけど、つねにテレビ局とつながっていなくちゃならないからって」

「ランチ休憩中に、たまたまクリーニングを受け取りにいったのかも」ミシェルが別の可能性を指摘した。

「それはないわ。わたしが昨日電話して確認したの。そのときはまだできていなくて、今日の三時以降ならいつでも取りにきていいと言われた」

「ロスにそのことは言った？」

「いいえ。今日の仕事終わりに取りにいくつもりだったから。でも、ロスに先を越されたのね。できているかどうかも知らなかったのに。きっと電話して急がせたんだわ。すぐに必要だったから」

「つまり、彼は町を出ることを今日の一時まえには知っていたってこと？」

「そういうことね」ハンナは深いため息をついた。「わたしの結論はひとつしかないわ、ミシェル。ロスはニューヨークに行かなくちゃならないことを、実際に出発するまでわたしに話す必要はないと思ったのよ。つまり、わたしのことなんてそれほど大切だとは思っていなかったってこと」

ミシェルがそのことを理解するには少し時間がかかったが、理解すると首を振った。

「そうじゃないかもしれないわよ、姉さん。もっと早く伝えるはずだったけど、必要なものをすべてそろえようとして、ばたばたしていたのかも。もちろんPKとの打ち合わせもあっただろうし。それにしばらく時間を取られていた可能性もあるわ」

「もしかしたらね……」疑っているような声になってしまった。「でも、電話するのにどれだけ時間がかかるっていうの？　〝ハニー、特別な仕事のためにニューヨークに飛ぶことになった。あとで電話して説明するよ〟と言えばいいだけじゃない。それならほんの数秒ですむし、わたしも知ることができた」

「たしかに」ミシェルもその点は認めた。「ロスはただ姉さんをがっかりさせたくなくて、電話するのを先延ばしにしてたのかも」

「がっかりさせたくないですって?」ハンナは驚いて妹を見つめた。「話してくれていればがっかりしなかったわよ。話してくれないからがっかりしてるんでしょ!」

「わかったってば。でも、ロスはそうとは知らなかったのかもしれないわよ。まだ結婚して一週間ちょっとだもの。それに、結婚するまでも早かったでしょ。大学時代はお互いをよく知ってたんだろうけど、卒業後のことはそれほど知らないわけだし」

ハンナは少し考えてみた。「ええ、そうね」

「ロスは気が進まなかったのかもよ、電話で長い時間をかけて姉さんに説明しなくちゃならないし、時間もなかったから。妻を怒らせるかもしれないことを話したい夫なんていないわよ」

「そうね……でも、ミシェル、わたしは彼が出張に行くことを怒っているんじゃないし、ロスもそれはわかってると思う。わたしにはわたしの人生があるし、彼には彼の人生があるとわかっているはず。たしかにわたしたちは結婚したけど、腰でつながってるわけじゃないんだから」

ミシェルは笑った。「つながってるのは腰じゃなくて……いいえ、なんでもない。もしかしたらもっと早くに電話したのに、姉さんが出なかったのかもしれないわよ」

「電話があったなら、リサかナンシーおばさんが教えてくれていたはずよ」

「ええ、〈クッキー・ジャー〉に電話してたらね。でも、仕事中は姉さんのじゃまをしたくなくて、携帯に電話したんじゃない？　着信があったかどうか調べた？」

「いいえ。それはトレイシーに教わってないから」

「いまやってみましょ。携帯を出して、わたしが調べてあげるから。そのあとそのやり方を教えてあげる」

ほんの数分後、ハンナは答えを得た。ロスは三回ハンナに電話していた。メールで出張のことを知らせてさえいた。

「正真正銘のばかになった気分」ロスからの不在着信の記録と、未読メールをミシェルに見せられたあと、ハンナは言った。「ロスからの電話に気づかなくて当然よ！　母さんと〈レッド・ベルベット・ラウンジ〉でランチを食べているあいだ、車に携帯を置いたままにしていたんだもの」

「持っていくのを忘れたの？」

「いいえ。人と会っているときに電話に出ることを母さんがなんて言ってるか知ってるでしょ。ほかの人たちのまえで電話に出るのは無礼なことだと思ってるのよ。それに、電話もメールももらう予定はなかったから、あえて置いていったの」

「そして、車に戻ってからも、確認はしなかった？」

「ええ。電源を入れて、それだけ。確認方法を教えてくれてありがとう、ミシェル。携帯電話を買ったとき、トレイシーが教えてくれたのかもしれないけど、覚えることがたくさんありすぎて、それは忘れてしまったのね」

「マナーモードにする方法も教えてあげる。そうすれば、あとはポケットに入れておくだけで、着信音で他人に迷惑をかけることはないわ。振動を感じれば、着信かメールの着信があったとわかるから、あとで忘れずに確認すればいいの」

ミシェルが〝オプション〟メニューを開いてマナーモードにする方法と、着信音を鳴らしたいときに解除する方法をやってみせるあいだ、ハンナは注意深く見守った。「わかったと思う」感謝しながらそう言った。

「よかった。ところで、もうひとつやることがあるわよ」

「何？」

「着替えたほうがいいわ。人と会っているときに電話に出る人に、母さんがどんなにいらいらするかはもう知ってるでしょ。遅刻する人にはもっといらいらするわよ」

ハンナとミシェルがレイク・エデン・インに着いたのは、約束の時間の二分まえで、受付ではドット・ラーソンが勤務中だった。

ドットは笑顔でふたりを迎えた。「ドロレスからプライベート・ブースに予約をいただいて、いちばん奥のブース席を確保してあるわ。約束の時間は六時半だと聞いてたけど、少し早かったわね」

「遅れるよりは早いほうがいいと思って」ドットがメニューを二部取って受付から出てくると、ミシェルは言った。

「そうね」ドットはにっこりした。「ドロレスは、わたしが一年生のときの先生ミセス・チェンバースと似たところがあるわ。ふたりとも遅刻が大嫌いなの」

ハンナとミシェルは微笑みを交わした。ドットは高校の最高学年のときから〈レイク・エデン・イン〉で働いていて、常連客全員のあらゆることを知っていた。

「ついてきて」ドットが言った。「ドロレスのいるブースに案内するわ。約束の時間に間に合ってよかった。お母さんはきっとよろこばれるわ」

ミシェルは〝ほら、言ったとおりでしょ〟とばかりに、そっとハンナの背中を小突いた。そして、ドットに案内されるまま、ハンナのあとから五個のプライベート・ブースがあるロフトにつづく、カーペット敷きの三段の階段をのぼった。

「ジミーとジェイミーは元気?」ほかのブースを通りすぎながら、ハンナはドットにきいた。

「ふたりともとても元気よ。ジミーは昇格したの。会社にとても気に入られているみたい。ジェイミーは相変わらずじっとしてなくて。ジミーの母が子守をしてくれなかったらどうしていいかわからないわ。ジェイミーについていくには、ジョーダン高校の陸上のスター選手でも雇わなくちゃならないかも。どういうわけか、歩き方を覚えなかったみたいで、ひたすら走りまわってるから」

「そんな状態で、義理のお母さんは相手ができるの？」ミシェルがきいた。

「ええ、トレーニングになるから気に入っているみたい」

「トレーニング？」今度はハンナがきき返した。

「そう。義母は毎年ミネアポリス・マラソンに参加していて、来年はボストン・マラソンを走りたがっているの。家族全員、運動が大好きなのよ」

いちばん奥のブースに着くと、目隠しのカーテンが引かれていた。どのブースにも適度にプライバシーが保てるレースのカーテンと、完全に視界を閉ざすもっと厚目のカーテンがついていた。

「おふたりがお見えですよ、ドロレス」ドットが声をかけ、カーテンを引いてハンナとミシェルをブースのなかに導いた。

「よかった！」ドロレスはふたりを迎え入れると、ドットを見た。「ワインを注《つ》いでほしいと担当のウェイトレスに伝えてくださる？」

「はい、でも、それはわたしがいたします」ドットはそう言うと、ナプキンを手にして、ドロレスの横にあるワインクーラーからボトルを取った。

残念！　ハンナの頭のなかの声が言った。シャンパンじゃないわ。ステファニーからトリーの投資コンサルタントの名前をきき出せたなら、シャンパンだったでしょうに。

「わたしはグラス半分で」ミシェルがドットに言った。「今夜はわたしが運転手だし、雪になりそうだから」

ドットは笑った。「十一月のミネソタよ。もちろん雪になるわ」

三人とも笑ったので、ドットはうれしそうだ。「でも、嵐にはならないわよ、ミシェル。ジミーはいつも出勤まえに天気予報をチェックするんだけど、雪は小降りで風もないという予報だったわ。問題なく車で帰れるはずよ」

「それなら、グラス半分と言わずに一杯いただくわ」ミシェルは言った。「でも、この一杯だけね。そのあとは炭酸水にする」

「ウェイトレスに伝えるわ」ドットはにっこりして言った。「あなたはワインでいいんですよね、ドロレス？」

「ええ。来るときは会議に向かう途中のドクに送ってもらったし、帰りは迎えに来てくれることになっているから。帰りの運転のことなら心配ないわ」

グラスが満たされて、ドットが案内係の場所に戻っていくと、ドロレスは小さくため息をついた。「残念なお知らせよ、娘たち」

ハンナには察しがついた。「ステファニーはトリーの投資コンサルタントの名前を教えてくれなかったのね？」

「ステファニーは投資コンサルタントの名前を知らなかったのよ。リッキー・ティッキーに電話してきいてくれたけど、彼も知らなかった」

ハンナの気分は落ちこんだ。「つまり、知っているのはスタン・クラマーだけで、彼は月曜日まで戻らないというわけね」

「そういうことになるわね、ディア。ニーナ・ラインケに電話して、アルマの電話番号をきくことまでしたんだけど」

アルマ・ラインケが〈レイク・エデン劇団〉の元演出家で、州外に引っ越すまで数カ月間トリーといっしょに働いていたことは、ハンナも知っていた。

「まず、ニーナの居場所を突き止めなければならなかった。このまえの夏に結婚して、いまはブレイナード（ミネソタ州の都市）に住んでいたわ。彼女がアルマの番号を教えてくれて、連絡することができたの」

「アルマはいま、シカゴにいるんでしょ？」ハンナは母の意思の強さに感服した。

「ええ、そうよ」

「ミセス・ラインケは何か知ってた？」ミシェルがきいた。

「いろんな話をしてくれたわ。アルマのご近所さんは修理人と浮気をしてて、彼は毎週月曜日と水曜日の正午から一時にその家の私道にトラックを停めてるとか、あらゆるものを控える最新のダイエットをしてるけど、まだ一グラムもやせてないとか、姉妹が先週の木曜日に胆嚢《たんのう》の発作を起こしたとか、テレビが壊れたとか。きっとものすごく退屈してたんでしょうね、十五分間まるまるしゃべりつづけたんだから。わたしはまだディナーの服に着替えてなかったのに」

「じゃあ、役に立つことは何もきけなかったのね」ミシェルは同情して言った。

「ええ」ドロレスはため息をついて言った。「でも、無駄ではなかったわ。アルマとトリーは長いこといっしょにすごしていたから、トリーが投資コンサルタントのことを話したかもしれないと思ったんだけど。ごめんなさい。スタンが町に戻るまで、もう手がかりはなさそうね」

「別の方面からトリーの投資コンサルタントの名前がわかるかもしれないわよ」ハンナが訂正した。

ドロレスはうなずいた。「そうね、ハンナ。でも、どうやって?」

「まだトリーにもらった鍵は持ってる?」

「いいえ。トリーが殺された夜、事情聴取のときにマイクからわたしてほしいと言われたの。もちろんわたしたわ。法執行機関には従わないとね」

「オリジナルの鍵をわたしたってことよね？」

「そうよ、ディア」

ミシェルが笑い、妹がすぐに察したことをハンナは知った。「大事な鍵を手にしたら、すぐコピーを作るようにって、母さんはいつも言ってるわよね」

「ええ、そのとおり。それが賢明よ」

「つまり、トリーに鍵をもらってすぐにコピーを作ったけど、それはマイクにわたさなかった。そうよね、母さん？」ハンナはミシェルと笑みを交わした。

「そうよ、ディア。マイクに言われたことにはすべて従ったけど、ほかにも鍵を持っているかとはきかれなかったし、こっちから話すなんて思いつかなかったから」

ミシェルは笑った。「母さんって、やり手の法廷弁護人になれたでしょうね。すごく卑劣だもの」

「言われたことに忠実と解釈したいわ。そのほうがずっと聞こえがいいもの。トリーのアパートメントで投資コンサルタントの名前がわかるものをさがしたいんでしょう？」

ハンナはかすかにうなずいた。「それしかないような気がするのよ、母さん。トリーが殺された夜に彼がレイク・エデンにいたかどうかを調べるには、その名前を知る必要があるの」

「もっともな話だわ、ディア。彼の素性がわからなかったら、居場所を調べることもできないものね。トリーはアパートメント内のどこかに名前を書き留めているかもしれないし」

「それを期待してるの。今夜のディナーのあと、ミシェルといっしょにその鍵を取りにいくわ。できるだけすばやくトリーのアパートメントにはいって、終わったら返しにいくから」

「だめよ、ディア」

「だめ?」ハンナはきき返し、けげんそうにミシェルと顔を見合わせた。

「だめよ」ドロレスは繰り返した。

「どうして、母さん?」ミシェルがきいた。

「鍵はほかのだれにも使わせないとトリーに約束したからよ。もちろん、警察は別にしてね。マイクの指示には従わないといけないもの」

あきれて目をぐるりとまわしたいところだったが、そんなことをしても無駄だとハンナは知っていた。代わりに、母のゲームに加わった。「わかるわ、母さん。もらった鍵はほかのだれにも使わせないとトリーと約束したのよね。でも、コピーを作らないとは約束しなかったんでしょ?」

「ええ、してないわ」

「だから母さんはコピーを作って、それをまだ持っている」

「そうよ、ディア」

「つまり、母さんはトリーの鍵のコピーを持っているけど、そのコピーの鍵をだれにも使わせないという約束はしていないのよね?」

「もちろんよ! あなたが何を言おうとしているかはわかるわ、ハンナ。あなたの質問は抜け目がないけど、やっぱり鍵を使わせるわけにはいかない」

ハンナは行き詰まった。「どうして?」

「コピーがあることをもしトリーが知っていたら、ほかのだれにも使わせないでくれとたのむだろうから。これは暗黙の約束だけど、わたしは守るわ。あなたが鍵を使えず、ミシェルも使えないとしたら、わたしがいっしょに行って自分で鍵を使うしかないわね」

「前菜はミニキッシュにするわ」ミシェルが前菜にサラダを注文したあとで、アンドリアが言った。「それとポーク・カルバドスを。家ではほとんどポークを食べないけど、サリーのポーク料理は絶品だから」

「サリーに伝えておきます」ウェイトレスはそう返したあと、ハンナのほうを向いた。

「カクテル・ミートボールの二種のソース添えか、チーズ・ペパロニ・バイツかで悩んでるの。前菜のメニューで初めて見たから」

「新作で、今夜試しにメニューに載せたんです」

「どういうものか説明してもらえる?」

「もちろん。チーズとペパロニとオリーブをパイ生地でくるんだ、かわいらしい包み焼きです。早めに来て味見させてもらったんですけど、とてもおいしかったですよ。オリーブと上に散らしたシーソルトがちょうどいい塩味で、オーブンで焼いたチーズがとけていて」

「チーズはどんな種類のものを使ってるの?」

「ゴーダチーズです。赤いワックスで覆われた小さなボール状のものを仕入れています」

「オリーブは? どういう種類のもの?」

「カラマタ・オリーブです。わたしの大好物なんです」

ハンナはおいしい塩味のオリーブのことを思い出して、笑顔になった。「わたしも大好きよ」

「そのオリーブの産地はどこ、ハンナおばさん?」トレイシーがきいた。

「ほとんどがカラマタで育てられているわ」

ハンナはトレイシーのくすくす笑いにさえぎられた。

「どうしたの?」ハンナはきいた。

「カラマタ・オリーブだからカラマタ産なんだね。そんなのあたりまえか」

「そうでもないわよ。グリーンのオリーブだからグリーンランド産というわけじゃないでしょ？」

トレイシーは顔をしかめてから笑いだした。「そうだね、ハンナおばさん」

ウェイトレスも含めてテーブルについていた全員が笑い、ハンナはみんなの笑いが少し収まるのを待ってからつづけた。「メッシニア産のものが多いわ。ペロポネソス半島にある場所よ。ラコニア産のものもある。カラマタの近くよ」

「カラマタのほうがメス……なんとかよりいい名前だね」トレイシーが意見した。

「わたしもそう思うわ。暗い紫色のオリーブで、傷がつかないように手で摘まなければならないの」

「味見できるように少し持ってきますね」ウェイトレスが申し出た。

「ありがとう！」トレイシーはその申し出をよろこんだ。「うちの裏庭に新しい木を植える必要があるの。古い木は枯れかけてるから抜かなきゃだめだってパパが言ってた。それって悲しくない？」

「とても悲しいわね」ハンナは同情して言った。「でも、カラマタ・オリーブの木を育てることはできないわよ、トレイシー」

「どうして？」

「カラマタ・オリーブの木は寒い気候に耐えられないの。イントレラント《イントレラント》は……」

「わかった、ハンナおばさん！」トレイシーがすばやく言った。「寒いのが嫌いって意味でしょ。ミネソタは寒いもんね」

「ええ、ほんとに！」ウェイトレスも同感のようだ。

「わたしはチーズ・ペパロニ・バイツにするわ」ハンナは言った。「すごく興味を引かれるから」

「お客さまはなんになさいます、マアム？」ウェイトレスはドロレスのほうを見た。

「わたしはシュリンプカクテルをいただくわ。いつもこれなの。ここのエビはどこよりも大きくて味がいいから」

「それもわたしの好物なんです」ウェイトレスは言った。そして、またアンドリアを見た。

「お嬢さま方はどうなさいますか？」

「自分で注文させるわ」アンドリアは言った。「あなたからどうぞ、トレイシー」

「ありがとう、ママ」トレイシーは礼儀正しく言った。「ポテトを添えたスライダー（小さなハンバーガー）をいただけますか？」

「よろこんで」ウェイトレスは笑顔でそう言ってから、ベシーを見た。「あなたは何にしますか、ヤングレディ？」

ベシーはくすくす笑った。「レディじゃないよ。ベビーだもん」

ウェイトレスは完璧な真顔を保っていたが、吹き出しそうになっているのがハンナにはわかった。「わかりました。では、何にしますか、かわいいベビー？」

「かわいいって言ってくれてあんがと」ベシーがそう言って、トレイシーをちらりと見ると、姉はうなずいた。「あたしが食べたいのはねぇ……」思い出そうとして口ごもり、ため息をつく。「忘れちゃった。あっ、じゃあね……お姉ちゃんと同じの！」ベシーはトレイシーを指差して微笑んだ。「すごく……おいちそうだから」

「おいしいですよ」ウェイトレスが言った。「すぐに注文を伝えて、二分で戻ってきますね」

急いで厨房に向かうウェイトレスの肩が、かすかに震えているのにハンナは気づいた。彼女がベシーの会話を再現したら、おそらく厨房では笑いが起こるだろう。「よくやったわ、ベシー！」姪に腕をまわして言った。「上手に注文できたわね」

「ガンマッキャンが教えてくれたの。でも忘れちゃった」

「でもちゃんとできたじゃない」ドロレスが言った。「注文したいものはウェイトレスさんにちゃんと伝わったでしょ」

「あんがと、ガンマディー」ベシーは言った。そして、とても得意そうな顔をした。

「あたしがグランマ・マッキャンのためにメニューをプリントアウトしたんだ」トレイシーが言った。「それを見て彼女がベシーに何を言えばいいか教えたの。この子、うまくできたよね。忘れたときの逃げ方もうまかったと思わない？」

「すごく気が利いてたわ」ミシェルが言った。そして、ベシーに向かって尋ねた。「それで、ほんとうは何が食べたいの？」

「ハッドッグ！」興奮気味の笑顔をミシェルに向けて、ベシーは言った。「ハッドッグ、ハッドッグ大好き！　ママはキカイでハッドッグを作ってくれるの」

「電子レンジでね」アンドリアが説明した。「今週ベシーはホットドッグに夢中なの。先週はマカロニ＆チーズだったわ。そのまえはボローニャ・サンドイッチ」

ベシーとアンドリアのやりとりを眺めながら、ハンナはロスと子供を持ちたいと思っていることに気づいた。母親業と仕事を両立させるのはむずかしいだろうが、多くの女性たちが立派にこなしている。アンドリアもそうだ。仕事をつづけているし、いい母親でもある。もちろん、グランマ・マッキャンに手伝ってもらっているが。自分たちにもグランマ・マッキャンのようなすばらしい子守を雇う余裕はあるだろうか？　ロスと話し合わなければならない問題だ。それどころか、その可能性について話し合ったことがないので、ロスが子供をほしがっているかどうかも知らなかった。お互いの希望や夢もよく知らないのに結婚したのは性急すぎたのだろうか？

そのとき、ウェイトレスが前菜のトレーを運んできた。前菜がそれぞれのまえに置かれると、これでもう深刻なことを考えずにすむと思うと、ハンナはひどくほっとした。

「このキッシュ、すごくおいしい」ひと口食べてアンドリアが言った。

「サラダもよ」ミシェルも言った。「ラディッシュのはいったサラダって大好き。色がきれいだし、独特の風味があるから」

　ドロレスは笑みを浮かべて、ジャンボ・シュリンプをサリー特製のシュリンプ・カクテル・ソースに浸している。その笑みはサリーの料理の腕を証明していた。

「ハ、ハ、ハンブーもしゅごくおいちいよ」ベシーも会話に加わった。「残さないで食べる」

　ハンナはチーズ・ペパロニ・バイツをひと口食べてみて、うなずいた。サリーの新作の前菜はすばらしくおいしかった。味蕾《みらい》が目覚めて、もっととせがむような絶妙な組み合わせだ。つぎのディナーパーティのとき、うちでも作れるかもしれない。きっと大受けするだろう。ロスはオリーブが大好物なのだ。それを知ったのはハネムーン中だった。まえもって作っておいて、パイ皮に包んだ状態で冷凍することもできるかもしれない。そうすればオーブンに入れて焼くだけですむ。

「何を考えているの、ハンナ姉さん？」ハンナが考えこんでいる様子なのに気づいて、ミシェルが声をかけた。

「この前菜よ。ロスが好きそうだし、ディナーパーティで出したらいいんじゃないかと思ったの。サリーからレシピをもらわなくちゃ。帰るまえに思い出させてくれる、ミシェル？」

「いいわよ」ミシェルはベシーのほうを見てから、ハンナに身を寄せた。「ベシーがポテトを数えて山にしてるんだけど、お皿の横のほうにひとつ山を作るたびに一本口に入れてるの。そうやって食べてたら数がわからなくなるわよと教えてあげるにはまだ小さすぎるかしら？」

「たしかに小さすぎるわね。母さんがウィニー・ヘンダーソンの農場にイチゴ狩りに連れていってくれたときのことを覚えてる？」

「ぼんやりと。わたしがまだすごく小さいころじゃなかった？」

「四歳ぐらいだったと思う。あんたはバケツにイチゴを入れながら、まったく同じことをしたのよ。十個数えるたびに一個食べてたの」

「そのことをわたしに教えてくれた？」

「ええ。イチゴを十個摘むたびに、もう一個加えないと、全部で何個摘んだかわからなくなるわよって」

「わたしはそのとおりにした？」

「いいえ。ほっといてと言われたわ。お腹がすいてるし、イチゴは大好物だし、がんばって摘んでるんだから、いつでも好きなときに一個食べてもいいんだって」

「算数の勉強には興味がなかったのね？」

「まったくね。それに、ベシーはあのときのあんたより二歳以上年下なのよ」

「勉強になったわ」ミシェルは言った。「何も言わない。ポテトを楽しく食べるベシーを見ているだけにする」

チーズ・ペパロニ・バイツ

ハンナのメモその1：
一度自分で折りパイ生地を作ろうとしたが、はっきり言って時間と手間をかける価値はなかった。申し分のない冷凍パイ生地はお好みの食料雑貨店で買うことができ、わたしは自宅のフリーザーに1パック常備している。
個別包装の大きなシートが2枚はいっているメーカーの製品で、1枚ずつ解凍し、残りものを包んで焼くのは楽しい。
フルーツのターンオーバーや、切り分けたものをカップケーキ型に敷いて小さなフルーツタルトを作るのにも冷凍パイ生地を使う。

材料

クラスト

冷凍パイ生地……1パック（490g入り。わたしはペパリッジファームの2枚入りのものを使用）

卵……1個

水……大さじ1

コーシャーソルトまたはシーソルト……少量
（わたしはモートンのコーシャーソルトを使用）

フィリング

ネット袋入りのベビーベルのチーズボール……1袋
（わたしは1袋6個入りのベビーベル・ゴーダを使用。ほかの種類もほしければベビーベル・ブリーやベビーベル・チェダーを使っても）

薄くスライスしたペパロニ……112g（手作りピザにのせるタイプのもの。またはお好みで、ドライタイプのソーセージをチーズに合わせた大きさに切ってもよい）

種を抜いたカラマタ・オリーブ……6個（わたしはホールフーズのオリーブバーで手に入れたが、瓶入りや缶入りのものなら食料雑貨店で買える）

⑫ 反対側の縁を具の上に折りこみ、先に折りこんだ生地に押しつける。卵液が糊の役割を果たしてくっつくはず。ほかの2辺も同様にして具を包みこむ。

⑬ 包んだ表面に卵液を塗る。

⑭ コーシャーソルトまたはシーソルトを振りかけ、用意した天板の上に置く。

⑮ 6〜14を繰り返して6個作る。

⑯ もう1枚のパイ生地で1〜14を繰り返し、さらに6個作る。

⑰ 205℃のオーブンで20〜25分、またはてっぺんがきつね色になるまで焼く。

⑱ オーブンから出して天板のままワイヤーラックに移して5〜10分冷ます。

⑲ すぐにきれいな大皿に盛り、パーティのおいしい前菜に。

みんながよろこぶ前菜、12個分。

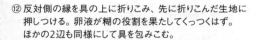

準備
1.パッケージの指示に従って冷凍パイ生地を解凍する。
2.ベビーベルのチーズを覆っているワックスを取り除く。
3.瓶入りのオリーブを使う場合は、瓶から出してペーパータオルで水気を拭いておく。
4.オーブンを205℃に予熱する。
5.浅い長方形のシートケーキ型か天板にオーブンペーパーを敷いておく。

作り方

① 解凍したパイ生地1枚を、ごく薄く小麦粉を振ったまな板の上に置く。麺棒を軽く押しつけて折り目を消し、
さらに軽く小麦粉を振って20cm×30cmの長方形に伸ばす。
定規かメジャーがあると便利。

② 短い辺を2等分し、それぞれ10cm×30cmにする。

③ 長い辺を3等分し、10cm×10cmの正方形を6個作る。

④ カップに卵を割り入れ、水大さじ1を加えて手早くかき混ぜる。これがつや出しの卵液になる。

⑤ ベビーベルのチーズをそれぞれ横半分に切る。

⑥ 10cm四方のパイ生地のまんなかに、半分に切ったチーズの切り口を上にしてのせ、その上にペパロニ1個、
半分に切ったカラマタ・オリーブの切り口を下にしてのせる。

⑨ パイ生地の縁にはけで卵液を塗る。

⑩ よく切れるナイフで、パイ生地の角のひとつに
チーズに届くくらいまで切りこみを入れる。
残りの3つの角にも同様に切りこみを入れる。

⑪ パイ生地の1辺を持って具の上に折りこむ。

16

「はい、到着」ペントハウスのゲスト用駐車スペースに車を停めて、ミシェルが言った。

「サリーからレシピをもらうのに時間がかかっちゃってごめん」ハンナは言った。「サリーの手が離せなくて、レシピをコピーしてもらうのに休憩時間まで待たなくちゃならなかったのよ」

「いいのよ。わたしもコーヒーをもう一杯飲みたかったから。あのすっごくおいしいチーズケーキのレシピももらってきてとたのめばよかったな。ほんとに最高だったから」

「あんたが食べたピーナッツバター・チーズケーキのチョコレートソースがけのこと?」

「そう。姉さんにも味見させてあげたかったけど、フォークが止まらなくて。ほんとなのよ、姉さん。それぐらいすばらしかったの。作るのにどれだけ手間がかかるのか知りたいな」

「明日あんたが芝居の稽古をしているあいだにレシピを手に入れてあげる」ハンナは約束した。「どうせまたインに行かなくちゃならないから。サリーはわたしに話したいことがあったらしいんだけど、厨房のスタッフにじゃまされて話せなかったのよ。内密の話だから、だれにもじゃまされないように、ランチをいっしょに食べないかと誘われたの」

「それは気になるわね。サリーは何を知ってるのかしら」

「明日になればわかるし、わかりしだい知らせるわ。ところで、母さんの家にはいるまえにもうひとつ問題があるの」

ミシェルはドアの取っ手に手を置いて止まった。「どんな問題？」

「どうやって母さんをわたしといっしょにトリーのアパートメントに行かせないようにするか」

「わたしと？」ハンナの予想どおり、姉が複数形ではなく単数形を使ったことにミシェルは気づいた。

「そうよ。わたしはまえに拘置されたことがあるから、あんたをそんな目にあわせたくない。ドクは母さんをわたしと行かせまいとするはずだし、母さんをペントハウスから出さないためにはあんたの助けが必要なのよ。そのあいだにわたしはトリーの投資コンサルタントの名前を調べる」

「だめよ、姉さん」ミシェルはきっぱりと言った。「わたしもいっしょに行く、以上！ふたりでさがしたほうがずっと早いし、リスクも小さくなるわ。反論はできないはずよ」

「たしかにそうね」ハンナは認めた。「でも、あんたはわたしのかわいい妹なのよ。わたしにはあんたを災難から守る義務があるの」

「わたしが三歳のときならそうだったかもしれない。気づいてないかもしれないけど、わたしはもう大人よ。自分のことは自分で決められるし、いっしょに行くって決めたの」

「でも……あんたを守りたいのよ」

「わたしだって姉さんを守りたい。姉妹ってそういうものでしょ。もしわたしたちがやろうとしていることを知ったら、アンドリア姉さんだってなんとしてでもいっしょに行こうとしたはずよ」

ミシェルの言うことは否定できなかった。「アンドリアに言わなくてよかったわね。ウィネトカ郡保安官の妻が、現場保存テープを破って殺された被害者のアパートメントを調べているところをつかまったら、ビルのキャリアにどう影響するか考えてみて」

「それはまずいわね」ミシェルは同意した。

「大惨事よ！　ビルが保安官に再選されるのは無理だろうし、職を追われるかもしれない。幼い子供ふたりを抱えて無職になるのよ」

「そうね」ミシェルは認めて言った。「でも、わたしはそんな地位にない。起訴されないかぎり大学から追い出されることはないわ。起訴されても退学にはならないかもしれないし。だからいっしょに行く。考え直すつもりはないから。口論はやめて作戦を練りましょうよ」

ハンナは少し考えてからうなずいた。「わかった。まず何をするべきだと思う？」

「まずは母さんから鍵を手に入れる。そして、エレベーターを使うところを見られないように、裏の階段でトリーのアパートメントへ行く」

「いいわね」

「それから、ひとつひとつ部屋を調べる。トリーのアパートメントにはいくつ部屋があるの？」

ハンナは同じ階のアパートメントを内覧したときのことを思い返した。「ベッドルームが三つ——そのうちのひとつは演技レッスン用のスタジオとして使われている——バスルームがふたつ——ゲスト用と主寝室用——化粧室、広いリビングルーム、書斎、広いキッチン」

「全部で九部屋？」

「ええ。同じ階のもうひとつのアパートメントはまったく同じ広さだけど、部屋の並びが逆になってるの」

「中庭はないの？」

「あるわ、リビングルームと主寝室から出られるところに。建物の町役場に面した側」

「どれくらいの広さ？」

「それほど広くないわ。幅はあるけど奥行きはあまりない。トリーがあそこに書類をしまっているとは思えないわね」

「どうして？　屋根のある中庭じゃないの？」

「屋根はあるけど、部屋に面していないところは吹き抜けだもの。ファイリングキャビネットとかデスクとか、雨風でだめになってしまうものは置けないでしょう」

「オーケー。中庭を入れると十部屋だけど、そこはさっと見るだけでいいわね。じゃあ、中庭をのぞいてひとり四部屋ずつ。リビングルームはふたりで調べることにしましょう。そうやって分担すれば、調べる時間は半分ですむわ」

ハンナはため息をついたあと、うなずいた。ミシェルの論理には付け入る隙がない。

「問題の書類はどの部屋にある可能性が高いと思う？」

「書斎ね。書斎にはデスクとファイリングキャビネットがあって、トリーはそこをホームオフィスとして使ってるって母さんが言ってた」

「オーケー」ミシェルは言った。「じゃあ、書斎はふたりで調べることにしましょう。リビングルームは姉さんひとりで調べて。ファイリングキャビネットとデスクは徹底的に調べる必要があるから、ふた組の目があるほうがいいと思う」

「そうね」ハンナは言った。ミシェルの言うことは見事なほど筋が通っていた。

「よし。じゃあ、行くわよ！」ミシェルは後部座席からテイクアウト用の箱を取ると、運転席のドアを開けた。

「それは何？」ミシェルが持っている発泡スチロールの箱に気づいて、ハンナはきいた。

「サリーのピーナッツバター・チーズケーキのチョコレートソースがけよ。姉さんがサリーと話しているあいだに、ドクのために注文しておいたの。母さんが急がせたから、ドクはコーヒーを飲む時間もなかったでしょ」

姉妹は車から降り、駐車場を歩いた。高級アパートとなった旧アルビオンホテルのドアに近づくと、ドアを開けるまえにハンナはミシェルの腕をつかんだ。「エレベーターに乗るのをだれにも見られないように、ペントハウス用の階段を使うべきかしら？」

「それは問題ないと思う。上に向かうのを見られても、母さんとドクを訪ねるんだと思われるだけよ。トリーのアパートメントにおりるまでは実際そうなんだし」

「たしかに。ちょっと考えすぎだったみたい」

ミシェルは肩をすくめた。「違法なことをするときは、ちょっと考えすぎるぐらいでいいのよ」

「そうなんでしょうね」ハンナは言ったが、心の声はこう言っていた。また危険に飛びこもうとしてるのね、ハンナ・スウェンセン。せいぜい気をつけたほうがいいわよ、今度は妹が道連れになるんだから！

ドアベルを一回鳴らしただけでドロレスがドア口に現れた。母は待っていたようだ。

「悪いニュースよ」ドロレスは唇のまえに人差し指を立てた。「ドクがノーマンといっしょに庭にいるの」

「ノーマンがここに？」ハンナは驚いた。

「ドクが電話して呼んだのよ。遅くまで歯科クリニックで書類仕事をしていたみたい」

「どうしてドクがノーマンに電話するの？」問題の核心を知りたくてハンナはきいた。

「わたしをあなたたちといっしょにトリーのアパートメントに行かせたくないからよ。また悪夢を見るようになるかもしれないと言うの」

ハンナは驚いた。「母さんが悪夢を見てたなんて知らなかった！　もしかして、トリーを見つける夢？」

「ええ。三夜つづけて見て、昨夜はようやく見ずに寝られたの。シャンパンがこぼれた血だらけの床に倒れているトリーを見つける夢よ。恐ろしかった！　ドクによると、わたしは彼女の名前を叫んで起きあがったらしいわ」

「気の毒に、母さん」何かなぐさめる方法があればいいのにと思いながら、ハンナは言った。ハンナ自身も、牛乳配達人のロン・ラサールが〈コージー・カウ乳業〉のトラックの運転席で撃たれた現場を見たあと、悪夢を見ていた。トリーも撃たれていたし、それを目にしたのはドロレスにとってよほどショックだったにちがいない。

「ドクの言うとおり、母さんはわたしたちといっしょに行くべきじゃないと思う」ミシェルが急いで言った。「死体を発見したら悪夢を見るのは当然よ。わたしもサリーの冷蔵庫のなかでアラン・デュケインの死体を発見したあとはそうだったもの。あれ以来、深呼吸をして、雷は同じ場所に二度落ちないんだから、もうあんなことはないと自分に言い聞かせてからじゃないと、ウォークイン式冷蔵庫にははいれないの」

「わかってくれてありがとう、娘たち」ドロレスは深くため息をついた。「できることならいっしょに階下《した》に行きたいけど、やめておいたほうがいいと思うの。もし行くなら、前頭葉白質切開手術の予約を入れるとドクに言われたわ。あの人、わたしをからかってるのよね？」

「そうよ、母さん。あたりまえでしょ」ハンナは言った。

「ノーマンが来てる理由はまだ聞いてないわ」ミシェルが指摘した。「どうしてドクは彼を呼んだの？」

「あなたたちといっしょにトリーのアパートメントに行ってもらいたいからよ。三人でさがしたほうが早いからわたしも行くと言ったら、ドクはすぐにノーマンに電話したの。ノーマンはあなたたちとトリーの部屋に行くことを承諾し、きみはもう行かなくていいから、いっしょに家にいてくれとドクに言われたのよ」

「ドクったら強引ね」ミシェルが言った。

「ええ、まあね。でも、わたしを守ろうとしているだけなのよ。でなければ……」

「でなければ？」ハンナがきいた。

「ゆっくり眠りたいだけなのかも。わたしがトリーを見つける悪夢を見るたびに、落ち着くまで彼も起きていなくちゃならないから」

ハンナは笑った。「そうかもしれないわね。でも、大丈夫よ、母さん。ノーマンはものをさがすのがとても上手なの。まえにも手伝ってもらったことがあるし。母さんはドクとここにいてくれていいわよ。そうよね、ミシェル？」

「ええ、もちろん」ミシェルはすぐに同意した。「ノーマンがいっしょに行ってくれるんだもの。母さんはドクにコーヒーを淹《い》れてあげて。ドクのためにサリーのピーナッツバター・チーズケーキのチョコレートソースがけを持ってきたから」

「あら、うれしい！」ドロレスはミシェルに微笑みかけながら言った。「なんてやさしいの、ディア！　実は、それにするかチョコレートスフレにするかですごく迷ったのよ。これでチーズケーキも味わえるわ」

「そうはいかないかもよ」ミシェルが注意した。「すごくおいしくて、ドクはひとりじめしたくなるかも」

「分けてくれるわよ」ドロレスは軽く微笑んだ。「どっちみち、彼に出すまえにキッチンでこっそり味見するけど」

ミシェルはテイクアウト容器をドロレスにわたし、娘ふたりは母のあとから庭に出た。

そこではノーマンがドクの隣のラウンジチェアに座っていた。

「こんばんは、ドク」ハンナは義理の父にあいさつしたあと、ノーマンのほうを見た。

「こんばんは、ノーマン」

「やあ、ハンナ」ノーマンは微笑み、ミシェルのほうを向いた。「また会えてうれしいよ、ミシェル」

「わたしもよ」ミシェルはドクに小さく手を振った。「あとでね、ドク」それからノーマンに向き直る。「ドクがなぜあなたを呼んだか、母さんに聞いたわ」

「よかった。じゃあ説明はいらないね」ノーマンは椅子のそばのテーブルからジッパー付きの黒いポーチを取ると、立ちあがった。「準備はできてる。階下に行って、きみたちに必要なその書類をさがそう」

「母さんから鍵をもらわないと」ハンナは言った。

「大丈夫だ」ノーマンは黒いポーチを軽くたたいた。「必要なものはここにはいってるから。さあ行こう」

ハンナとミシェルはノーマンのあとからペントハウスの階段入り口に向かい、ノーマンがドアの横のフックから鍵を取ってドアを開けた。足早に階段をおりていき、ノーマンがさっきの鍵で下の階のロビーに出る扉を開けた。

「ついてきて」彼は先に立ってロビーを横切り、トリーの玄関ドアに向かった。「この階の隣人には、ドロレスが飲みにきませんかと電話で誘ったんだ。ぼくらと鉢合わせしないようにしたかったんだろう。隣人はモールのシネコンに映画を見にいくところだから、また別の夜に寄らせてもらうと言っていたそうだ」

「さすが母さん、賢いわ」ミシェルが言った。「悪知恵が働くわね。やり手の犯罪者になれそう」

「母さんにそんなこと言っちゃだめよ！」ハンナは注意した。「褒めことばってわけじゃないんだから」

姉妹が見守るなか、ノーマンは現場保存用のテープをはずし、ポーチのジッパーを開いた。ドロレスが作ったスペアキーを取り出すのかと思ったら、出てきたのは鍵ではなく、さまざまな大きさの歯科治療のための道具だった。

「何をするつもりなの？」道具の先を鍵穴に差しこむ彼に、ハンナはきいた。

「ピッキングで解錠する。ドクのところの錠を見て、できると思ったんだ。タンブラーが四つあるタイプで、それほど複雑じゃないから。解錠するにはほんのちょっと……」

ノーマンの残りのことばをさえぎって、カチリという音がはっきり聞こえた。

「ほら開いた」彼は取っ手をまわしてドアを開けた。

「犯罪者として成功しそうなのは母さんだけじゃないみたい」ノーマンのあとからトリーのリビングルームにはいりながら、ハンナが言った。

「南京錠なら開けられるけど、こういう錠前は無理だわ」ミシェルが言った。「やり方を教えてくれる、ノーマン？」

「だめよ！」ハンナはノーマンの腕をつかんで言った。「ミシェルにはそんな技術、必要ないから」

「あら、家から締め出されたらどうするの？」ミシェルが反論した。

「そのときは鍵屋に電話して、身分証を見せてそこに住んでいることを証明してから開けてもらえばいいでしょ」

「それだとお金がかかるじゃない！」

「もし見つかって、そこに住んでいることを信じてもらえなかったら、弁護士費用がかかるわよ」

「さて、どうする？」ドアを閉めて施錠しながらノーマンがふたりにきいた。「何をさがせばいい？」

「知りたいのはトリーの投資コンサルタントの名前よ。マネーマンと呼ばれていた男」ハンナは彼に教えた。

「男性というのはたしか？」

「ええ。彼の名前はいろんなところに書かれているはずよ。財務記録とか、銀行の明細書とか、報酬を小切手で支払っていたなら小切手の記録簿とか、写しを持っているなら遺言書とか、あれば住所録とか、電話番号のリストとか……ほかに何がある、ミシェル？」

「彼が彼女に送ったレターヘッドつきの手紙とか、捨てた小切手の控えとか」

「なるほど！　それは思いつかなかった」

ノーマンは考えこんでいるようだ。「未開封の郵便物は？　そのなかに銀行の明細書があるかもしれない」

「そのとおりよ、ノーマン。そういうものはアパートメントのどこにあってもおかしくない。だから、アパートメントじゅうをさがすことになるわ」

「彼女、パソコンは持ってたのかな？」ノーマンがきいた。

「わからないけど、たいていの人は持ってるわよね」

「姉さんはずっと持ってなかったじゃない」ミシェルが指摘した。

「そうね、わたしはがんこだったから。いまはなしじゃやっていけないけど。でも、パスワードも知らないのに、どうやってトリーのパソコンにアクセスするの？　それに、パソコンがあったとしても、もうマイクが見つけて保安官事務所の専門家のところに持っていってるんじゃない？」

「おそらくそうだろうね。でも、さがしてみる価値はあるよ。どうせあらゆるところをさがさなきゃならないんだから。さて……どこからはじめる？」

「ここからよ。わたしがリビングルームで、ミシェルが中庭。あなたは化粧室からお願いね、ノーマン。そのあとは残りのふたつのバスルームを。ミシェルは中庭が終わったらレッスン用のスタジオを。あそこには戸棚がたくさんあるから、少し時間がかかると思うけど」

ノーマンは少しがっかりしたらしい。「バスルームを調べるのにたいして時間はかからないよ。そのあとはどこを調べればいい？」

「主寝室はかなり広いし、ウォークイン・クローゼットもふたつあるわ。わたしがそこを調べ終えるまえに、あなたはバスルームの捜索を終えるでしょうから、そのあとは主寝室を手伝って」

「こんなすばらしい指示は聞いたことがない！」ノーマンはふざけて言い、ハンナがぎょっとしたような顔をしたのを見てくすくす笑った。「気にしないで、ハンナ。からかっただけだから。きみの言いたいことは完璧に理解したよ」

「ホームオフィスは？」ミシェルがきいた。「さがしているものがいちばんありそうなのはそこだって言ったじゃない」

「そこはみんなでさがすべきだと思うの。ひとりが見落としても、ほかのだれかが見つけるかもしれないでしょ。ノーマンとわたしは寝室をやったら……」ハンナはことばを切ってため息をついた。「言い換えさせて。ノーマンとわたしは寝室を調べ終えたら、ホームオフィスに向かうわ。あなたもそこに来て、ミシェル」

十五分後、ハンナはトリーの主寝室にはいった。投資コンサルタントに関するものは、リビングルームでは何も見つからなかったので、早くクローゼットを調べたくてしかたなかった。重要な書類を収納ボックスにしまう人もいるので、トリーはウォークイン・クローゼットの隅にそういう箱を置いているかもしれない。

「お待たせ」ノーマンが寝室にはいってきた。「バスルームは終わったよ」

「何も見つからなかったのね？」

「トリーがチャーミン・ウルトラソフトのトイレットペーパーを使っていたことと、香水入りせっけんが大好きだったことをのぞけばね」ノーマンはハンナのそばまで来た。「携帯電話はマナーモードにしてる、ハンナ？」

「ええと……たぶん」

「どこにある？」

「リビングルームに置いたバッグのなか。持ってくるべきじゃなかったけど、ないと裸でいるみたいな気がして」

ノーマンはのどが詰まったような声をあげた。「突っこむのはやめておこう」彼は言った。「きみのバッグをここに持ってくるよ。大きいから、だれかがはいってきたらすぐに目につく」

「だれがはいってくるっていうの？」

ノーマンは肩をすくめた。「現場保存用のテープが破られていないか確認に来た保安官事務所の刑事は？　テープがはずされているのを見たら、すぐにはいってくるだろうね」

「そうね」ハンナはすばやく言った。「あなたがテープをはずしたとき、そのことは考えなかったわ」

ノーマンはすぐにバッグを持って戻ってきて、ハンナは携帯電話を彼にわたした。「マナーモードになってると思うけど、あなたに確認してもらったほうがいいと思う」

ノーマンはハンナの携帯電話の設定を確認した。「マナーモードになってるよ。さて、きみのバッグはどうしようか？」

「クローゼットの床に置いておくわ。ほかにもバッグが置いてあったから、だれかがはいってきても不自然に見えないでしょう。でも、そんなことになったら、わたしたちはどうするの？」

「隠れる」ノーマンはベッドに歩いていってひざまずき、ベッドスカートの下をのぞきこんだ。「この下にならふたりはいれるだろう」彼はそう言ってめくりあげたベッドスカートを戻し、また立ちあがった。

「ミシェルはどうするの？」

「それはもう話し合ったよ。ミシェルは衣装だんすのなかに隠れることになっている。ステージの奥の壁に沿って三つあって、そのうちひとつはほとんど空なんだ」

ハンナは感心した。ノーマンは何もかも考えてくれていた。緊急時の計画までも。それが必要にならないことを願ったが、まえもって計画しておくことは、ぎりぎりになって隠れ場所をさがすよりもずっといい。

「あなたがここにいてくれてよかったわ、ノーマン」ハンナは彼に微笑みかけて言った。「クローゼットからはじめましょう。当たりが出るかもしれないわよ」

最初のクローゼットを二十分さがしたが、苦労に見合うものは何も得られなかった。からまった色とりどりの毛糸と、毛布を広げたときに出たけばと、よくわからない理由でトリーがとっておいた古い食料雑貨店のレシートがはいった箱と、どこにも見当たらない帽子の付属品らしい破れたベール以外は。

「ここには何もないな」不要なレシートがはいった別の箱を持ちあげ、クローゼットの棚に戻しながらノーマンが言った。「でもどこかにあるはず……」不意にことばを切り、ハンナの腕をつかんでささやく。「聞こえた？」

「わたしには何も……」すると、玄関扉の蝶番《ちょうつがい》がきしるまちがえようのない音が聞こえ、ハンナは鋭く息を吸いこんだ。「だれか来た！」

「ベッドの下に。急いで！」ノーマンはハンナを引っ張って立たせ、ふたりでベッドの脇に急いだ。なんとかベッドの下にすべりこんだとき、分厚いカーペットを踏みながら足音が主寝室に近づいてきた。

息をするのもはばかられながら、ノーマンの手をにぎった。侵入者に見つかってしまうだろうか？　はいってきたのは泥棒？　それとも、トリーを殺した犯人?!

鼓動の音があまりにも激しくて、侵入者に聞こえてしまうのではないかと思いながら、目を閉じてノーマンの手にすがりついた。ひとりではないのがありがたかった。ひとりきりでベッドの下にいたら、恐ろしくてあっというまにパニックに陥っていただろう。ノーマンのおかげで冷静さを失わず、微動だにせずに、侵入者が何をしているか判断できる音に耳を澄ますことができた。

ベッドサイドテーブルの引き出しが引かれた。侵入者は引き出しの中身をかきまわして何かをさがしている。ベッドサイドテーブルから調べはじめればよかった、とハンナは後悔した。そうすれば、侵入者が何をさがしているのかわかったかもしれないのに。

「あった！」低い声が叫んだ。男性の声だ。「捨てないだろうと思っていたんだ。これで取り戻したぞ！」

ベッドがきしむ音がして、男がハンナのすぐ上に腰を下ろしたので、ハンナはまた息を止めた。そのまま寝そべってここで眠るつもりじゃないわよね？

何かが起こっていた。男は軽くあえいでいた。

ハンナは頭をめぐらせて、事前によく考えればやるはずのないことをした。ベッドスカートを持ちあげて、隙間からのぞいてみたのだ。

銀色の靴ひもの黒いテニスシューズ。サイドには靴底から三センチほど上に銀のラインがはいっている。新品か比較的新しいもののようで、靴ひもの先端が本物の銀でできているかのように光っているのがわかった。

「やっぱり取ってあったか」ハンナの頭の上で、男の声と、紙をめくる音がした。「捨てたと言っていたが、そんなわけはないと思っていたんだ。きみにとってあまりにも重要なものだから、取っておくだろうとね。きみは心変わりしたんだな、トリー。気づいていたよ。だが、わたしに伝える機会はなかった。だれがきみにあんなことをした？ それを教えてもらえる方法があればいいのに！ いったいだれがきみにあんなひどいことをしたんだ?!」

ベッドがきしんで男が立ちあがり、ハンナはベッドスカートから手を離して元に戻るにまかせた。やがて、男はドアに向かい、足音が小さくなっていった。そして、トリーのベッドサイドテーブルにあったものとともに、廊下の奥に消えた。

「シーッ！」ノーマンがハンナの手をにぎりしめながらささやいた。「彼が出ていくまで何も言わないで」

ふたりがそこでうつ伏せになったままじっと動かずにいると、玄関扉が開いてまた閉まる音が聞こえた。

「鍵を持っていたんだわ！」ハンナがひそひそ声で言った。

「そのようだね。あるいは、ぼくと同じくらいピッキングがうまいか。まだ起きあがらないで、ハンナ。忘れ物をしていて、戻ってくるかもしれない」

トリーのキングサイズのベッドの下でさらに待っていると、エレベーターが下降する音が聞こえた。

ノーマンはハンナの手を離した。「オーケー。もう出ていいよ。ミシェルが無事かどうか見にいこう。侵入者はスタジオのほうには行かなかったみたいだけど」

ハンナは不快な監禁場所から這《は》い出て、服のほこりを払った。トリーの掃除係はベッドの下に掃除機をかけていなかったらしく、体じゅうほこりだらけだった。

「侵入者を見た？」ノーマンのあとから寝室を出て、スタジオに向かう廊下を進みながらきいた。

「いいや。きみは？」

ハンナは首を振った。「見なかった。でも、靴は見たわ。もう一度見ればわかると思う。銀色のひものついた黒い靴よ。サイドにラインが一本はいってた」

「すごいじゃないか」ノーマンはそう言うと、振り返ってハンナを軽く抱いた。「よくやったね、ハンナ。彼はぼくたちに気づかなかったと思うよ」

「わたしもそう思う」ハンナはノーマンのあとからトリーのスタジオにはいり、ふたりはクローゼットタイプの衣装だんすに急いだ。「どれかしら?」ハンナがノーマンにきいた。

「これだ」ノーマンは留め金を上げて、衣装ダンスを開けた。前世紀初頭ごろからの時代物のドレスを押しやって、しゃがみこんでいるミシェルを見つけだした。

「ああ、見つけてもらえてよかった!」ミシェルはノーマンに立つのを手伝ってもらおうと、両手を広げて言った。「確認し忘れてたけど、これってなかからは開けられないのよね。母さんとドクがさがしに来るまで、このなかにいなくちゃならないところだったわ。そうなったら、死ぬまでしゃがんだまま固まっていたかも!」

17

「何か見つかった?」娘たちとノーマンがペントハウスに戻ってくると、ドロレスがきいた。

「まあね」ハンナは言った。「ニューヨークの投資コンサルティング会社からの請求書を見つけたわ」

「じゃあ、トリーの投資コンサルタントの名前はわかったの?」

「それが、そうはいかなくて」ノーマンが言った。「請求書のいちばん上にコンサルティング会社の名前がはいっていて、その下に四名の代表の名前があるんです」

「その四名のうちのだれかがトリーの投資コンサルタントなの?」ドロレスがきいた。

「そうとはかぎらないわ」ミシェルが答えた。「大きな法律事務所と同じなら、代表たちの下で大勢の人が働いているはずよ」

ドロレスはため息をついた。「たしかにそうね。そのなかのだれがトリーのマネーマンなのか、どうすればわかるのかしら?」

「さあ」ハンナは言った。「母さんとドクから何か提案はある?」

「ドクにきいてみましょう」ドロレスは先に立って庭に向かった。「わたしたち、シャンパンをいただいていたの。あなたたちもいかが?」

ハンナは首を振った。「いいえ、けっこうよ、母さん。まだ冷蔵庫に残っているなら、冷たい水をいただくわ」

「冷たい水のボトルなら、いつもたっぷりはいってるわよ。アイスティーとアイスコーヒーもあるし」

「それならアイスコーヒーが飲みたい!」ハンナは言った。

「わたしも!」ミシェルが便乗する。

ドロレスがノーマンを見ると、彼もうなずいた。「ぼくもスウェンセン姉妹に賛成です。アイスコーヒーはいいですね。でも、数にかぎりがあるなら、ぼくはアイスティーでもいいですよ」

「ちょっと時間をくれればいくらでも用意できるわよ」ドロレスはそう言うと、椅子の横のテーブルから電話を取った。「これは直通電話で、注文するだけでいいの。ペントハウスの住人の特権のひとつなのよ。ほしいものはなんでも一階の〈レッド・ベルベット・ラウンジ〉に注文できるし、ペントハウスまで届けてもらえるから、エレベーターのところで受け取るだけ」

ハンナはクルーズ中、ロスがバトラーに飲み物や食べ物を注文していたことを思い出した。普通の人なら生涯縁のない便利さだ。

「昨日、ドクとわたしは夜中にお腹が空いたから」ドロレスはつづけた。「ラウンジに電話して、グリルドチーズ・サンドイッチとアイスクリームを届けてもらったの」彼女はドクに向かって言った。「あなたはあれが気に入ったみたいね。ちがう？」

「知ってるくせに。自分のぶんときみのグリルドチーズ・サンドイッチも半分食べたんだから。手作りのストロベリー・アイスクリームもすばらしかった」ドクはドロレスの肩に腕をまわして、軽く抱き寄せた。「きみはずいぶん料理がうまくなったね」

　ドロレスは感じよく笑った。ほかの人にこんなふうにからかわれたら母はむかついていただろう、とハンナは気づいた。ドロレスがほんとうにドクを愛している証拠だった。

　母がアイスコーヒーを注文するあいだ、いつでも好きなときにレストランから出前を取り、設備の整った自宅の高級こんろに火をつける方法も知らない裕福な人たちのことを考えた。母の場合、こんろに火をつけないでいてくれるのはいいことだったが。その最初の証人は三人の娘たちだ！　ドロレスお気に入りのふたつの料理は、というかそのふたつしか作れなかったのだが、ハワイアン・ポットローストと簡単ラザニアだった。それらはたしかに食べることはできたが、一日おきに同じものを食べられる人はいなかった。おそらく、ドロレスが留守にするたびに三姉妹の父親が昼食と夕食を作ったのは、それが理由だったのだろう。そして、ハンナが料理とオーブン仕事を覚えたのも。つまり、料理が苦手だったドロレスに感謝するべきなのだ。

母の新しい夫であるドクも、病院から帰宅したらおいしい料理を楽しみたいだろう。受話器を上げるだけでおいしい料理を注文できる場所に住んでいるのは、母とドクにとってとてもいいことだ。

このペントハウスを買って、ドロレスへの結婚のプレゼントにした理由のひとつはそれだったのかしら？　頭に浮かんだその考えに、ハンナはひそかにくすっと笑った。だが、それほどひそかではなかったようだ。

ノーマンが不思議そうにハンナを見た。「何がそんなにおかしいの？」

「なんでもない」彼女は返した。「下の階においしいレストランがあって、いつでも食べたいものを注文できることについて考えていたの」

「きみのところでいうと、駐車場の下の地下二階だね」ノーマンが指摘した。「あそこに食べ物を注文したいとは思わないだろう」

「ラットトゥイユとかね」ミシェルが言い、みんな笑ったが、ハンナは唇を噛んで真顔を保った。

「わたしはなんとも言えないけど」ハンナは試練に耐えて言った。「モシェはよろこぶと思うわ。メキシコ料理のモーレソースならぬ、トカゲのモグラ《モール》ソースがけもいいわね。情報検索システムのゴーファー（ホリネズミの意）で検索してみようかしら」

ドクがうめき声をあげ、ほかのみんなもそれに倣った。自分の駄洒落の腕もまだ捨てたものではないとわかって、ハンナは満足だった。「ギリシャ風がよければマウスサカ、伝統的アメリカ料理ならスタンダードなひき肉のビーフスネークがあるわ」

「いったいどうしたの?」ドロレスが飲み物のトレーを持って現れた。「うめき声が聞こえたけど」

「ハンナ姉さんがまた駄洒落を連発してるの」ミシェルが文句を言った。「やめさせてよ、母さん!」

「それは風に吹くなと言うようなものよ」ドロレスは言った。「何をしても無駄だから。ハンナを止めることはできないわ。それはみんなわかってるでしょ。聞くのをやめるほうがずっと簡単よ」

ノーマンはコーヒーをひと口飲んで、ドロレスに微笑みかけた。「とてもおいしいアイスコーヒーだ」

「バニラモカよ」ドロレスが教えた。「注文を受けてから作るの。いろんなフレーバーがあるのよ」

「カフェインははいってるんでしょうね?」ハンナがきいた。

「もちろんよ、ディア。カフェイン抜きのものなんて注文しないわ。ドクはいつも言うのよ、カフェイン抜きのコーヒーはおいしい水の無駄遣いだって」

ハンナは笑って、アイスコーヒーをごくごく飲んだ。「ほんとにおいしい」それからドクのほうを見た。「会社の名前はわかってるけど、トリーの担当者の名前がわからない場合、あなたならどうやってその名前を調べます？」

「わたしならその会社に電話して、トリーに紹介されたと言い張るだろうな」ドクは言った。「それでもうまくいかないかもしれないが」

「どうして？」

「先方はほんとうにトリーの紹介なのかたしかめるために、トリーに連絡しようとするだろう。昔からのつきあいだとすると、彼女の担当者はもう社内でかなり高い地位になっているだろうし、選ばれた顧客しか担当していないにちがいない。おそらく、扱うことになる金額はどれくらいか、これまでだれに投資をまかせてきたのかと尋ね、銀行の取引内容の照会を求めてくるはずだ。そして、満足のいく答えが得られなければ、もっと格下の人間に担当させる」

「そう」ハンナはため息をついた。「それを避ける方法はないの？」

ドクは少し考えて言った。「直接行くことはできる。面と向かってノーと言うのはえてしてむずかしいものだからね。でも、よほど説得力がないと無理だな」

暗い気分がとばりのようにハンナを覆った。「ニューヨークに行くことはできないから、スタン・クラマーが会議から戻るのを待って、名前を教えてくれるよう説得するしかないみたいね」

「ごめんよ、ハンナ」ドクはハンナの肩を抱いて言った。「それがいちばん確実だろうね。スタンはきみを知っているし、きみは彼に包み隠さず事情を話すことができる。すぐに名前を知りたいのはわかるし、わたしがその会社に電話して名前を探り出したいのはやまやまだが、きみよりわたしにツキがあるとも思えなくてね」

ハンナは自宅に戻るあいだずっと黙ったまま、トリーの投資コンサルタントの名前を探る方法について考えていた。ミシェルが地下駐車場に車を入れ、指定された駐車スペースに停めるころには、実行可能な計画は思いつかないと認めるしかなくなっていた。

「さあ、ハンナ姉さん」ミシェルがエンジンを切って運転席のドアを開けながら言った。「部屋に行きましょう。ホットチョコレートを作ってあげるから」

ハンナはうなずき、助手席から降りた。調査の進行状態に落ちこんでいた。これまでのところほとんど成果はなく、容疑者もいない。新しい手がかりは黒いテニスシューズと銀の靴ひもの男だけで、彼がトリー殺しの犯人とは思えなかった。彼はトリーのアパートメントで、そもそも彼女に書くべきではなかった手紙だか書きつけだかを取り返しただけだ。

「でも、どうやってはいったのかしら?」ミシェルのあとから屋根つきの外階段をのぼって二階の自宅に向かいながら、ハンナは声に出して言った。

「黒いテニスシューズの男のこと?」ハンナの謎めいたつぶやきにいち早く気づいて、ミシェルがきいた。

「そう。ノーマンはピッキングでなかにはいったあと、また鍵をかけた。つまり、侵入者は鍵を持っていたのよ。鍵を持っていたか、ピッキングの腕があったかのどちらかだろうとノーマンは言ってたけど、ノーマンが持ってきたみたいなプロの道具を彼が持っていたとはどうしても思えない。きっと鍵を持っていたにちがいないわ」

「そうね。彼が犯人かもしれないと思う?」

ハンナは首を振った。「そうは思えない。そういうタイプではない気がするの。トリーの死にすごく動揺していたし、ベッドサイドテーブルで手紙を見つけたときは、怒っているというより悲しそうだった」

「元恋人かしら?」

「もしかしたらね。まったくわからないわ、ミシェル。何か関係はありそうだけど、それを突き止めようにも、身元がわからないことにはね」

「姉さんが鍵を開けて。わたしがモシェを受け止めるから」ミシェルが言った。「なかにはいったらすぐ、姉さんはまっすぐベッドルームに行って、くつろげるものに着替えてね。そしたらソファのところに戻ってきて。一日働いて疲れたし、気分も沈んでいるでしょう。

ホットチョコレートを飲めば、元気が出るし、今夜はよく眠れるわよ」

「はい、母さん」半分ふざけて言い、鍵をまわしてドアを開けると、オレンジと白の毛玉がミシェルの腕のなかに突進してきた。今日何度目になるかわからないが、ハンナはミシェルがいてくれることに感謝した。とても疲れていたので、自分でモシェを受け止めようとしたら倒れてしまっていたかもしれない。

十分後、ハンナは熱いシャワーを浴びてリビングルームに戻ってくると、ミシェルとともに新しいソファに座った。ホットチョコレートのカップを取ってひと口飲み、妹に微笑みかける。「ここにいてくれてありがとう、ミシェル」

「どういたしまして」

「どんなにか淋《さび》しかっただろうと思うわ、ロスがニューヨークに……」そこまで言って息をのんだ。ドクが言っていたことを不意に思い出したのだ。面と向かって断るのはむずかしいと。

「どうかした？」ミシェルがきいた。

「ロスはニューヨークにいるんだった！　わたしのためにちょっとお使いをたのんでもいいと思う？」

「もちろんたのむべきよ！　ロスは姉さんの調査を手伝うのが好きだもの」

「電話するには遅すぎるかしら？」

ミシェルは腕時計を見た。「ここが十時ってことは、ニューヨークは十一時ね。ロスは夜型の人？」

ハンナはハネムーンのときのことを思い返してみた。「きっとまだ起きてると思う」

「それなら電話して。携帯電話を使ってね、姉さんからだってロスにわかるように。そのあと充電器につなぐのよ。いつもひと晩じゅうテーブルに置きっぱなしにして、充電を忘れるんだから」

「はい、母さん」ハンナはさっきから一時間もしないうちにまたそう言っていた。「いますぐロスに電話するわ」

十五分後、毎晩寝るまえに交わそうと約束したことばで電話を終えた。「わたしも愛してるわ、ロス」

ハンナが電話しているあいだ、キッチンで何やら忙しそうにしていたミシェルが、デザート皿をふたつ持ってリビングルームに戻ってきた。

「それは何？」ハンナがきいた。

「サリーのピーナッツバター・チーズケーキのチョコレートソースがけを半分ずつ。朝食用に取っておくつもりだったんだけど、姉さんにすてきな夢《スイート・ドリームス》を見てもらいたいと思って」

ハンナは笑った。「スイート・ドリームスね。なるほど、あんたが持って帰ってきた袋には何がはいってるんだろうと思ってたのよ」

「わたしがリビングからキッチンに向かうときに見た顔つきからすると、お祝いしたいことがあるみたいだったから。ロスは姉さんのために投資コンサルタント会社に行くことを承知してくれたのね？」

「ええ。しかも、ほぼまちがいなくトリーの投資コンサルタントの名前を聞き出せると思うって」

「それならきっとそうなんでしょう。チーズケーキを食べてみて、姉さん。すごくおいしいから」

ハンナはチーズケーキをひと口食べ、至福の笑みを浮かべた。「なんておいしいの！明日サリーからレシピをもらわなくちゃ。ロスがマネーマンの名前を首尾よくきき出してくれたら、帰ってきた彼に出してあげられる」

「ロスが失敗したときは？」

ハンナは少し考えてから笑った。「どっちにしても出すわ。ほんとにおいしいから、わたしももうひと切れ食べたいし」

18

きっとここはジョージアだわ。桃の木に立てかけたはしごの上で、さらに高いところにある、美しい完璧な桃に手を伸ばしているのだから。もちろん、桃の木がある州はジョージア以外にもたくさんあるが、ここはジョージアにちがいないとハンナは確信していた。

「届くかい?」ロスが尋ね、ハンナは笑顔で彼を見おろした。ロスはそばにいて、彼女が落ちないようにはしごを押さえてくれていた。

「もう少しで届くのに」ハンナはそう返し、もう一段はしごをのぼった。

だが、見たこともないほど美しく熟したその桃は、あと少しのところでつかめなかった。

「届かないわ」自分を小さく無力に感じながら、彼女は言った。「ごめんなさい、ロス。わたしには無理よ」

「そんなことないよ。はしごのてっぺんに立ってごらん」

「でも……いちばん上の段にはのぼっちゃいけないのよ。はしごに警告が書かれているわ」

ロスは笑った。「警告はどこにでも書かれているよ、クッキー。たしかにてっぺんにはのぼっちゃいけないことになっているけど、それはきみひとりしかいないときだ。いまはぼくがそばにいて、きみのためにはしごを支えているんだからね」

「でも、もし落ちたら？」

「そのときは、はしごから手を離してきみを受け止める。絶対にけがをさせたりしないよ、クッキー。愛している」

「わたしも愛しているわ」ハンナは深呼吸をしてから、はしごのてっぺんにのぼった。少しぐらついたが、木の幹につかまってバランスをとり、桃をつかもうとした。それでもまだつかめなかった。完璧な形の果実の底に指先が触れたが、指でつかんで木からもぐにはまだ高さが足りなかった。

「爪先立ちになって」ロスが助言した。「そうすれば届くよ」

ハンナは言われたとおりにしようと、爪先立ちになってできるだけ遠くまで手を伸ばした。だが、貴重な美しい桃にはまだほんの少し届かなかった。

「ちょっとジャンプしてみて」ロスが言った。「届くはずだから」

ハンナはジャンプしたが、枝の上の桃はどんどん高くなっていくようだった。

そのとき、下のほうから別の声が聞こえた。「はしごのてっぺんに立っちゃだめだ」父の声だった。「何度も言っただろう、ハンナ？」

「ごめんなさい、父さん。わたしはそうしたくないんだけど、この桃をほしがっている夫のために手に入れなくちゃならないの」

「地獄にいる人たちは冷たい水をほしがる」父は言った。「だが、わざわざ持っていってやることはない」

それは父のお気に入りのフレーズのひとつだったので、ハンナは笑った。すると彼女は落ちはじめた。

ゆっくり、とてもゆっくり、あまりにもゆっくり落ちているので、目のまえを通りすぎる葉を一枚一枚見ることができた。ほかの桃、手が届いたはずの桃も見えたが、もう遅かった。ハンナにできるのは、ロスが受け止めてくれますようにとひたすら願うことだけだった。

だが、彼はつぎの映画に使うためにハンナの落下を撮影しようと、木から離れていた。

地面が近づく速度はどんどん速くなり、ハンナは恐ろしくて声をあげた。自分は乾いた大地に落下して、粉々になって死ぬのだ。また一度悲鳴をあげた。さらにもう一度。すると……。

「姉さん！　どうしたの、ハンナ姉さん?」

だれがが腕に触れていて、ハンナのまぶたがぱっと開いた。

「ここは……?」言いかけたが、すぐにすべてがはっきりした。夢を見ていたのだ。いまいるのはドクとドロレスが結婚祝いにくれた美しいベッドのなかだった。下に命を奪う硬い地面はなく、倒れたはしごも、見事に熟した桃がなっている木もなかった。

「いったいどんな夢を見ていたの?」ハンナのベッドに座ってミシェルがきいた。

「桃の木から見事な実を摘もうとしていたら、はしごから落ちて……」

「モシェは死ぬほど怖い思いをしたみたいよ!」ミシェルは姉をさえぎって、ベッドスカートをめくりあげ、かがみこんでベッドの下をのぞきこんだ。「何事かと思ってこの部屋に飛びこんだとき、いちばんに目にはいったのが、ベッドの下にダイブするモシェだったの」

「ごめんね、モシェ」ハンナはペットを安心させようとして言った。「もう出てきて大丈夫よ。悪い夢を見ただけだから」

ミシェルは立ちあがってベッドルームのドア口に向かった。「ローブを着てキッチンに来て。ローブのひもを結ばなければモシェはついてくるわ。ひもを追いかけるのが大好きだから。キッチンに行ったらコーヒーを注《つ》いで、どうして姉さんが桃の木から落ちる夢を見たのか教えてあげる」

ハンナが眠気を覚まして、ローブとスリッパを身につけるころには、モシェはベッドの下から出てきていた。そして、ローブを着る飼い主を油断なく見つめていたが、ひもを結ばずにたらすと、じゃれようと近寄ってきた。

ミシェルの言ったとおりだわ。ハンナはカーペット敷きの廊下を歩きながら思った。リビングルームにはいると、そそるにおいに磁石のように引き寄せられてつぶやく。「コーヒー」

朝のコーヒーは、眠っている体と頭にとって、もっともすばらしい贈り物だ。五感を目覚めさせ、精神機能を刺激し、〝起きて出かける〟ことができるようになる。キッチンに一歩近づくたびに、熟した桃の香りがどんどん強くなった。ドア口を抜け、くらくらする香りを思い切り吸いこむ。「来たわよ」ハンナは言った。

「待ってたわ」ミシェルは姉に笑顔を向けた。「テーブルについて、姉さん。コーヒーがあるわよ」

ハンナは座った。そして飲んだ。申し分なく満ち足りてため息をついた。この世に朝のコーヒーほどすばらしいものはない。「ありがとう、ミシェル」感謝して言った。「あんたに命を救われたわ」

「そんなにおいしいコーヒーだった？」ミシェルが笑ってきいた。

「ええ、でもコーヒーだけじゃないわ。わたしが地面に落下するまえに起こしてくれたでしょう。夢のなかで死ぬと、現実でも目覚めるまえに死ぬと聞いたことがあるの」

「へえ、そうなんだ」ミシェルはカウンターの上のワイヤーラックに向かいながら言った。「でも、それは迷信だと思う。ほんとうなわけないわよ。だって、もしそれがほんとうなら、死ぬ夢を見た人は、死んでからどうやって夢が正夢だったとわかるの？」

「わからないけど、少なくとも今朝それを調べる必要はないわ。そうなるまえにあんたが起こしにきてくれたから」

「よかった。ところで、今日のスケジュールは？」

「十一時半まで〈クッキー・ジャー〉にいて、そのあと車でレイク・エデン・インに行って、サリーとランチの約束よ。心配しないで、ミシェル。ピーナッツバター・チーズケーキのレシピはちゃんともらってくるから」

「お願いね。そのあとは？」

「店の様子を確認して、大丈夫そうならジョーダン高校に芝居の稽古を見にいくわ。あんたさえよければだけど」

「うれしい。そのあとは？」

ハンナは肩をすくめた。「仕事に戻ると思う。昨晩トリーのアパートメントに侵入した男の正体を突き止めたいけど、一軒一軒まわって、クローゼットのなかに靴紐が銀色で銀色のラインがはいった黒いスニーカーがないか確認するわけにもいかないし」

「そうね。ねえ、もし〈クッキー・ジャー〉を抜けられるようなら、バスコム町長のオフィスにいっしょに行ってくれない？　姉さんさえよければ、電話して三時に予約を入れるわ」

「いいけど、どうして……あっ、そうか」ハンナは頭の横をたたいて言った。「わかったわ、ミシェル。〈レイク・エデン劇団〉の募金活動でベイクセールをやることを町長に話すつもりなのね。そして、パイの早食いコンテストに出場してもらえないかとたのむ」

「そのとおり」

「作戦はあるの？　バスコム町長は威厳のある公務員と思われるのが好きなのよ。顔がホイップクリームやプディングまみれになったら、あんまり威厳があるようには見えないけど」

「大丈夫よ、姉さん。わたしに考えがあるから。今朝じっくり計画を練ったの。お姉さんは自分が注文した舞台メイク用品の費用の足しにするために小切手を切るつもりでいたけれど、それを果たせずに亡くなった、と町長に話すわ」

ハンナは眉をひそめた。「お金を請求していると思われるんじゃない？」

「それがねらいなのよ。そのあとで、募金活動のことを話せば、町長は姉の遺志を継ぐ必要はないことにほっとして、パイの早食いコンテストへの参加を承諾してくれると思う」

ハンナは考えてみた。「悪くないわね、ミシェル。それどころか、すごくいいわ！　きっとうまくいくわよ」

「やってみる価値はあるでしょ。ところで、姉さんにいっしょに行ってもらいたいのはなぜだか知りたい？」

「ええ。どうしてだろうと思っていたの」

「第三の人物がいれば、町長も断るに断れないと思うから。姉の義務を代わりに果たさなかったことが広まるとわかればなおさらね」

「やるわね、ミシェル。バスコム町長はエゴのかたまりだから、絶対うまくいくと思う。あんたって政治家みたいな考え方をするのね」

「やめてよ！　それって侮辱してるのと同じことじゃない！」

「ごめん。褒めことばのつもりだったのよ」ハンナは微笑んだ。「身もだえする町長を見るのが楽しみだわ」

「わたしも」ミシェルはソフトバターの容器とマフィンをふたつ持ってテーブルに戻ってきた。「これを味見して感想を聞かせて。ピーチマフィンよ。姉さんが桃狩りの夢を見たのはこのせいだと思う」

ハンナは紙カップをはがしておいしそうなにおいを深く吸いこんだ。「いい香り。あんたの推測はおそらく当たりよ。アーモンドの香りもする？」

「そうよ。桃にはバニラエキストラクトよりアーモンドエキストラクトのほうがいいと思ったの。なんとなく合うような気がして」

「合うわよ。わたしもピーチブレッドにアーモンドを入れるもの」ハンナはバターをつけずにマフィンをひと口食べた。

「どう?」ミシェルがじりじりしながら尋ねた。

ハンナは時間をかけてもうひと口かじり、もぐもぐと噛んで飲みこんだ。そして、妹に微笑みかけた。「完璧よ! これまで作ってくれたなかでいちばんおいしい朝食用マフィンだわ」

「ストロベリー・マフィンよりも?」

「うーん……」ハンナは少し考えた。「よくわからないわ、食べ比べてみたわけじゃないから。明日の朝、公正な食べ比べができるように両方作ってもらえるといいんだけど」

「作ってもいいけど……」ミシェルはそこで目を細めたが、その目がいまにも笑いだしそうにキラキラしていることにハンナは気づいていた。「もう少しで引っかかるところだったわ。両方食べたいだけなんでしょ」

それは質問というより告発で、ハンナはうなずいた。「そうよ。ついでに、レパートリーにあるマフィンを全部焼くといいわ。〈クッキー・ジャー〉で冷凍しておいて、〈レイク・エデン劇団〉のベイクセールのときに使えるように」

「いいわね!」ミシェルはすぐに同意した。「売り物になるかたしかめるのに、全種類の味見をしたいんでしょ?」

「当然よ」ハンナはにっこりして言った。「あくまでも公平に評価するためにね」

「はいはい。公平にね」ミシェルはマフィンのひとつを割ってバターを塗ったあと、かすかに眉をひそめた。「サリーにピーナッツバター・チーズケーキのレシピをもらうこと、忘れないでね、姉さん。どうしてもほしいの」

「わかってるって。でも……」どういう言い方をすれば傷つけずにすむのかわからず、ハンナは口ごもった。「ねえ、ミシェル。あんたがわざとそんなことをするはずないのはわかってるけど……〈レイク・エデン劇団〉のベイクセール用にあれを焼くつもりじゃないわよね？」

「もちろんちがうわよ！　あれはサリーのレシピだし、彼女の許可なく商業的なイベントや公式行事に使ったりしないわ！　でも……」

「でも、何？」

「サリーは〈レイク・エデン劇団〉の支援者よ。特別なときに劇団員を雇ってレストランで芝居をさせたりもしてる。ベイクセールにチーズケーキを寄付してくれるかどうかきいてみるのはどうかしら？　これはサリーのチーズケーキで、〈レイク・エデン・イン〉のレストランでデザートとして食べられます、という看板なら作れるから」

ハンナは微笑んだ。何も心配することはなかったのだ。功を認めるところでは認めなければならないことを、ミシェルはちゃんと理解していた。「ランチで会ったらサリーに話してみる。あんたが作るつもりでいる看板のこともね。きっとよろこんで力を貸してくれると思う」

ピーチマフィンを二個食べると、朝のシャワーに向かう準備ができた。ハンナがテーブルから立ちあがろうとしたとき、玄関でノックの音がした。

「ロスかしら？」ミシェルがきいた。

「ちがうわよ。まだ帰ってくる予定じゃないし、鍵を持ってるもの。ロスじゃないとすると、これは……」

「マイク」姉妹は同時に言ったあと、笑いだした。

「車で通りかかって、あんたのマフィンのにおいをかぎつけたのね」ハンナが理由をあげた。

「きっとそうよ。マイクには〝フーダー〟があるから」

ミシェルが口にしたのは、食べ物が供されるときにちょうどやってくるという、マイクの不可思議な能力を指して作ったことばで、姉妹は思わず笑みを交わし合った。食べ物レーダー《フーダー》は、殺人の被害者を見つけてしまうというハンナの性癖にたいしてマイクがつけた名称〝殺人レーダー《スレーダー》〟をもじったものだ。この現象について彼が初めてスレーダーということばを使ったのは、《レイク・エデン・ジャーナル》のインタビューでハンナのことをウィネトカ郡保安官事務所がスピード違反を取り締まるために使用するレーダーになぞらえたときだった。

「わたしが出るから姉さんはシャワーを浴びちゃって」ミシェルが言った。「そのあと、わたしが出かける準備をしてるあいだは、姉さんが相手をしてね。マフィンをいくつかあげてもいいけど、リサのために二個隠しとく。彼女にも味見してもらいたいから」

ハンナは十五分もかからずにシャワーを浴びて身支度をした。マイクとミシェルの話し声を聞きながら、カーペット敷きの廊下を歩いてキッチンに向かった。

「そろそろ姉さんが……」ミシェルが言いかけたとき、ハンナがドア口に現れた。「来たわ！」ミシェルは姉に向かって言った。「マイクにトリーのアパートメントのことをきいてみたら。昨夜何者かがあそこにはいったみたいなんですって」

ハンナはできるかぎり無邪気な表情を浮かべた。正確に言うと、昨夜トリーのアパートメントに押し入ったのは、ふたつの別々のグループだ。最初にハンナたちが、そのあと黒いテニスシューズの男が。「ほんとに？」ハンナはマイクに面と向かって言った。

「今朝ぼくにはそう見えた」

「何か盗まれたの？」当然ながらハンナはきいた。

「これとわかるものは何も。もちろん、クローゼットや引き出しをすべて開けて、中身を確認したわけじゃないけど」

「それなら、どうして……」ハンナはそこでことばを止め、ぎょっとしたような表情を作った。「わたしがやったと思ってるの？」

「たしかにその可能性は頭に浮かんだ。でも、きみは鍵を持っていないよね？」

「ええ。トリーのことはほとんど知らなかったから。トリーの死体を発見したあとで、母さんが階下《した》に行くはずはないけど、鍵は持ってるのよね？」

「いまは持ってないよ。トリーが殺害された夜にわたしてほしいとたのんだんだ。ドロレスは提出してくれた」

「でも、鑑識の人たちが帰ったあと、鍵はかけたんでしょう？」

「もちろん。警察の手順どおりにね」マイクは容疑者を尋問するときのものと思われる顔つきでハンナを見つめた。「ほんとうに鍵は持っていなかったのか？」

「あたりまえでしょ。わたしを疑うなんて信じられない。嘘《うそ》発見器にかけるつもり？」

「いいや」マイクは重々しくため息をついた。「ごめんよ、ハンナ。でも、これも決まりなんでね。だれかがいたのはたしかだし、それが何者なのか知る必要がある。しかも、現場保存用テープを元に戻しておくほど頭の切れるやつだ」

「何も取られていないのに、だれかがいたとどうしてわかったの？」

「今朝はいったとき、空き家のにおいがしなかった」マイクはハンナが信じられないという顔をしているのに気づいた。「そうだよね。変に思われるだろうけど、人がいたかどうかはわかるんだ……」彼はそこでことばを失った。

「においで？」

「そう！　それもある。一日か二日無人だった場所にはいると、においでわかるんだよ……無人だったことが」

「なるほど。わかるわ」

「ほんとに？」

「ええ。むっとするような、だれもそこの空気を吸っていないにおいでしょ。締め切られたむっとする空気以外、何もにおわない空間。風通しが悪くてほこりっぽくて、ラグや床の上を歩いた人がだれもいないみたいな」

マイクはまじまじとハンナを見た。そして、何度かまばたきをした。「どうしてそんなことがわかるんだ？　なかなか教えられることじゃないのに」

ハンナは肩をすくめた。「なんとなく。第六感かしら。だれもいない寂れた場所。だれかが最近そこにいたならわかるはず。そこを歩きまわっただけで、何も触れなかったとしても。そこに感じる……」ことばが見つからず、口ごもった。

「生気」

「そう！　それよ。トリーのアパートメントでそれを感じたの？」

「ああ」マイクはまたため息をつくと、コーヒーをもうひと口飲んだ。「それで、きみの容疑者はだれなんだい、ハンナ？」

「いまはひとりだけよ。もうひとりいたけど、除外しなくちゃならなくて」

「除外したのはだれ？」

「バスコム町長。うわさによると、トリーは遺言書から彼の名前をはずす準備をしていたらしいの。たびたび彼女からお金を借りては、ステファニーに罪滅ぼしのプレゼントを買っていたから。その理由は……知ってるでしょ。トリーはうんざりしてた、彼の……」

「女遊びに。それはぼくも聞いてるよ。それで、どうして町長を容疑者から除外したんだ？」

「町長とステファニーがルーベンサンドイッチの夜に〈レッド・ベルベット・ラウンジ〉にいたことがわかったの。町長はトリーのアパートメントにあがっていったけど、殺害時刻よりもまえにステファニーのいるラウンジに戻っていた」

「オーケー。ぼくの得た情報とも合致する。もうひとりの容疑者というのは？」

「いまのところは、いつもわたしのリストにある、未知の動機を持った未知の容疑者ってだけ。そっちは？」

マイクは首を振った。「こっちも同じようなものだよ。仮説はいくつかあるんだが、どれもまだ証拠がない。だれかが彼女を殺したのはたしかだけど、それがだれなのかわからないんだ」

ふたりが座ってほかのことについて話していた数分のあいだに、マイクはさらに二個のマフィンを平らげていた。ハンナがキッチンに戻ってくるまえにいくつ食べたのかは知らないが、テーブルの上で重なっている紙カップの数からすると、少なくとも二、三個は食べているようだ。

「すごくうまいマフィンだったとミシェルに伝えてくれ」立ちあがりながらマイクは言った。「もう行くよ、ハンナ。朝食の席で人と会う約束をしているんだ」

ハンナはマフィン型がのったワイヤーラックのほうを見た。残っているマフィンはひとつだけだ。ハンナが二個食べ、ミシェルも二個食べて、リサのために二個隠しておくと言っていた。残った一個を加えると、全部で七個。十二個用の型で焼いたので、マイクはピーチマフィンを五個食べたことになる！

マフィンを五個食べたあとで朝食も食べるわけ？　そうきけと心の声がした。だが、もちろん無視した。食べ物を詰めこむことに関して、マイクがラクダのようになるのを知っていたからだ。彼は一度に大量の食料を詰めこみ、そのあとは一日じゅう食べなかったりする。〈コーナー・タヴァーン〉に行くなら、おそらく卵三個とハムにベーコンを添え、パンケーキにハッシュブラウンとバタートーストを平らげるはずだ。そのあとは夜まで食べないのだろう。

マイクはテーブルを離れ、ハンナは玄関まで送った。玄関に立った彼は、振り向いてハンナを探るように見た。「何かわかったら知らせてくれるね？」

「ええ」ハンナは約束した。いつ知らせるかは言っていないのだから、約束するのは簡単だ。トリーの投資コンサルタントや、銀色の靴ひもとラインの黒いテニスシューズをはいた男のことは、まだ知らせるときではない。

「オーケー。気をつけるんだよ、ハンナ。ぼくに言わずにいることがあるのはわかってる。感じでわかるんだ。でも、たのむからトラブルに巻きこまれないでくれ。危険なことになるかもしれないと思ったら、電話か、メールか、なんでもいいからぼくに知らせてくれ。ぼくは……その……きみのことが心配なんだよ」

「わかってるわ」ハンナはやさしく言った。「わたしもあなたのことが心配よ、マイク。あなたは刑事だし、いつ危険な状況に直面するかわからないんだもの」

「ああ、でも、ぼくには対処のしかたがわかっているからね」でもきみはそうじゃない、と彼はほのめかしていた。

言外の意味を理解したハンナは腹が立ってきた。これまでだって何度も危険な状況から自力でなんとか脱してきたし、またそういう事態になっても対処できるのに。だが、マイクが心配してくれるということは、大切に思ってくれているということだ。正しい判断ができないと思われているのはちょっとしゃくだが、心配してもらえるのは気分がよかった。

「気にしてくれてありがとう、マイク」ハンナは言った。「でも、心配しないで。自分では手におえない事態になりそうだと思ったら知らせるから」

マイクはもっと何か言いたそうだったが、ぐっとこらえて何も言わなかった。ただ彼女の肩をぽんとたたいて、おいしい朝食をごちそうさまと言うと、出ていった。

ハンナは葛藤を感じながら、玄関扉を閉めた。彼にむっとするべきなのか、心配してくれることに感謝するべきなのかわからなかった。その疑問を頭のなかで解決できずにいるうちに、ミシェルが客用寝室から出てきて、ハンナに防寒コートをわたし、姉妹は新しい一日をはじめるべく玄関を出た。

クラムトッピング

ブラウンシュガー……1/2カップ

中力粉……1/3カップ（きっちり詰めて量る）

シナモン……小さじ1/2

さいの目に切った冷たい有塩バター……1/4カップ（56g）

作り方

① 12個用のマフィン型の底に油を塗る
（またはカップケーキ用の紙カップを2枚重ねて敷く）

② スライスピーチの汁を切り、ペーパータオルで水気を拭いて、
フードプロセッサーで細かくする。
1カップ分をボウルに入れ、中力粉大さじ1を振りかけて
ピーチにまぶす。

③ 耐熱ボウルにバターを入れ、電子レンジ（強）に1分かける。
そのまま1分おいてから取り出し、かき混ぜてとけていることを
確認して、ボウルまたはスタンドミキサーのボウルに入れる。

ハンナのメモその1：
このマフィン生地は手で混ぜても、ハンドミキサーでも、スタンドミキサーでも作れる。

④ 3のボウルにブラウンシュガーを加えてよくかき混ぜる。

⑤ 卵を1個ずつ割り入れ、その都度よくかき混ぜる。

⑥ ベーキングパウダー、塩、シナモン、アーモンドエキストラクトを加え、
よくかき混ぜる。

⑦ 中力粉1カップを加えて混ぜたあと、牛乳1/4カップを加えて混ぜる。

ピーチマフィン

●オーブンを190℃に温めておく

材料

生地

スライスピーチ缶……1缶（約420g。わたしはデルモンテを使用）

中力粉……大さじ1

有塩バター……3/4カップ（170g）

ブラウンシュガー……1カップ（ライトでもダークでもどちらでも。きっちり詰めて量る）

卵……大2個

ベーキングパウダー……小さじ2

塩……小さじ1/2

シナモン……小さじ1/2

アーモンドエキストラクト……小さじ1

中力粉……2カップ（きっちり詰めて量る）

牛乳（成分無調整）……1/2カップ

ピーチジャム……1/2カップ（わたしはスマッカーズのものを使用）

← 次頁につづく

⑧ 残りの中力粉を加えて混ぜたあと、残りの牛乳を加えて混ぜる。

⑨ ピーチジャムを加えてよくかき混ぜる。

⑩ ミキサーを止めてボウルをはずす（ミキサーを使う場合）。
このあとの工程は手でおこなう。

⑪ ここに②のピーチを混ぜこんで、最後にひと混ぜする。

⑫ マフィン型の3/4まで生地を入れる。生地が残ったら、
小さいローフ型の底に油を塗って生地を入れる。

⑬ クラムトッピングを作る。フードプロセッサーにブラウンシュガー、
中力粉、シナモンを入れ、その上に冷えたバターを
さいの目に切ったものを入れる。
断続モードで粗めの砂利状にする。

⑭ 生地の上にクラムトッピングをのせてマフィン型の残りの
スペースを埋める。

⑮ 190℃のオーブンで25～30分焼く
（ローフ型で焼くときは、マフィンより10分ほど長く）。

⑯ 焼けたらオーブンから取り出して、型に入れたまま
ワイヤーラックの上で少なくとも30分冷ます
（型に入れたまま冷ますと取り出しやすくなる）。

ハンナのメモその2：
マフィンを焼くとき、リサとわたしは紙カップ派。
お客さんが食べやすいし、見た目にもきれい。

ハンナのメモその3：
このマフィンはほんのり温かくてもおいしいが、
ふたつきの容器に入れてひと晩おくとピーチの風味が増す。

美しくておいしいマフィン、12個分。

19

ハンナは約束の時間の五分まえにレイク・エデン・インに着き、ディック・ラーフリンに手を振ってバーを通りすぎようとした。

ディックは磨かれた長いレッドオークのバーの向こうで、グラスをラックに置いたり、瓶を並べたりしていたが、ハンナを見ると近くに来るようにと手招きした。「サリーがオフィスで待ってるよ」彼は言った。

「わかったわ。ありがとう、ディック」

ハンナは行こうとしたが、彼に身振りで止められた。「ちょっと座ってくれ、ハンナ。話したいことがあるんだ」

「何かしら？」ハンナはいちばん近いバースツールに腰掛けて、問いかけるように彼を見た。

「サリーがきみに話そうとしていることに関して、ぼくも知っていることがある」

「どんなこと？」

「殺されるまえの週の土曜日にトリーがここにいたことを、サリーはきみに話すと思う。男性といっしょにカーテンつきのブース席のひとつにいたと」

ハンナはその事実を頭に入れてからきいた。「その男性というのはだれだったの？」

「わからない。ぼくにできるのは、彼が帰るときに身につけていたものの説明だけだ。バーを通りすぎるのを見たんだが、顔は見ていない」ディックはドア口のほうを示した。「スイングドアのせいで、だれが通っても下のほうしか見えないのがわかるだろう？」

ハンナは振り返って見た。ちょうどウェイトレスが通りすぎたが、見えたのはユニフォームの腰から下と靴だけだった。

「言いたいことはわかったわ」ハンナはディックに向き直って言った。

「だから、さっきも言ったようにその男性の顔はわからないが、靴ならもう一度見ればわかる。おそらくダイニングルームに行くまえにクロークルームでコートを掛けて、靴を履き替えたんだろう。あの夜は雪が降っていたのに、スニーカーを履いていたんだから」

心拍数が十倍に跳ねあがるのがわかった。「その靴に何か変わったところはあった？」

「ああ。黒で、靴ひもは銀色、サイドに銀色のラインがはいっていた。すごく変わっていたな」

「これまで見たことは？」

ディックは首を振った。「ないね。もちろん、別の靴で来たことはあるかもしれないが」

「教えてくれてありがとう、ディック。重要なことかもしれないわ」

「役に立つことを願ってるよ、ハンナ。トリーがいないととても淋しくなるよ。町長やステファニーといっしょに、しょっちゅうここに来ていたからね。ウォッカ・マティーニを二杯ほど飲んでは、場を盛りあげていた。カラオケナイトの彼女を見せたかったよ。舞台人だから当然なんだろうけど、トリーはそれは大きな声で歌うんだ」

「はいって、ハンナ」サリーは立ちあがり、書類を何枚かつかむと、デスクの向こうから出てきた。「カーテンつきのブース席を取ってあるの。今日はドットがランチのシフトにはいってるから、担当のウェイトレスは彼女よ。重要な話をすると言ってあるから、会話がわたしたち以外の人間にもれることはないわ」

「よかった。ありがとう、サリー」

「はい」サリーが書類を差し出した。「これはあなたに」

「何かしら？」

「ピーナッツバター・チーズケーキのレシピよ。ミシェルが三切れも注文してたから、きっとほしがってるだろうと思って」

「そのとおりよ。今朝レシピをもらってきてくれと念を押されたわ。昨夜わたしも半分もらって食べたけど、とてもおいしいチーズケーキね、サリー」

「ありがとう。ディックもあれが大好きなのよ」サリーは先に立って廊下を歩き、席に案内しようとドットが待っているメインダイニングルームにはいった。

席につき、ドットがいなくなるのを待って、サリーはハンナのほうに身を寄せた。「トリーはいつもかならずこのブース席を予約していたの。少なくとも週に三回は」

「ディックの話では、バーにもよく来ていたらしいわね。カラオケナイトで楽しそうに歌っていたとか」

「上手だったわよ。わたしはたいてい忙しくて聴きにいけなかったけど、トリーが歌うのは何度か見たわ。町長もそんなに下手じゃなかった。ふたりがデュエットをした晩もあって、度肝を抜かれたわ。ソニーとシェールを一躍有名にした〈アイ・ガット・ユー・ベイブ〉って曲だった」

「バスコム町長が歌えるなんて知らなかった!」

「あのときの顔つきからすると、ステファニーも知らなかったみたいよ。釣られたばかりのマスでもあれほど驚いた顔はしないから」

「町長が立ちあがって歌いだしたから怒ったの?」

「あら、ちがうわよ! ステファニーはよろこんでたわ。彼が歌えるとわかってからはね。おだてられていっしょに一曲歌ったこともあるのよ」

「なかなか楽しそうな夜ね」

「あの土曜日もそうだったわ、トリーがディナーの相手を追い返してからはね。ウェイトレスの話では、ディナーのあいだじゅうずっと言い争っていたらしいわ。トリーはブースのなかに料理を運ばせなかったの。カーテンの外のスタンドに置いていかせて、自分たちでなかに運んだのよ」

「ウェイトレスはその男性に見覚えがなかったの？」

「ええ。というか、ちゃんと顔を見ていないらしいの。カーテンを開けるたびに、顔をそむけられたから。いずれにしろ、見覚えはなかったでしょうね。彼女は三十キロ以上離れたところから車で通勤してるから。でも、靴については説明できた。その男性が帰るときディックが見た話は聞いた？」

「ええ、聞いたわ。ウェイトレスはふたりの口論についてほかに何か言ってなかった？」

「言ってたわ。トリーは男性に言ったそうよ、帰ってちょうだい、もう二度と会いたくない、そもそも出会ったのはまちがいだった、って。彼が説き伏せようとしても、彼女は聞こうとしなくて、結局彼はコース料理の途中で席を立ったの」

「トリーは彼を追いかけた？」

サリーは笑った。「まさか！　彼がいなくなってほっとしてたみたいよ。ウォッカ・マティーニのお代わりを注文して、何分かウェイトレスとおしゃべりしてから、ディナーを食べた。それどころか、デザートまで注文したんだから、別れ話で修羅場になったんだとしても、それほどこたえていなかったんでしょうね」

「ディナーのあと、トリーはどうしたの？」

「携帯電話で町長とステファニーをバーに来ないかと誘った。お会計を確認したら、そのときすでにウォッカ・マティーニを三杯も飲んでいたから、かなり酔っていたはずよ。あなたに知らせたかったのはそのことなの。トリーが殺害されたこととは関係ないのかもしれないけど、何があるかわからないでしょ」

「そのとおり。何があるかわからないわ。話してくれてありがとう、サリー」

「どういたしまして。注文はわたしがしておいたけど、よかったかしら。新作の鴨の温かいサラダをぜひ食べてほしくて」

「すてき！」ハンナは心から言った。鴨は大好きだし、サリーの鴨料理はいつもすばらしいのだ。

サラダはハンナが期待したとおりすばらしく、ふたりはランチを食べながら、取るに足らないことについておしゃべりした。

ハンナはあらためてサリーにランチと情報とチーズケーキのレシピのお礼を述べると、ディックに手を振ってレストランをあとにし、ブーツに履き替えて防寒コートを着るためにクロークに向かった。

入り口のすぐ近くに車を停めていたので、エンジンをかけて街に戻るのにそれほど時間はかからなかった。市街にはいると、ミシェルが芝居の稽古を終えたかたしかめようと、まっすぐジョーダン高校に向かった。

「彼はあなたを捨てると言ったでしょう！」

「でも、お母さん……あの人はわたしを愛してるわ！　約束してくれたのよ、決して……」

「男はいつだって約束するものよ」トリシアの母親を演じている女性がさえぎった。「ほんとうよ、ディア。なんの意味もないの」

「でも、あの人のことばにうそはないわ、お母さん」

「もちろんそうでしょうね……いまは。でも、待っていてごらんなさい。いずれ別の女が現れる。そしてまた別の女。さらにまた別の女。そのたびに彼は約束するし、いつだって本気なのよ。でも……よく聞いて、ディア」

ハンナが見ていると、見覚えのないその母親役の女性はトリシアに一歩近づいた。ステージの明るい照明のなか、母親役の女性の目が涙できらめいているのが見えた。

「あなたを愛しているわ、ディア。でも、これはうそじゃないの。彼は何度でも約束するでしょう。そして、また同じことが起こるのよ。一度裏切ったら、また裏切るの」

「でも、お母さん。わたしはあの人を愛してるのよ。どうすればいいの？」

母親役の女性はトリシアから離れて深いため息をついた。「何もないわ、ディア。あなたにできることは何もない。でも、わたしにはできる。彼を止める方法がひとつだけある。あなたのためにわたしがやるわ！」

幕が下りてそのシーンが終わると、ハンナの背筋に寒気が走った。直接的には表現されていなかったが、母親が芝居のつぎの場面で何をするつもりなのかはっきりわかった。

「お疲れさま！」ミシェルが立ちあがり、客席の照明をつけてくれと合図しながら言った。「ずっとよくなったわ、トリシア。それと、ヴィヴィアン？ 昨日はもうこれ以上うまくなりようがないと思ったけど、今日の演技はさらによかった。プロの舞台女優になるべきよ」

「ありがとう」母親役の女優は返した。

「明日は第三幕よ」ミシェルは客席に張り出したステージに座っているキャストたちに向かって言った。「みんなが時間どおりに来てくれれば、第三幕の通し稽古のあと、ランチ休憩がとれるわ」

「通し稽古はいつやるの？」トリシアがミシェルにきいた。

「来週の月曜日かな。明日の三幕が順調にいけば、日曜日になるかも」ミシェルはノートに目を落とした。「土曜日はベイクセールで売るものを持って正午にここに来てもらいたいの。リストを作ったから、みんなが集合したら、品物全部に値段をつけて並べましょう。ベイクセールはパイの早食いコンテストのすぐあとよ」

「パイの早食いコンテストがはじまるのは一時よね？」トルーディ・シューマンがきいた。

「そうよ。今朝ロッド・メトカーフと話したの。メイン記事としてコンテストとベイクセールのことを明日の新聞に書いてくれるそうよ。新聞社でコンテストのチケットを売ることも承諾してくれたわ」

「コンテストにはだれが出るの？」ベッキー・サマーズがきいた。

「ひとりはローズ・マクダーモット。ハンナ姉さんのバナナクリーム・パイが大好きなんですって。おまけに、ローズとハルはカフェでコンテストのチケットを売ってくれるの」

「コンテストに出るようあなたのお母さんを説得できなくて残念だったわね」トリシアが言った。「そうなればきっと町じゅうの人たちが見にくるでしょうに！」

ほかのみんなといっしょにミシェルも笑った。「ほんとね、トリシア。たしかにわたしは言いくるめるのがうまいし、信用させるのも得意だけど、それぱかりは無理よ！　みんなのまえで顔をパイまみれにするよう母を説得することなんてだれにもできないわ」

「ほかにはだれにたのむつもりなの？」トルーディが知りたがった。

「今日の午後、バスコム町長にたのみにいくつもり」

「せいぜいがんばって！」トルーディはおもしろがっているようだ。「われらが町長は、自分には威厳があると思っているのよ。顔をパイまみれにするところは見られたくないんじゃないかしら」

「なんとかやってみる」ミシェルは約束した。「だれかほかにこれという人はいる？」

「アル・パーシーは？」ロレッタ・リチャードソンが言った。「アルのことは町じゅうの人が知ってるわ。ライオンズクラブの代表だし、ジョーダン高校のすべての運動部を支援してるし、去年の独立記念日のパレードではグランド・マーシャル（パレードや式典などでとくに統率力のある人物に与えられる名誉ある地位）だったし」

「それはいい考えね！」トルーディが言った。「アルなら申し分ないわ。不動産屋のオフィスで自分のところのチラシを印刷してるから、芝居のチラシもきっと刷ってくれるわよ」

「提案してくれてありがとう、ロレッタ！」ミシェルが言った。「アンドリアがあそこで働いてるから、ちょっと寄ってアルにたのんでほしいと伝えるわ」

「完璧ね！」トルーディが笑みを浮かべて言った。「アンドリアはだれでも説得してどんなことでもさせることができるもの」

「ひとつお願いがあるんだけど、トルーディ」ミシェルは言った。「息子さんのクリフにたのんで、パイの早食いコンテストのチケットを金物店で売ってもらうことはできる？」

「いいわよ。きっと売ってくれると思うわ。今日の午後寄ってたのんでみるわね」

「ありがとう、トルーディ」ミシェルは彼女に微笑みかけたあと、残りのみんなに向き直った。「ありがとう、みなさん。とてもいい稽古だったし、この芝居はすばらしいものになるでしょう。帰るまえに全員チケットを持っていってね。ロビーのテーブルに二十枚ひと組で置いてあるから。売れると思うぶんだけ取って、明日外で売ってほしいの。コンテストのあとにベイクセールがあることと、ハンナ姉さんのパイが当たる抽選会があることも忘れずにみんなに伝えてね」

「町長がコンテストに出るかどうかわかるといいんだけど」ロレッタが言った。「そのほうがずっと楽にチケットが売れると思う」

「そうね。町長の説得に成功したら、トルーディに電話するから、彼女から全員に伝えてもらうようにしましょう。アルのことはアンドリアに確認してみる」ミシェルは荷物をまとめて微笑んだ。「オーケー。今日はこれでおしまいよ。明日またここで、第三幕の稽古で会いましょう」

ミシェルはあたりを見まわして、講堂のいちばんうしろに立っているハンナに気づいた。小さく手を振り、急いで姉のところに向かう。「来てくれたのね、姉さん」そばに来ると彼女は言った。「気づかなかったわ」

「数分まえに来たの」帰っていく〈レイク・エデン劇団〉の団員たちに聞かれないように、ハンナは妹に少し近寄った。「ヴィヴィアンって人、すごく演技がうまいわね」

「でしょ。トリシアが言ってたけど、トリーは彼女の演技を絶対に褒めなかったんですって。まあ、トリーはだれも褒めなかったらしいけどね。いい演出家だったたってみんな言ってるけど、あんまり好かれてなかったみたい」

ハンナの頭がカチリと高速ギアにはいった。「劇団員のなかで、トリーのことをとくに嫌っていた人はいる?」

「いないんじゃないかしら。うそじゃないわよ、ちゃんときいてみたんだから!」ミシェルはちょっと笑った。「姉さんの考えることがだんだんわかってきたの。きっときかれると思った」

「いちおうきいてみただけよ」ハンナは言った。「一瞬、もうひとり容疑者が増えるかもしれないと思って」

「残念でした。ところで、サリーから役に立つ話は聞けた? チーズケーキのレシピはもらってくれた? トリーの投資コンサルタントのことでロスから返事は?」

「答えはイエス、イエス、ノーよ。町長を説得しにいきましょう、ミシェル。くわしいことは〈クッキー・ジャー〉に着いてから話すわ」

ピーナッツバター・チーズケーキのチョコレート・ピーナッツバター・ソースがけ

クラスト

材料

砕いたチョコレート・クッキー……2カップ
（砕いてから量ること。わたしはナビスコのチョコレート・ウエハースを使用）

とかしたバター……84g

バニラエキストラクト……小さじ1

作り方

① ボウルに砕いたチョコレート・クッキー、とかしたバター、バニラエキストラクトを入れ、全体がしっとりするまでフォークで混ぜる。

② 直径23cmのスプリングフォーム型の底にパムなどのノンスティックオイルをスプレーし、型に合わせて丸く切ったオーブンペーパー（またはワックスペーパー）をその上に敷いて、さらにノンスティックオイルをスプレーする。

③ ①を型に入れ、底全面と側面の2.5cmの高さまで、清潔な両手で押しつける。

④ 型を冷凍庫に15〜30分入れておく。

← 次頁につづく

チーズケーキ

材料

白砂糖（グラニュー糖）……1カップ

角形のクリームチーズ……3箱
（全部で678g。わたしは銀色の箱のフィラデルフィア・クリームチーズを使用）

ピーナッツバター……1/4カップ（わたしはジフのスムースタイプを使用）

マヨネーズ……1/2カップ

卵……4個

ピーナッツバター・チップ……2カップ（わたしはリーシーズの311g入り1袋を使用）

バニラエキストラクト……小さじ2

ミニチョコレートチップ……1カップ
（わたしはネスレの311gまたは340g入りの袋半量を使用）

準備
オーブンを175℃に温めておく

作り方

① スタンドミキサーのボウルに砂糖、クリームチーズ、ピーナッツバター、マヨネーズを入れ、なめらかになるまで中速で混ぜる。

② 卵を1個ずつ割り入れ、その都度かき混ぜる。

サワークリーム・トッピング

材料

サワークリーム……2カップ

白砂糖（グラニュー糖）……1/2カップ

バニラエキストラクト……小さじ1

作り方

小さめのボウルにサワークリーム、砂糖、バニラエキストラクトを入れて混ぜ合わせ、覆いをかけて冷蔵庫に入れておく。

チョコレート・ピーナッツバター・ソース

材料

ホットファッジ・アイスクリーム・トッピング……1瓶
（約333g。わたしはスマッカーズのものを使用）

ピーナッツバター……1/4カップ
（わたしはクランチタイプではなく、スムースタイプのジフを使用）

作り方

耐熱ボウルにホットファッジ・アイスクリーム・トッピングとピーナッツバターを入れ、電子レンジ（強）で30秒温める。そのまま30秒おいたあと、電子レンジから取り出してかき混ぜる。粗熱が取れたらラップで覆って冷蔵庫に入れておく。

← 次頁につづく

⑪ 食べるときは、型の内側にナイフをすべらせてから
スプリングフォームの留め金をはずし、サイド部分を型から離す。
平皿にワックスペーパーを敷き、さかさまにして
ケーキ型にかぶせる。そのままひっくり返して、
ペーパーを敷いた平皿の上にチーズケーキを移す。
型の底の部分を慎重にはずし、
クラストからオーブンペーパーをはがす。

⑫ 平皿をもう1枚さかさまにしてケーキ型（クラストが上）にかぶせ、
もう一度ひっくり返してケーキを上向きにし、
上の皿とワックスペーパーを取り除く。

⑬ チョコレート・ピーナッツバター・ソースのボウルを
冷蔵庫から出し、ラップをはずして電子レンジ（強）で
30秒温める。そのまま30秒おいたあと、
電子レンジから取り出し、チーズケーキの
サワークリーム・トッピングの上に塗る。
冷えたチーズケーキのせいでソースがすぐに
固まってしまう場合は、ソースをもう数秒電子レンジで
温めると塗りやすい。
お好みで側面にたれるようにしても。

何等分に切り分けるかはあなたしだい。
お客さまがチーズケーキ好きなら、少し大きめに切り分けて。
たっぷりの食事のあとで、大きめだと食べきれないときは、
小さめに切り分けて。
母さんをデザートに招いたら、
大きめに切り分けたとしても、お代わりするかも。

③ 耐熱ボウルにピーナッツバター・チップを入れ、
電子レンジに1分かけてとかす。そのまま1分おいたあと、
電子レンジから取り出し、なめらかになるまでかき混ぜる
（形が残っている場合は、かき混ぜてとけているか確認する。
とけていない場合は、20秒電子レンジにかけて20秒おく
工程をなめらかになるまで繰り返す）。

④ 粗熱が取れたら、とかしたピーナッツバター・チップを
少しずつ②に加えながら低速で混ぜる。

⑤ バニラエキストラクトを加えてよくかき混ぜる。

⑥ ボウルをミキサーからはずし、側面についた生地をこそげて
底のほうに落とす。

⑦ ミニチョコレートチップを手で混ぜこむ。

⑧ 冷やしておいた型のクラストの上に⑦を流しこみ、
もれてもいいように天板の上に型を置いて、
175℃のオーブンで55〜60分焼く。

⑨ オーブンから型を取り出し、まんなかからスプーンで円を描くように、
縁から1cmのところまでサワークリーム・トッピングを塗る。
型をオーブンに戻し、さらに8分焼く。

⑩ オーブンから取り出し、型ごとワイヤーラックの上に置いて冷ます。
型が素手でさわれるくらいに冷めたら、
覆いをせずに冷蔵庫で少なくとも8時間冷やす。

20

「会ってくださってありがとうございます、バスコム町長」姉とともにオフィスに招き入れられて、ミシェルが言った。

「きみに会うのはいつでも歓迎だよ、ミシェル。大学生活はどうかな?」

「順調です。お聞きおよびかもしれませんが、今学期の終わりまでレイク・エデンで仕事をして、単位をもらうことになっているんです」

「それはすばらしいね、ミシェル。しばらくレイク・エデンにいられることになって、ご家族はおよろこびだろう。そうじゃないかね、ハンナ?」

「ええ、そのとおりです、バスコム町長」

町長はハンナにいつもの媚《こ》びを売るような笑みを向け、ミシェルに向き直った。「お姉さんを手伝って〈クッキー・ジャー〉で働くのかな?」

「ええ、でもそれは単位のためにやるんじゃありません。姉を愛しているし、オーブン仕事が好きだからです」

「あっぱれだな」バスコム町長はうなずき、またハンナを見た。「ところで、きみは元気かな、ハンナ？」

「ええ、元気です。ご存じかどうかわかりませんが、ミシェルは〈レイク・エデン劇団〉で仕事をしているんです。感謝祭の芝居を演出するために、大学がこの子を寄越《よこ》したので」

「すばらしい！」バスコム町長はミシェルに微笑みかけた。「きみが演劇専攻だということを忘れていたよ。わが町の伝統が存続されると聞いてうれしいね。レイク・エデンは感謝祭の芝居を二十七年間つづけてきたんだ」

「今日ここにうかがったのはその芝居のためなんです、バスコム町長」ミシェルは急いで言った。「お姉さまがたいへんすばらしい仕事をなさったので、上演に向けて仕上げるのはそれほどたいへんではないと思います」

「それはよかった」バスコム町長は感謝しているとともに悲しげにも見える表情を作った。こんなことを考えるのは意地悪だとわかっているが、感情が現れるよう鏡のまえで表情を作る練習したのではないかとハンナは思った。

「ヴィクトリアはとても才能があったし、気前もよかったからね」

「ほんとうにそのとおりです！」ミシェルが同意した。〝気前がいい〟ということばに食いついたようだ。〈レイク・エデン劇団〉のために利用しようというのだろう。

「わたしが演出を引き継いでまだそれほどたっていませんが、彼女の気前のよさには驚かされました」

「どんなふうに?」バスコム町長がきいた。

ハンナは歓声をあげたくなった。リッキー・ティッキーは嬉々としてミシェルの罠にはまろうとしていた。

「公演のために新しいメイク用品を注文してくださったんですけど、これが最高級のものなんです。マカレスター大学の演劇公演で使うものよりずっと高価なもので」

「ほう、それはよかった。〈レイク・エデン劇団〉には最高のものがふさわしいからね」

ハンナはまたミシェルに喝采《かっさい》を送りたくなった。罠の歯がガチャンと閉じたのだ
「たしかに、彼らには最高のものがふさわしいと思います。この公演のためにひたむきに稽古に励んでいますから、バスコム町長。演出家としてとても誇らしく思っています。でも、ちょっと問題を抱えていまして」

「それは何かな、ミシェル?」

「お姉さまはメイク用品の費用に小切手を切ると約束していたんですけど……その……時間がなかったようで……」ミシェルはそこでことばを切り、頬の涙を拭った。

本物の涙がミシェルのもう片方の頬を流れ落ちていたのに気づき、ハンナは驚いて妹をまじまじと見た。

「すごく悲しいです」

「うん……そうだね、ほんとうに悲しいよ。力になりたいのはやまやまなんだが……ちょっと問題があってね」バスコム町長はそこでことばを切り、ハンナには彼が守勢にまわろうとしているのがわかった。「申し訳ない、ミシェル。すぐにも小切手を切るべきなんだが、遺言検認をすませないことには……」

「いえ、ちがうんです、バスコム町長!」ミシェルは心から驚いたような顔をした。「そんなつもりはまったくありません! 実は、メイク用品代を捻出するためにベイクセールを計画しているんです。土曜の午後におこなわれるパイの早食いコンテストのチケットも売ることになっていて」

バスコム町長は見るからにほっとした様子で、ミシェルにやさしく微笑みかけた。「それはいい考えだ! ぜひともみんなにそのことが伝わるようにするよ、ミシェル」

「ありがとうございます、バスコム町長! そう言ってくださると思っていました。町長の口から伝われば、きっとみんな来てくれるでしょう。それと、こんなことはお願いするべきではないのかもしれないんですけど……」

ミシェルがことばを切って頬を赤らめるのを見て、ハンナは感嘆した。

「何かな、ミシェル?」町長がやさしく微笑みかける。

「あの……ご迷惑かとは思いますけど……パイの早食いコンテストへの参加を考えていた

だけないでしょうか?」

「いや……それは……ちょっと……」バスコム町長はことばを濁した。

「待ってください!」ミシェルは拒絶されるのを察知してさえぎった。「そのまえに、コンテストについて説明させてください。これはテレビで見るような、パイに顔を埋めるおぞましいコンテストではありません。ところで、テレビといえば、この模様はKCOWで放送される予定です」

「ほんとうに?」バスコム町長は笑顔になった。「そのコンテストについて、もっとくわしく教えてくれないか、ミシェル」

ハンナが笑いださないように頬の内側を噛むあいだ、ミシェルはつづけた。「背中で両手を縛るなどといった、みっともないことはしません。参加者にはおのおのスプーンがわたされて、一分か二分のあいだにできるかぎりパイを食べます。そして、審査員がパイ皿を検分して勝者を発表します。もちろん、勝者は《レイク・エデン・ジャーナル》日曜版の一面に載ります」

「なるほど!　スプーンと言ったね?　背中で両手を縛るのもなしと?」

「そのとおりです。レイク・エデン町民に恥ずかしい思いをさせたくないですから」

「わかるよ。とても思慮深いんだね、ミシェル」彼はまだ同意したわけではなく、ハンナは息を凝らした。これがミシェルの計画なのだろうか?

「まだあるんです、バスコム町長。感謝祭の芝居の直後、〈レイク・エデン劇団〉はお姉さまへの感謝を示す予定です。カーテンコールのときにおこなうことになっていて……」ミシェルはそこでため息をついた。「無理を承知でお願いするんですが、ひとりずつカーテンコールに登場する劇団員の名前を、町長と奥さまにアナウンスしていただけないでしょうか？　おふたりが演壇に立って名前を読まれれば、授賞式のような感じになると思うので」

「そんなことはこれまで一度もしていないぞ！」

「そうです。これまではキャスト全員が出てきて、観客の拍手を受け、幕がおりるという、普通のカーテンコールでした。でも、今回は特別なものにするべきだと思ったんです。町長と奥さまが劇団員の名前をアナウンスしてくださったら、すばらしいカーテンコールになります！　すべての役名と演者の名前を書いた原稿はこちらでご用意します。そのあと、もし承知いただけるなら、お姉さまがいかにすばらしい女優であり演出家だったかについて、そして、その夜〈レイク・エデン劇団〉が彼女にささげた公演を、生きていたらどれほど誇らしく思っただろうということについて、短いスピーチをしていただきたいんです」

「それはすばらしい！」バスコム町長は感銘を受けたようだった。「ＫＣＯＷテレビはカーテンコールのときもいる予定なのかな？」

「もちろんです。それについてはもう話がついています。みんなテレビであなたを見るのが好きですから、バスコム町長。それに、奥さまも有名人ですし」

ミシェルのセリフは完璧だった。もう少しで忘れるところだったが、バスコム町長はメディアの犬なのだ。これはロスが教えてくれたことで、カメラのあるところなら、いつでもバスコム町長はちょっとしたことを言いたがるらしい。

「わたしにまかせてくれたまえ、ミシェル。きっとステファニーもわたしと壇上に立つことを承諾するだろう。わたしたちはつねに芸術のパトロンだからね。そればかりか、翌週ニューヨークでトリーの代わりに舞台演劇俳優協会《STAG》から賞を受け取るときにするスピーチの練習にもなる」

「それはすばらしいですね、バスコム町長。この芝居の夜のことはかならず話してくださいね。町長がお姉さまの賞を受け取る姿を、きっとレイク・エデンじゅうの人たちが見るでしょうから」

「かならず話すよ」

ハンナはまた笑うまいとして頬の内側を噛んだ。わが町の町長はとても謙虚とはいえない。

「これは〈レイク・エデン劇団〉にとって申し分のない募金活動になるだろう」町長はつづけた。「なんらかの形でステファニーとわたしに手助けができるならうれしいよ」

「ありがとうございます、バスコム町長！」ミシェルは心から感謝しているように見えた。「なんてご親切なんでしょう。急いで帰って、多大なるご協力をいただけたとみんなに伝えます」

「驚いた！」町役場の玄関を出ながらハンナは言った。

「何が驚いたなの？」

「文字どおり驚いたのよ！　あんたの演技はアカデミー賞ものだったわ。演出家じゃなくて女優になる気はないの？」

ミシェルは驚いてハンナを見た。「演出家にもプロデューサーにも女優にもなる気はないわ。劇場を所有して経営したいの。だから演劇専攻のほかに経営学の講義もとってるのよ」

「どうして？　さっきのはわたしも見たけど、名演技だったわよ。あの涙にはびっくりしたわ」

ミシェルは肩をすくめたが、誇らしげなのがハンナにはわかった。「わたしもびっくりした。思いどおりに涙が出せるかわからなかったから。でも、考えてみてよ、姉さん。だれもが演者になりたがる。そして、だれもが演出家やプロデューサーになりたがる。ほんとうに才能があるか、タイミングよくヒットに恵まれないかぎり、それで食べていくのはむずかしいわ。わたしはそれより経営のほうをやっていきたいの。ディナーシアターかもしれないし、キャバレーかもしれないし、たくさんのお客を惹きつける何か特別な分野のものかもしれない。それがうまくいかなくても、経営学の学位があれば食べていけるわ」

「なるほど」ハンナは言った。「あんたってしっかりしてるわね、ミシェル」

「ありがとう。わたしは夢想家なのよ、姉さん。目のまえに大きなチャンスが訪れれば、それを手に入れる。でも、現実主義者でもあるの」

「たしかにそうね」ハンナは言った。そして、自分がもうミシェルの未来を心配していないことに気づいた。妹はしっかりと将来を見据えていた。「ところで、ミシェル……バスコム町長にパイの早食いコンテストとカーテンコールの話をしたとき、テレビ放送されるというのは希望的観測だったの？　それとも、実際にKCOWに電話して承諾してもらったの？」

「直接かけあったわ。ニューヨークにいるPKに電話して、ロスにたのんでほしいとお願いしたの。ロスは特別番組の責任者だから、それを決める権限があるはずだと思って」

「じゃあ、その件でもうロスと話したの？」

「ううん、PKとだけ。稽古中に電話をくれて、オーケーが出たと知らせてくれたの」

「ロスはトリーが利用していた投資コンサルタント会社に行ってくれたと思う？」

ミシェルは首を振った。「ごめん、姉さん。PKにきくことは思いつかなかった。ロスが電話してくれるんじゃないかな?」

「そうね」ハンナは車に向かっていた足を止めた。「もう〈クッキー・ジャー〉に戻る?」

「うん。マージとナンシーおばさんがいるはずだから、姉さんと厨房でクッキーを焼こうと思って」

「それはありがたいわ」ハンナは妹に微笑みかけた。「新作に挑戦してみるのはどう?」

「いいわね。何か考えているものはあるの?」

「チェリオスを使ったクッキーはどうかと思って。うまくいきそうでしょ。チェリオスはオーツ麦でできているし、オートミールはクッキーに使うことがあるから。チェリオスとチェリーを合わせて、チェリー・チェリー・クッキーと呼んだらどうかしら」

「受けそうね」ミシェルはにっこりした。「いいんじゃない?」

「よかった。今日はあんたに厨房を手伝ってもらって、明日はふたりでベイクセール用のクッキーを焼いて、早食いコンテストのバナナクリーム・パイ作りを手伝ってもらうわよ。どういうふうに作るかまだ考えてないんだけどね。テレビのコンテストで見るあの手のパイにはクラストがないみたいだし」

「そうそう。使い捨てのパイ皿にフィリングだけ入れて、キャラメル・ホイップクリームをのせたら? そうすれば参加者はスプーンで食べられるし」

ハンナは検討してみた。「いいアイディアね。それなら作るのも、学校に運ぶのもとても簡単だわ。制限時間はどれくらいにする？」

「町長には一分から二分と言ったけど、正直どれくらいが妥当なのかわからないの。姉さんはどう思う？」

「わたしもそれぐらいだと思う。二分以上だと長すぎるし、一分だと短いもの。バナナプディングとホイップクリームをできるだけ早く食べるにはけっこう時間がかかるから、パイはクラストなしじゃないとね。あと、大きな音の出るブザーか鐘みたいなものが必要よ」

「それならもう手配してある。体育の先生に確認したら、学校に運動競技会でタイムを計るときに使う大きなタイム計測器があったの。それを借りて、見物客にも見えるように審査員のテーブルに置くわ。時間切れになったらすごく大きな音でブザーが鳴る。それから審査員がパイ皿を審査して勝者を発表する」

「完璧ね」

「審査員は三人必要だと思うの。だれにたのめばいいと思う？　母さんは参加者のいいアイディアをくれたけど、審査員についてはきくのを忘れてた」

ハンナは少し考えてから意見を述べた。「わからないけど、大勢人を呼べる人物がいいわ。これからコンテストのチケットを売るんだから、今日決めてロッドに新聞に載せてもらわないと。母さんの意見をききにいきましょう。ここから一ブロックしか離れていないんだし」

「家にいるかしら？」

「電話してみないとわからないわ。そしてわたしたちはすぐ近くにいる。電話してみて、ミシェル。歓迎《レシービング》してくれるかどうかきいて」

「レシービング？」

「ええ。母さんならすぐわかるわ。お客を受けつけるという意味で、摂政時代《リージェンシー》にはそういう言い方をしたの。邸宅に立ち寄った者に、執事が銀の盆を差し出して訪問者の名刺を要求する。執事はそれを女主人のところに持っていって、女主人が受け取《レシーブ》れば訪問者は招き入れられる。そうでなければ、お引き取りくださいと執事に言われる」

「いまは携帯電話で〝ねえ、いま家？〟ときくだけなのにね」

「そういうこと。現代社会ではなんでも近道がある」

「そうね」ミシェルも言った。「母さんなら昔のほうが文明的だったと文句を言うでしょうね」

「そうかもしれないけど、母さんがマナーハウスの裏庭で〝コンビニエンス〟をよろこんで使うとは思えないわ」

「コンビニエンスって、屋外トイレのこと？」

「そう。おそらくエルサおばあちゃんの農場にあったものほど便利《コンビニエント》ではなかったはずよ」

ミシェルは声をあげて笑った。「たしかに。室内トイレができるまえに使ったのを覚えてる。エルサおばあちゃんは冬のあいだトイレに暖房器を入れてた」

「そして夏には扇風機を」ハンナは思い出させた。「家から伸びてた延長コードにつまずいて、膝をすりむいた覚えがあるわ」

「わたしは冬にそこまで歩いていくのがすごく寒かったのを覚えてる。でも、農場に行くのは大好きだった。スウェンセンのおばあちゃんはいつもクッキーを焼いてくれて、作るのを手伝わせてくれたわね。だからわたしたちはこんなにお菓子作りが好きなのかしら?」

「それはかなり関係してると思う。母さんに電話して、車はここに置いていきましょう。今日はそんなに寒くないから、もし母さんがいるようなら歩いていけばいいわ」

21

三十分後、ハンナとミシェルは裏口から〈クッキー・ジャー〉にはいった。ラックにコートを掛けたあと、ミシェルは厨房のコーヒーポットに直行し、ハンナはビニールコーティングされた分厚いレシピブックをつかんで、作業台のスツールに座った。

ミシェルがコーヒーのはいったカップを持ってきて、ハンナのまえに置いた。「はいどうぞ。疲れた顔してる」

「実際疲れてる」ハンナは白状した。「いつもよりたくさん寝たのに。どうしてかしら」

「殺人事件をなかなか解決できずにいるでしょう。だからかもしれないわ。頭がフル回転してるんじゃない？」

「ええ。そうかもしれないわね、ミシェル。できるかぎりのことをしてるのに、まったくツキがなくて」

「ロスがここにいないせいもあるわよ。淋しいはずだもの」

「たしかに淋しいわ。きっと二十四時間ずっといっしょにいる一週間をすごしたあとだからよ。それがいまは独身に戻ったみたいなんだもの」

裏口でノックの音がし、ミシェルがにっこりした。「姉さんに必要なのはこれよ……気晴らしになるもの。ちょうどよかったわ」

ハンナは笑った。「そんな、もの扱いして。知り合いだったら怒られちゃうわよ」

「はい、母さん」ミシェルは生意気そうにハンナを見て言った。「だれだか見てくる」

「ノーマン！」ミシェルが厨房に招き入れた人物を見て、ハンナは言った。「座って、いっしょにコーヒーはいかが？」

「今日の仕事がすんだところだから、一杯もらおうかな」ノーマンは言った。「根管治療が二件に、歯冠の破損が一件、埋伏知歯《まいふくちし》一件のおかげで長い午後になったよ」ハンナの隣に座って、彼女の肩を軽くたたく。「ぼくの大好きなスウェンセン姉妹のふたりは元気だった？」

「元気よ」ハンナは言った。彼が結婚姓を使わなかったことに気づいた。もちろん、厳密にはまちがっていない。既婚でも未婚でも、彼女がスウェンセン姉妹のひとりであることに変わりはないのだから。

「わたしは元気だけど」ミシェルが言った。「姉さんは疲れて落ちこんでるの」

「調査のことで？」ノーマンがきいた。

「ええ」こっちのほうが話題にしやすい。「トリーの投資コンサルタント以外はね。それもあまり見込みはないし、もう容疑者がいないのよ」

「黒いテニスシューズの男は？」ノーマンがきいた。「彼については何かわかった？」

「トリーの関係者ということだけ。でも、それはもうわかってるわよね。彼女のアパートメントに押し入って、ラブレターだかメモだか、彼女に宛てて書いたものをさがしてたんだから」

「でも、彼がやったとは思っていないんでしょう？」ミシェルがハンナにきいた。

「ええ、思ってないわ」ハンナはノーマンに向き直った。「彼がトリーに話しかけるみたいにしゃべっていたのを覚えてる？　彼女といっしょにベッドルームにいるみたいに」

「忘れられないよ」ノーマンは言った。「聞いたことがないほど悲しい調子だった。心から彼女の死を悲しんでいたと思う」

「ええ。それに、彼女に話しかけるとき、やましそうじゃなかった。悪かったとも、許してくれとも、罪をほのめかすようなことは何も言ってなかった。演技をしていたとも思えないし、アパートメントにやってきて冷血に彼女を撃つような人物にも思えない」

ノーマンはうなずいた。「きみの言うとおりだと思う」

「うん、いいところを突いているわ」ミシェルも言った。「普通、愛し合っている者同士の殺人は、激情に駆られてやるもので、計画的なものじゃないから」

ハンナは驚いて末妹を見た。「暴力犯罪を研究したみたいな口ぶりね」

「研究したのよ」ミシェルは認めた。「前学期に夜間の講義をとったの」

ノーマンはぎょっとしたようだ。「まさか法執行官になりたいわけじゃないよね？」

「ちがうわよ。職業として選択するつもりはないわ。心理学の講義で、講義名は〝なぜ人は殺すのか〟。動機とかそういうことについて掘りさげるから、ロニーと話題にできることを学べるんじゃないかと思って」

「それで、役に立ったの？」ハンナがきいた。

「まあね。ロニーは殺人心理学にすごく興味を持って、何度かわたしといっしょに講義に出たこともあるのよ」

「学んだことのなかに、トリー殺害事件に役立ちそうなことはあった？」ノーマンがきいた。

「あんまり。でも、これまで知らなかった自分のことを学んだわ」

ハンナはかすかに顔をしかめた。「あんたにも殺人は可能だってこと？」

「ええ。そういう状況におかれれば、だれでもね。でも、殺人者の考え方を理解したくないとも思った」そこでミシェルは小さく身震いした。「とても恐ろしいもの。でも、あの講義をとったのは、調査のときハンナ姉さんの役に立つようなことが学べると思ったからなの」そして、ハンナを見た。「調査はどこまで進んでる、姉さん？　よかったら話して。ノーマンとわたしが力になれるかもしれないから」

ハンナはバッグから速記用メモ帳を取り出して、容疑者のページを開いた。「残っている容疑者はふたり」彼女は言った。「ひとりはトリーの投資コンサルタントで、もうひとりは銀色の靴紐の黒いテニスシューズの男。それだけよ。ほかは全部消した」

「いつもそうしてるじゃないか」ノーマンが指摘した。

「そうだけど、代わりの新しい容疑者を見つけてないのよ」

「もっと深く掘る？」ノーマンが助言した。

「もっと深く掘らないと」ハンナは繰り返した。そうできればいいのにと思いながら。「でも、ほかに容疑者はいなさそうよ」

そのとき、携帯電話が鳴って思考を中断させられたハンナは、ディスプレーを見おろした。ロスからだ！

「この電話はとらないと」ハンナはそう言って、これまでにないエネルギーで立ちあがり、パントリーに向かった。「わたし……ええと……チェリー・チェリー・クッキーの試作ができるように、ドライチェリーがあるかどうか見てくるわ」

「ごめん、ロス。わたしよ」ハンナはひとりになるためにパントリーにはいりこんだ。

「トリーが利用していた投資コンサルタント会社に行ってくれた？」

「ちょうどそこから出てきたところだよ、クッキー」ひどく遠く聞こえる声で、ロスは言った。

「いまどこ?」ハンナはロスの声にうつろな響きを聞き取って尋ねた。

「地下鉄のなかだ。接続があまりよくないから、つながっているうちに急いで伝えるよ。トリーの担当の名前はロジャー・エインズリーで、彼はシロだ」

「ほんとに? どうしてわかるの?」

「会社に行って代表に会ってきたからだよ。ロジャーは会社の次長で、長女の結婚式でバハマにいた」

「たしかなの?」

「ああ。ロジャーの妻から送られてきた、彼が教会の通路を娘と歩いている写真を見せてもらった。写真にはタイムスタンプがあった。夜の結婚式で、先週の土曜日の八時だ。それってトリーが殺された夜だったよね?」

「ええ、そうよ」ハンナは重いため息をついた。

「時差を考慮しても、ロジャーがレイク・エデンにいることはできない。不可能だ」

「ありがとう、ロス。容疑者リストにロジャー・エインズリーの名前を書いたら、すぐに線を引いて消すわ。でもすごく助かった。それはわかってほしいの」

「きみに必要なことならなんでもするよ、クッキー。ぼくはいつだってきみのそばにいる」

「わたしもあなたのそばにいて、あなたのためならなんでもする」ハンナは急いで言った。

「それはうれしいな。でも、ぼくが考えていることは、家に帰ってからじゃないとしてもらえないんだ」

ハンナは赤くなった。ロスが何を考えているのか、正確にわかっているわけではなかったが。だが、つぎのことばを聞いて驚いた。

「きみのバナナクリーム・パイが食べたい。ぼくのために焼いて、帰ったとき食べられるようにしてくれる？」

「お安いご用よ！」自分があらぬ方に考えを向けていたとわかって、ハンナは笑いたくなった。「冷蔵庫に用意しておくわ」

「待ちきれないよ。明日の夜には帰れると思う。夕方のニュース用に、早食いコンテストの宣伝映像をＰＫといっしょに作らないといけないんだ。社長に説明をしてオーケーをもらったから」

「よかった！　あなたがいなくて淋しいわ、ロス」

「ぼくも淋しいよ」

「ほかにわたしにできることはある？」

「ああ。明日着でそっちにビデオを送ったんだ。見たければ見てもいいけど、かならず保存しておいてほしい」

「わかったわ。見たら保存しておく」

「フェデックスで送ったから、明日の朝十時までに届くはずだ。ご近所のだれかに預かっておいてほしいとたのめるかな？　外に置いたままにしてほしくないんだ」

「わたしが家にいて受け取るわ。店のほうはミシェルが代わりを務めてくれるから」

「ほんとに？　局からだれかに車で来てもらって、荷物が届くまで階段に座って待っててもらうこともできるんだよ」

「問題ないわ、ロス。どうせ家でやらなきゃならないことがあって、それを片づけるいい機会だし」

「わかった。じゃあたのむよ。金曜の夜に会おう、クッキー。戻るのは八時ごろになると思う」

「わかったわ。パイを用意して待ってるわね」

「愛してるよ、クッキー」

「わたしも愛してるわ」電話が切られる音が聞こえると、不意にハンナは悲しみに襲われた。彼がひどく恋しかった。涙を拭って背筋を伸ばし、棚からドライチェリーの袋をつかんだ。

パントリーから出ると、作業台でノーマンとミシェルが話しこんでいた。

「きいてみて」ミシェルがせかした。

「わかった」ノーマンがハンナのほうを見た。「提案があるんだ、ハンナ」

「なあに？」ハンナはぬるくなったコーヒーをひと口飲み、ミシェルが作業台に持ってきていたクッキーをひとつ食べた。

「今夜スウェンセン姉妹をディナーに招待したい。アンドリアとミシェルはもう承諾してくれたよ」

ハンナは彼に微笑みかけた。「わたしもオーケーよ。ありがとう、ノーマン。うれしいわ」

「運転はぼくがする」ノーマンが申し出た。「そうすれば三人とも思う存分楽しめるだろう。アンドリアには七時に迎えにいくと言ってあるから、きみとミシェルは六時半でいいかな？」

「バッチリよ！」ノーマンや妹たちと外で夜をすごすことを思い、笑顔のままハンナは言った。

ノーマンが帰ったあと、ミシェルはドライチェリーの袋を手に取った。「これはふやかすの？」

「ええ。そのほうがジューシーになるから。バーボンを使おうかとも思ったけど、店に出すならマラスキーノチェリー・ジュースのほうがいいかも。どうせクッキーの上に半分に切ったマラスキーノチェリーを飾るつもりだから」

「見た目にもかわいいしね」ミシェルが言った。「レシピを考えて、いますぐ作ってみましょうよ。うまくいったら、今夜ノーマンとアンドリアにあげられる」

「そうね」ハンナは時計を見あげた。「店を閉めるまで二時間ある。ひと焼きぶん作って、お客さんたちに試食してもらいましょう」

「それがいいわ。みんな試食は大好きだもの。早く焼きましょ、姉さん！　楽しくなりそう！」

チェリー・チェリー・クッキー

●オーブンを175℃に温めておく

材料

ドライチェリー……1カップ（またはチェリー風味のドライクランベリー）

茎なしのマラスキーノチェリー……大1瓶

白砂糖（グラニュー糖）……1カップ

ブラウンシュガー……1カップ（きっちり詰めて量る）

室温でやわらかくした有塩バター……1カップ（226g）

ベーキングソーダ（重曹）……小さじ1

塩……小さじ1

バニラエキストラクト……小さじ1

アーモンドエキストラクト……小さじ1

卵……大2個

中力粉……2 1/2カップ（ふるわなくてよい。きっちり詰めて量る）

細かく刻んだ湯通しアーモンド（皮をむいてある白いもの）……1/2カップ

マラスキーノチェリー・ジュース……1/2カップ

チェリオス……2カップ

ホワイトチョコチップまたはバニラベーキングチップ……1～2カップ

← 次頁につづく

⑧ 粗熱のとれた①のチェリーをざるにあけ、水気を切る。

⑨ 残りのチェリージュース 1/4カップを⑦に加えてかき混ぜる。

⑩ チェリオス2カップをジップロックのビニールバッグに入れ、
粗い砂利状になるまで麺棒か手で砕く。

⑪ 砕いたチェリオスとホワイトチョコチップを
⑨のボウルに加えてかき混ぜる。
ボウルの側面についた生地をこそげて底に落とし、
ミキサーからはずして手でひと混ぜする。

⑫ キッチンペーパーで水気を拭いた⑧のチェリーを加え、
手で混ぜこむ。

⑬ 天板にパムなどのノンスティックオイルをスプレーする。
またはオーブンペーパーを敷く。

⑭ 生地をクルミ大のボール状に丸め、間隔をあけて天板に並べる。

⑮ マラスキーノチェリーを半分に切り、切り口を下にして
生地にのせる。

⑯ 175℃のオーブンで10〜12分焼く。オーブンから取り出して、
天板に置いたまま2分冷まし、クッキーをワイヤーラックに移して
完全に冷ます（ラックは重要。さくさくになる）。

おいしくてさくさくのクッキー、大きさにもよるが約5〜6ダース分。

作り方

① 耐熱ボウルにドライチェリーを入れ、マラスキーノチェリーの瓶のなかのジュースを1/4カップ注ぐ。電子レンジ（強）で90秒加熱し、庫内に90秒おいて蒸らしてから取り出す。ジュースが均等にいきわたるようにかき混ぜ、アルミホイルでふたをしておく。

ハンナのメモ：
このクッキー生地は手で混ぜても作れるが、
スタンドミキサーを使うともっと簡単にできる。

② スタンドミキサーのボウルに白砂糖とブラウンシュガーを入れ、色が均一になるまで低速でかき混ぜる。

③ やわらかくしたバターを加え、完全に混ざるまで中速でかき混ぜる。スピードを速めながらさらに1分かき混ぜる。

④ ベーキングソーダ、塩、バニラエキストラクト、アーモンドエキストラクトを加えてよくかき混ぜる。

⑤ 卵を1個ずつ割り入れ、その都度かき混ぜる。

⑥ 中力粉を半カップずつ加え、その都度かき混ぜる。

⑦ 細かく刻んだアーモンドを混ぜこむ。

22

ベッドルームは明るかった。目を閉じているにもかかわらず、それがわかった。だれかが明かりをつけたのだ……でも、ベッドサイドにランプはない。あるのは窓だけで……。ベッドルームの窓から射しこむ日光を目にしたハンナは、ぎょっとして目覚めた。パニックになるのがわかる。いま何時？　寝過ごした？　ミシェルはどこ?!

ベッドサイドの目覚まし時計をひと目見て、たしかに寝坊したとわかった。いまは午前七時だ。四時に起きなければならなかったのに。

ベッドから飛び起きてスリッパを履いた。キッチンからはおいしそうなにおいがしていた。感謝祭を思わせるにおいだ。ミシェルが何か焼いているにちがいない。でも、どうしてあの子はわたしを起こしてくれなかったの？

モシェを従えてカーペット敷きの廊下を急ぎ、息を切らしてにおいの元にたどり着いた。キッチンは無人だった。ミシェルはどこにも見当たらない。だが、カウンターのワイヤーラックの上では、十二個はあるかぐわしいスコーンが燦然《さんぜん》と輝いていた。ミシェルはたしかにここにいたのだ。そしてお菓子を焼いていた。でも、いまはどこにいるのだろう？

シュガーボウルにメモが立てかけられていた。ハンナは急いでカップにコーヒーを注《つ》ぎ、キッチンテーブルに運んだ。そして、座るとメモを取った。

〝姉さんが少し眠れたみたいでよかった〟とメモには書かれていた。

リサが迎えにきてくれたので、ふたりで〈クッキー・ジャー〉に行きます。姉さんはゆっくりして。何も問題はないから。今朝ロスからフェデックスで荷物が届くんでしょ。お店に来るのはお昼かそれ以降で大丈夫です。

カウンターの上にあるのは、シナモングレーズのパンプキンスコーンです。感謝祭に向けてお店で出したらいいんじゃないかと思って。感想を聞かせてね。オーブンから取り出してすぐのやつを二個、電子レンジに入れてあります。姉さんがお昼まで寝てなければ、まだ温かいと思う。

あとでお店で会いましょう。愛してるわ。

そしてメモには〝ミシェル〟とサインがあった。

メモを折りたたんでテーブルに戻した。コーヒーをひと口飲み、甘い香りの空気を深く吸いこんで微笑んだ。ミシェルはすばらしい。ハンナとは比べものにならないほどのエネルギーがある。いちばんすてきなのは最後の文章だ。ミシェルは〝愛してるわ〟と書いていた。妹に愛されている自分は恵まれていると思い、深い感謝の念を覚えた。

おいしそうなにおいは、ミシェルがスコーンを二個入れておいてくれたという電子レンジへと、磁石のようにハンナを引き寄せた。電子レンジの扉を開け、スコーンを取り出して、にっこりと微笑む。スコーンはまだちゃんと温かかった。

テーブルにバターの皿が出ていたので、時間を無駄にすることなくスコーンを割ってバターを塗った。ひと口かじって、あまりのおいしさに小さな悲鳴をあげ、感嘆のため息をもらした。ミシェルのスコーンは美味で、新鮮なカボチャのナッツのような風味のある甘さと、スパイスのコンビネーションが絶妙だった。

三杯目のコーヒーを飲んだあと、一日をはじめる準備ができた。美しく改装された主寝室にはいろうとして、もう八時十分まえだと気づいた。フェデックスは何時から配達をするのだろうか？　ハンナは知らなかった。でも、シャワーを浴びているあいだにロスからの荷物が届いたら、玄関のベルは聞こえないはずだ。荷物の受け取りにはサインが必要なのだろうか？　ロスにきけばよかった。八時十分まえは、ニューヨークでは九時十分まえだ。いま電話するわけにはいかない。おそらく今日ひとりめのインタビューの最中だろう。

決断のときだった。十分で急いでシャワーを浴びて、服を着ることはできる。それぐらいの速さでシャワーを浴びたことはあった。でも、そうしたら、背中の痛みをやわらげ、首のうしろの凝りをほぐしてくれる、あのすばらしいマッサージ噴射を楽しむ時間がない。新しいシャワーの恩恵を存分に楽しむのは、まだ先になりそうだ。

なんだか怠惰な主婦のようだと思ったが、シャワーと着替えはあとにしようと決めた。コーヒーのお代わりを注いだカップを持ってソファに行き、コーヒーテーブルにカップを置いて、新しいソファ群のひとつ、レザーのロッキングチェア兼リクライニングチェアに腰を下ろした。

朝にのんびりするのは、ひどく奇妙な感じだと思いながら、そこに座ってコーヒーを飲んだ。快適でいい気分だったが、何か生産的なことをするべきだという気がした。オーブン仕事ならできるだろうが、ちょうど焼きあがったクッキーをオーブンから出そうとしているときに荷物が届いたらどうする？　玄関扉を開け、受け取りにサインをし、室内に運ぶあいだに、クッキーは予熱で焦げてしまうかもしれない。座って待っているほうがいいだろう……でも、それはいやだった。その時間でできる、有用で建設的なことがあるはずだ。

冷蔵庫の掃除でもしようかと考えていると、玄関ベルが鳴った。急いで立ちあがり、ほとんど走るように呼び出しに応じた。フェデックスの制服姿の配達員がいるものと思いこみ、のぞき穴から見ることもせずにドアを開けた。すると、目のまえに立っている人物を見て、驚きの小さな叫びをあげることになった。「マイク！」ハンナは息をのんだ。「あなたがここで何をしてるの？」

「どうやらぼくは歓迎されていないようだな」マイクは言ったが、口角は愉快そうに上がっていた。「きみが家で荷物が来るのを待っているとミシェルにきいたから、ここに来てつきあおうと思って」

「あら……そう。はいって、マイク」まだ寝巻きとローブ姿だということが強烈に意識された。「もし飲むなら、ちょうどポットに新しくコーヒーを淹《い》れたところよ」

「ちょっと待って」背を向けてキッチンに向かおうとするハンナに、マイクは言った。「フェデックスを待っているなら、階段をのぼっているとき、ゲスト用の駐車スペースにトラックが停まるのを見たよ」

そのことばがマイクの口から出るか出ないかのうちに、玄関ベルがふたたび鳴った。

急いでドアを開けようとしたハンナを、マイクが止めた。「のぞき穴を使って、ハンナ。習慣にしなくちゃだめだ」

「了解」ハンナがそう言ってのぞき穴の魚眼レンズをのぞくと、思いきりゆがんだフェデックスの制服が見えた。「いま開けます！」そう声をかけ、デッドボルトを解除してドアを開けた。

「ハンナさんですか？」手にした電子機器を見おろして、配達員が尋ねた。

「はい、そうです。ニューヨークのロス・バートンからですよね？」

「ええと、R・バートンさん、そうです」配達員は確認すると、電子機器の向きを変えて、画面の四角い欄を指し示した。「ここにサインをお願いします」

ハンナは差し出されたスタイラスを取ってサインした。結婚後の名前を使うことを思い出して、ハンナ・バートンと。

「バートン？」配達員がけげんそうに言った。「この荷物はハンナ・スウェンセンさん宛てですが」

ハンナは笑った。「それはわたしです。ロス・バートンは夫なんです。二週間ほどまえに結婚したばかりだから、バートンにするのを忘れたんだわ！」

配達員は笑った。「よくあることですよ。わたしもハネムーンでホテルにチェックインするとき、妻の旧姓を書いてしまって。いまでも笑われてます」

ハンナは荷物を受け取り、配達員にご苦労さまと言って、室内に運んだ。荷物は思ったほど大きくなかった。「荷物が届いたわ」とマイクに言った。

「そのようだね。ぼくが開けてあげようか？」

「ええ、お願い。そのあいだにコーヒーを持ってきてあげる」

ハンナがキッチンから戻ると、マイクは荷物を開けてメモを手にしていた。「ありがとう、ハンナ」彼はそう言うと、片手でコーヒーを受け取り、もう片方の手に持ったメモを差し出した。「これはきみ宛てだと思うよ、ハンナ。いちばん上にあった」

ハンナはメモを見おろした。


　さあどうぞ、クッキー。

　よかったら大画面で見てくれ。


「きみにだろう?」マイクがきいた。

「そうよ」

「クッキーと呼ばれてるんだ?」

ハンナはうなずいた。「大学のころからね。わたしが住んでいた建物にロスとリンダが引っ越してきたときにクッキーを持っていってから、ずっとそう呼ばれてるの」

「きみにぴったりだね。さて、これを見るかい?」マイクは荷物のなかのDVDケースを指し示した。

「ええ、でも、まず……」ハンナはそこでことばを切って、これからたのむことは不適切だろうかと考えた。

「でも、なんだい?」

「ええと……今朝はシャワーを浴びる時間がなかったの。寝坊しちゃったし、シャワーを浴びていたら玄関ベルの音を聞き逃すだろうと思って。いま急いでシャワーを浴びてきてもいい？」

「いいよ。お代わりがほしくなったら、コーヒーポットの場所はわかるし。浴びてきたらいいよ、ハンナ。急がなくていいよ。ぼくはここにいるから」

「ありがとう、マイク。もしお腹がすいてるなら、キッチンのワイヤーラックにパンプキンスコーンがあるから食べてね。やわらかくしたバターのお皿はキッチンテーブルの上よ」

「いいね。いただくよ」

ハンナは急いで主寝室に戻りながら、申し出たことをもう少しで後悔しそうになった。スコーンを自由に食べてとマイクに言ったのに、食べないでくれればいいのにと思っていた。ドアを閉めながら、急いでキッチンに戻って、スコーンをいくつか取っておこうかと思ったが、それでは温かいもてなしとはいえない。代わりに、すぐにシャワーに向かった。急げば、戻ったときラックにいくつかスコーンが残っているかもしれない。

十五分後、すべて世はこともなし、という気分でシャワーから出た。背中はもう痛まなかったし、首の凝りも消えて、今週でいちばんいい気分だった。タオルで髪を乾かし、急いで服を着てリビングルームに戻ると、ちょうどマイクが最初のディスクをDVDプレーヤーに入れようとしているところだった。

「スコーン、おいしかったよ！」彼は言った。「きみが作ったの？」

ハンナは首を振った。「ミシェルよ。感謝祭の週に店で売ろうと思っているみたい」

「いいね。みんな気に入ると思うよ。感謝祭のディナー用にきみのパンプキンパイを注文することを思い出してくれるだろうし」

「それは考えていなかったわ！　でも、きっとそうね」ハンナはキッチンに行って、自分用にまたコーヒーを注ぎ、ワイヤーラックのほうを見た。ありがたいことに、スコーンはいくつか残っていた！　コーヒーを持ってリビングに戻ると、ソファでマイクが待っていた。

「いま見たい？」

「ええ。ロスはニューヨークでトリーの演劇人生を回顧する映像を撮っていて、その一部を送ってくれたの。ここでいっしょに見ない？」

「いいね。ぼくの知らないトリー・バスコムを知ることができるかもしれない」マイクは咳払《せきばら》いをした。「トリーといえば、きみの調査はどんな具合？」

「昨日もそれをきいたわね、マイク」

「ああ。新しい手がかりが見つかったかもしれないと思って」

「そうだとよかったんだけど、見つかってない」ハンナは実に正直に言った。「まいったわ」

「こっちもだよ。あらゆる手がかりを追ってみたけど、八方塞《ふさ》がりだった。ひとつだけわかっているのは、おそらく顔見知りの犯行だろうということだ」

「どうしてそう思うの？」

「トリーはドアを開けた。ドアにはのぞき穴がある」マイクはちょっと笑った。「もちろん、きみみたいにのぞき穴で確認するのを忘れたのかもしれないけど」

ハンナはため息をついた。マイクの言うとおりだ。たしかにさっきは忘れていた。

「一度ちゃんとロスに話して、きみにのぞき穴を使わせることがいかに重要か、わかってもらわないといけないな。あれは理由があってあそこにあるんだよ、ハンナ」

「わかってる。たまたま忘れただけよ」

「だからこそ習慣にしなくちゃいけないんだよ。たとえだれだかはっきりわかっていたとしても、まず見てからドアを開けること」

「オーケー。あなたの言うとおりね」ハンナは敗北を認めた。「映像を見ましょうよ、マイク。ロスが何を撮影したのか知りたいわ」

映像を見て、演劇界でのトリーの足跡を知り、彼女が出演したブロードウェイ公演の多さに驚いた。トリーは多才な人だった。一流の歌手であり、ダンサーであり、コメディアンであり、女優だった。一時期は単独公演までしていた。

トリーを知っていて、いっしょに仕事をしたことのある多くのブロードウェイ俳優たちがロスのインタビューに応じ、トリーはとても才能があり、自分の役を完璧に演じたと全員が認めていた。だが、彼女の人柄について話した人はひとりもいなかったし、友だちだと言った人もいなかった。

「俳優仲間たちはみんな彼女を称賛してるのに、好きだと言った人はだれもいないことに気づいた？」マイクは最初のディスクを取り出して、二枚目のディスクを挿入しながらきいた。

「ええ、気づいた。ロスがトリーの舞台関係の友だちにまったくインタビューしなかったなんて驚きだわ」

マイクは肩をすくめた。「舞台関係の友だちはひとりもいなかったのかもしれないよ。レイク・エデンでのほんとうの友だちは、きみのお母さんだけだった。それも同じ建物に住むご近所さんだったからだろう」

「そうね」そのことについてはあとで考えることにして、ハンナは言った。

「このディスクは〝初期〟というラベルがついているよ」マイクが言った。

「いいわね。見たいわ。トリーがどうやってブロードウェイでのキャリアをスタートさせたのか知りたかったの」

「デビューはブロードウェイのミュージカルだ。それが初めての役で、トリーは代役だったんだが、主役の女優が流感にかかった。初日の夜、トリーは代わりに主役を演じて、大絶賛された」

「興味深いわね」その方面の情報を調べなかった自分をひそかに責めながら、ハンナは言った。「初日の夜か」マイクが口にしたことを繰り返して、ため息をつく。「トリーにとっては幸運な機会だったわけだけど、もともとその役を演じることになっていた女優が気の毒だわ」

「レネ・ワーナーだ」

ハンナはかすかに眉をひそめた。「ブロードウェイ女優の名前はあんまり知らないけど、その名前は聞いたことがないわ」

「それはきみだけじゃない。そのミュージカルは彼女の檜舞台《ひのきぶたい》になるはずだった」

「なのに流感にかかってしまった」ハンナはマイクに聞いたことを繰り返した。「そのあとレネ・ワーナーはどうなったの？」

「しばらくブロードウェイでいくつか小さな役を演じたあと、性格俳優として映画に出るようになった。彼女のことを調べてみたよ。多くの仕事をしてとても成功したが、主演女優にはなれなかった」

「殺人の動機になると思う？」ハンナはきいた。

「可能性はあるけど、低いだろうな。レネは自分の力で成功した。大金を稼いで引退した。この十年ほどは何もしていないけど、長いあいだとてもいい暮らしをしていたし、おそらく年金もかなりあるだろう」

「レネ・ワーナーがいまどこにいるか知ってる？」

マイクは首を振った。「それが、姿を決してしまったんだ。運転免許証も、新しい社会保障の情報も、彼女の記録は何もない」

「亡くなったのかしら？」

「かもしれない。記録上、見落とされている人も多いからね。でも、国外に出たとか、結婚したけど名前を変えなかったという可能性もある」

「じゃあ、彼女は容疑者ではないと？」

「うん。でも、彼女のことがもっとわかれば、事情は変わってくるかもしれない。たとえば、レネ・ワーナーは初日直前に具合が悪くなったことをトリーのせいだと思っているとか」

「トリーが何かしたってこと？」

「実際にしたかどうかは問題じゃないんだよ。重要なのは、トリーがやったとレネ・ワーナーが信じているかどうかだ。それならトリーを殺す動機になる」

「レネを見つけて質問しないことには、何を信じてるかなんてわからないでしょう？」

「そこなんだよ。いまは打つ手がない。とりあえず、ディスクを見て、ロスが彼女を見つけられたのかどうか確認しよう。でなければ、ぼくに手がかりをくれるかもしれない人に、彼がインタビューしたかどうか」

ぼくに、ではなくて、わたしたちに、でしょう！　ハンナは頭のなかで代名詞を複数形に変えたが、声には出さなかった。何か見つからないか、二枚目のディスクも目を皿のようにして見なくては。

「準備はいいかい？」マイクがリモコンを取ってきいた。

「いいわ。レネ・ワーナーについて、ロスが何を見つけたか確認しましょう」

　三十分もしないうちに、ハンナとマイクは答えを得た。ロスもレネ・ワーナーを見つけられなかったのだ。そして、インタビューされた人たちのなかにも、彼女の所在を知る人はいなかった。だが、ロスは性格俳優時代の彼女の映像を見つけてきており、マイクとハンナはじっくりとそれを見た。

「どう思う？」最後まで見たあとでマイクがきいた。

「レネ・ワーナーはとてもうまい女優ね。ロスが見つけてくれればよかったのに。それに……こんなことを言うと、ちょっと変に思われるかもしれないけど、なんだか見覚えがあるような気がするのよね」

「ブロードウェイで見たとか？　最初の役をもらうまえに、いくつかの公演に出演しているよ」

「ブロードウェイの芝居は見たことがないから、それはありえないわ」

「それなら、きみの好きな古い映画で見たとか」

「かもね」ハンナは少し考えてから、かすかにうなずいた。「きっとそうだわ」

「インタビューを見せてくれてありがとう、ハンナ。きみの旦那は人に話をさせるのがとてもうまいね。大荷物を持って歩くのがいやになったとしても、彼のような人なら保安官事務所で雇ってもらえると思うよ」

「あなたがそう言ってたって伝えるわ」ハンナは言ったが、心のなかではこう思っていた。それはないわね！　ロスは自分の仕事が好きだから、ほかの仕事なんてやるわけないもの！

「さっきのスコーン、まだ少し残っているよね」立ちあがってDVDプレーヤーからディスクを取りにいきながら、マイクが言った。「あとふたつ保安官事務所に持っていってもいいかな？」

ハンナは一瞬断ろうかと思った。もうひとつパンプキンスコーンを食べたいのはやまやまだったが、ここは寛大になるのがいちばんだと思った。マイクは捜査情報について率直に話してくれたし、彼のほうからはそれほど質問されなかった。ご褒美として、もっとスコーンをあげてもいいだろう。

「いいわよ、持っていって」ハンナは言った。「ちょっと待って、残りのスコーンを包んであげる」

マイクはキッチンまでついてきて、ハンナがスコーンをアルミホイルで包み、ビニール袋に入れるのを見守った。スコーンがいくつあるか数え、保安官事務所に向かいながらひとつ食べることはできるだろうかと考えているようなので、ハンナはひとつだけ包まずにおいた。

「最後のひとつはきみの？」マイクがきいた。

「いいえ」ハンナは言った。「あなたが保安官事務所まで運転しながら食べるぶんよ」

「うれしいよ！」

マイクはいつもハンナをどきどきさせるあの笑みを向けてきた。人妻なのでいけないことかもしれないが、無意識の反応なのだからと言い訳した。「はい、どうぞ」スコーンをわたして言った。

「保安官事務所のみんなが大よろこびするぞ。そして……おっと！　忘れるところだった。きみがシャワーを浴びてるとき、お母さんから電話があったよ」

まずい！　ハンナの心が警報を発した。母さんという人を知っていれば（そしてわたしは知っている）、最悪のことを考えるだろう！　きくのが怖い気がしたが、ダメージコントロールのためには知る必要があった。「どうしてわたしが電話に出られないか教えた？」

「うん。シャワーを浴びに寝室に行ったところだとね。きみが朝食にコーヒーとパンプキンスコーンを出してくれたことも話した。電話があったことをきみに伝え、きみが服を着て用事をすませたあとで、折り返し電話させると言っておいたよ」

ハンナはうめき声をあげそうになったが、マイクは自分がどんなにやっかいな問題を引き起こしてしまったか、わかっていないようだった。彼が帰ったらすぐに母に電話して説明しなければ。

「それでよかったよね?」マイクがきいた。

「ええ、もちろん」ハンナは急いで彼を安心させた。自分のことばが誤解を生んでいると は知らないのだから。「あなたが帰ったらすぐに電話するわ」

落ち着かない気分で数分すごしたあと、ハンナは携帯電話で母の番号を押した。母は一回の呼び出しで電話に出た。

「ハンナ? いったいどうなってるの? マイクが電話に出て、あなたはシャワーを浴びていると言ってたわ。それから、朝食を出してもらったと! あなたは人妻なのよ、ハンナ。マイクは朝食の時間にそこで何をしていたの? 彼がいるのに、なぜあなたはシャワーを浴びていたの?」

ハンナは声に出して笑いそうになった。母は舌を鳴らし、雌鶏のように怒った。

「心配しないで、母さん。ロスがニューヨークで撮影した映像を送ったと言うから、わたしはここでフェデックスの荷物が届くのを待っていたの。マイクは〈クッキー・ジャー〉に寄って、わたしが家でロスからの荷物が届くのを待っている、とミシェルから聞いたものだから、ここに来てくれたの。わたしは彼を利用したのよ」

「何をしたですって？」ドロレスはますます苦しんでいる雛鶏そっくりな声をあげ、ハンナは笑った。

「ごめん、母さん。紛らわしい言い方だったわ。水道の音で玄関ベルが聞こえないかもしれないと思って、シャワーを浴びられずにいたの。リビングルームにいて、荷物が来たら受け取っておいてとマイクにたのめば、急いでシャワーを浴びることができるでしょ。実際はそのまえに荷物が届いたんだけど」

「なんだ」ドロレスは少しほっとしたようだった。「でも、ロスからの荷物が届いたあとも、どうしてマイクにいてくれとたのんだの？」

「映像を見れば、トリーを殺した犯人につながる手がかりが見つかるかもしれないと思ったのよ。マイクにも見てもらえれば、二組の目は一組の目にまさるでしょ」

「なるほど」ドロレスはすっかり安心したようだ。「教えて、ディア……何か手がかりは見つかった？」

「たぶんね。でも、まだはっきりとはわからない。わたしもマイクもがんばってるけど」

ハンナはくわしいことを話したくなかったので、話題を変えた。「ところで、パイ早食いコンテストの審査員にぴったりの人は見つかった、母さん？」

「ええ、見つけたわよ！」ドロレスはひどく得意そうだ。「ビルに電話したら、審査員のひとりになることを承諾してくれたの。審査員のなかに保安官がいれば、コンテストの正当性が証明されるでしょう」

「さすがね、母さん。ほかにはだれか見つけた？」

「もちろん。ケン・パーヴィスに打診したらよろこんでいたわ。ふたつ返事で引き受けてくれた。これが何を意味するか、わかるわね、ディア？」

「高校生を大勢呼べる？」ハンナは推測した。ケン・パーヴィスはジョーダン高校の校長なのだ。

「そのとおり。でも、三人目の審査員はケーキにかけるアイシングよ」

「ケーキじゃなくてパイでしょ、母さん」

ドロレスは重々しくため息をつき、それは電話越しにハンナにも聞こえた。「そういう意味じゃないわよ、ハンナ、ハンナ！」

「わかってる」ハンナはすぐに言った。「ただのジョークよ。三人目の審査員はだれなの、母さん？」

「ステファニー・バスコムよ。昨日の午後うちに招いて、審査員をやってほしいとたのんだの。とても重要な役割で、みんなそういう高い地位にいるあなたを見たがるだろうと話したら、承諾してくれたわ。顔にパイをつけた夫を見て、びっくり仰天する演技もしてくれるみたい」

「KCOWテレビで放送されることも話したんでしょ？」

「もちろんよ。それがセールスポイントだもの。ステファニーはすっかりその気よ。わたしの巧みな説得のおかげでね」

母は賛辞を待っていたので、ハンナはすぐさまそれを口にした。「ありがとう、母さん。最高の審査員を選んでくれたわ。その人たちなら完璧よ」

「当然よ、ディア。わたしがこの手のことを得意としてるのは知ってるでしょ」

母の知性、賢明さ、社会性についてさらに賛辞を連ねたあと、ハンナはなんとか会話を終わらせた。電話を切ると、ダイニングルームのテーブルの上にある地元紙に目がいった。配達されたことに気づいたマイクが取ってきてくれたのだろう。

一面に目をやって、小さな驚きの声をあげた。ひと切れのバナナクリーム・パイの美しい写真が、〝ハンナのバナナクリーム・パイ〟のキャプションつきで載っていた。その下の記事の最初の行には、すべて大文字で〝このパイを丸ごとひとつ食べられたらいいなと思ったことはありませんか？〟と書かれている。

記事は華々しくはじまっていた。

レイク・エデンの住民三人が審査員を務めることになった、制限時間内にどれだけ食べられるかを競うパイの早食いコンテストが、土曜日の午後一時よりジョーダン高校講堂にて開催される。チケットは現在発売中で、コンテストのあとには〈レイク・エデン劇団〉によるベイクセールもあり。審査員のひとりであるステファニー・バスコムは、コンテストに参加する町長の顔がパイで汚れたときのために、赤ちゃんのお尻拭きを持参すると話している！


そのあとは、チケットを販売している地元企業の名前がつづいていた。ハンナは読むのをやめて電話に手を伸ばした。新聞社のオフィスにいるロッドに電話しなければ。

「やあ、ハンナ」ハンナが自分の名前を告げると、ロッドが言った。「記事はどうだったかな？」

「最高よ、ロッド！　すばらしい記事をありがとう！」

「わたしの手柄じゃないよ。宣伝文を書いたのはきみのお母さんなんだ。たしかに効果はあったよ。ついさっきローズ・マクダーモットから電話あがって、今朝からカフェではチケットが五十枚以上も売れているそうだから」

「すごいわ！」

「ここでも二十枚以上売れた」ロッドは言った。「飛ぶように売れてるよ、ハンナ。みんな町長がパイ皿に顔を埋めたときのステファニーの反応を見たいんだ」

「でも、顔は埋めないわよ」ハンナは言った。「ミシェルが町長に約束したの。コンテストではスプーンを使うって」

「どんなスプーンかは伝えたのか？」

「ええと……それは伝えてないけど……」

「参加者はシチューをよそうおたまのような大きなスプーンをわたされる、というのはどうだろう」ロッドが言った。「ＫＣＯＷのニュースで映像が流れるんだから、そのほうがずっとおもしろい」

「でも、バスコム町長がスプーンの大きさを見て参加を取り消したら？」

「そんなことはしないよ。格好が悪いじゃないか。それでいこう、ハンナ。そうしてくれるなら、新聞用に写真を撮るよ」

「わかったわ！」ハンナはとっさに心を決めて言った。ホイップクリームの口ひげをつけたリッキー・ティッキーを見たら、ドロレスはよろこぶだろう。レイク・エデンのみんなも。ステファニーもおもしろいと思うかもしれない。

ハンナは笑みを浮かべて電話を切った。これはおもしろくなりそうだ。ロスが帰ってきてそのすべてを撮影するのだと思うと、とても楽しみだった！

② 裏ごしカボチャを加えてよく混ぜる。

③ 溶き卵を加えてよく混ぜる。

④ ビスケットミックスを1カップずつ加え、その都度よく混ぜる。

⑤ ミキサーをオフにし、ボウルの側面から底に生地をこそげ落として、スタンドミキサーからはずす。

⑥ ホワイトチョコチップかバニラベーキングチップを加えて手で混ぜる。

⑦ 天板2枚にパムなどのノンスティックオイルをスプレーするか、オーブンシートを敷く。

⑧ 生地を2等分する。それぞれスコーン9個分になる。

⑨ 大きなスプーンで生地のひとつを9等分し、天板に並べる。

ミシェルのメモ:
目分量で9等分したあと、生地を加減してだいたい同じ大きさにする。

⑩ 残りの生地も同様に9等分し、2枚目の天板に並べる。

⑪ 清潔な指を濡らして生地を丸く整える。
そのあと濡らした手のひらを押しつけて軽くつぶす。
焼いているあいだにふくらむが、
つぶしておけばてっぺんがふくらみすぎることはない。

⑫ 220℃のオーブンで10～12分、またはてっぺんがきつね色になるまで焼く(わたしは12分)。

⑬ 焼いているあいだにシュガー・シナモン・グレーズを作る。

⑭ スコーンが焼けたらすぐにはけで表面にグレーズを塗る。

パンプキンスコーンのシュガー・シナモン・グレーズがけ

●オーブンを220℃に温めておく

パンプキンスコーン

材料

室温に戻した有塩バター……1/2カップ(112g)

ブラウンシュガー……1/2カップ(きっちり詰めて量る)

クリームオブタータ……小さじ2

シナモン……小さじ1 1/2

ナツメグ……小さじ1/2(おろしたてのもの)

缶入りの裏ごしカボチャ(パンプキンパイ・ミックスではない)……1 1/4カップ

溶き卵……大1個分(グラスに入れてフォークで混ぜる)

ビスケットミックス……3カップ
(わたしはビスクイックを使用。計量カップに入れてナイフですり切りにする)

ホワイトチョコチップまたはバニラベーキングチップ……1カップ

作り方

① スタンドミキサーのボウルにバター、ブラウンシュガー、クリームオブタータ、シナモン、ナツメグを入れ、クリーミーでなめらかになるまで中速で混ぜる。

← 次頁につづく

⑮ スコーンを天板の上で少なくとも5分冷ましてから、金属製のスパチュラでワイヤーラックに移す（オーブンペーパーを使う場合は、天板からペーパーごとワイヤーラックに移すだけ）。

⑯ 粗熱が取れたら、半分に割ってバターを塗り、朝食に。

ハンナのメモ：
このスコーンは温め直してもおいしい。
ペーパータオルで包んで、電子レンジで20〜30秒温めること。

感謝祭のディナーを思い出させてくれるおいしいスコーン、18個分。

シュガー・シナモン・グレーズ

材料

水……1/4カップ

白砂糖（グラニュー糖）……3/4カップ

おろしたシナモン……小さじ1/4

作り方

スコーンが焼ける直前に、耐熱ボウルに水、砂糖、シナモンを入れて混ぜ、電子レンジ（強）で30秒加熱する。そのまま1分庫内においてからかき混ぜる。

23

世界一美しい夢だった。土曜日の朝、夜が開けはじめたころ、ハンナ・スウェンセンは寝返りを打って、夫にすり寄った。ロスの両腕に抱かれて、心から愛され、大切にされていると感じ、夢から覚めたくなかった。

そのとき、現実がその醜い頭をもたげ、目覚まし時計が神経に障る電子音で鳴りはじめた。目を開けると、夫にしっかりと抱かれていたので、夢の一部は夢ではなかったと気づいた。手を伸ばして、以前なら決してしなかったことをした。スヌーズボタンを押して、あと五分朝を楽しむことにしたのだ。

「おはよう、クッキー」ロスがたまらなくセクシーな声で眠たそうに言った。「まだ起きなくていいんだろう?」

ハンナはさらに三回手を伸ばしてスヌーズボタンを押した。「ええ、まだ大丈夫」彼女は言った。「好きなだけここにいられるわ。今朝はリサが開店準備をしてくれることになってるから、急がなくていいの」

「ぼくもなんだ」ロスはそう言うと、笑顔で彼女の目を見おろした。「愛してるよ、クッキー」

「わたしも愛してるわ」それだけ言うと、あとは目覚まし時計が十九回目に鳴りはじめるまで、何かを言う時間はなかった。


「パイは用意できたわ」ウォークイン式冷蔵庫にパイをふたつ運びながら、ハンナは言った。

「よかった」ミシェルは作成中のクッキー生地のボウルから顔を上げた。「本物のパイ、それともコンテスト用？」

「両方よ。本物は昨日の午後、閉店してから作ったの。いま冷蔵庫に入れたのはコンテスト用」

「クラストなしのやつ？」

「そう。大きいスプーンは見つかった？　それとも、帰りに〈コストマート〉に寄って買う？」ハンナはきいた。

「赤いのを三つ見つけたわ。テレビ映えすると思う」

「いいわね！　あとは天板二枚ぶんのバークッキーを焼いたら、ベイクセールの準備も完了よ」

「バークッキーは何を焼くつもり？」

「組み合わせ自在のバークッキー。みんな大好きでしょ。かなり売れると思うわ、エドナ・ファーガソンと話したら、学校のコーヒーポットを使っていいと言われたの。学校の調理室から持ってきてくれることになってる」

ミシェルは微笑んだ。「エドナがしてくれるのはそれだけじゃないわ。コーヒーを淹れて、わたしたちの代わりに売ってくれるの。レイク・エデンにアマチュア劇団があるのが気に入っているから、支援したいそうよ」

「エドナはこういうときいつもすごく力になってくれるのよね。それに、学校の料理人としても腕がいいし。ジョーダン高校は彼女がいなかったら途方に暮れるでしょうね」

「そうね。エドナのチリ、大好きだったな」

「あれは時短レシピなの」ハンナが言った。「エドナからレシピをもらってるから、あとでコピーしてあげる。わたしが彼女を時短の女王と呼ぶ理由のひとつがそれよ」ハンナは時計を見あげた。「このバークッキーをオーブンに入れたら、車に荷物を運びはじめましょう」

「オーケー。わたしはこのクッキー生地を仕上げて、冷蔵庫に入れてあるからとナンシーおばさんに伝えるわ。閉店までにクッキーが足りなくなったら、だれかが厨房に来て焼けばいいし」

すべてを終えるのにそれほど時間はかからず、ハンナとミシェルは正午にジョーダン高校に到着した。いちばん乗りだろうと思っていたのに、ロビーのドアを開けると、すでにエドナがいて、テーブルはすべてベイクセール用にセットされていた。自分用には奥の壁際のテーブルを確保し、学校行事で使用する三十杯用の大きなコーヒーポットを持ってきている。

「早いんですね、エドナ」ハンナは声をかけた。「まだ一時間はだれも来ませんよ」

「それに、テーブルもセットしてくださったんですね」ミシェルが言った。「わたしたちがやらなくちゃならないと思ってたのに」

「わたしじゃないわ、用務員のフレディ・ソーヤーよ。昨夜うちに来て、何か手伝いたいと言ってくれたの」

「わあ、彼にお礼を言っておいてください」ミシェルが言った。

「ええ、そうするわ」エドナは答え、テーブルのうしろの壁のコンセントに延長コードをつないだ。「これから教員用ラウンジに行って、コーヒーポットを取ってこなくちゃ」

「ポットはほんとうにふたつも必要かしら?」ミシェルがきいた。

エドナはきつく巻かれたグレーの巻き毛を弾ませながらうなずいた。「ええ、絶対に必要よ」彼女はきっぱりと言った。「今日は寒いから、外からはいってきたらみんなコーヒーがほしくなるもの」

「そうかもしれませんね」ハンナは同意した。

「そうに決まってるわ。教員用ポットを電源につないだら、家庭科室に行って、ミセス・バクスターのポットも借りてきましょう。それでお茶を飲みたい人たちのためにお湯を沸かすのよ」

「急いでお茶を調達してきます」ミシェルが言った。

「その必要はないわ。来る途中〈レッド・アウル〉に寄ったら、フローレンスが昨日約束していたコーヒーといっしょに、ハーブティーのティーバッグをひと束寄付してくれたから」

ハンナとミシェルは顔を見合わせた。エドナはあらゆることにぬかりがなかった。「もしかして、砂糖とクリームとスプーンも手配済みとか?」ハンナがきいた。

「もちろんよ。使い捨てのコーヒーカップと紙ナプキンもね」

「あなたってほんとにすごいわ、エドナ!」ミシェルが年上の婦人に賛辞を送った。

「すごくなんかないわよ。身についてるだけ。こういうことを何年もやってるんだもの」

ミシェルとハンナは荷物を運びこむために車に戻り、二十分ほどでテーブルの準備と持ってきたお菓子の搬入が完了した。

「はいどうぞ、お嬢さんがた」エドナがコーヒーのはいったカップをふたつ持ってきた。

「ふたりともブラックだったわよね?」

「はい」ミシェルが代表して答えた。「もうポットひとつぶん淹れたんですか？」

エドナはうなずいた。「〈レイク・エデン劇団〉の人たちがお菓子を持ってきたとき、飲みたくなるだろうと思って」

「いちばん近い冷蔵庫はどこかしら？」ハンナはエドナにきいた。「パイを冷やしておかないと」

「あのドアの向こうに大きいのがあるわ」エドナは壁のひとつにあるドアを指差した。「バスケットボールの試合があるときにソーダを冷やしておくためのが。鍵はわたしが持ってるから、開けてあげるわね。ソーダを何ケースか運び出しましょう。どうせつぎの金曜日の夜までは必要ないから。みんなが帰ってから戻せばいいわ」

三人とも驚いたことに、最初の劇団員が一時ちょうどに現れ、十分後にはキャストとクルーの全員が集まっていた。全員が何かを持参しており、トリシアの夫役を演じる若い男性も例外ではなく、母親が特製のブルーベリー・ティーブレッドを八斤も焼いてくれたという。

ミシェルが劇団員と話しているあいだに、ハンナとエドナはパイ早食いコンテストの準備のためにステージにあがった。

「完璧です！」コンテスト参加者のテーブルと審査員のテーブルが、まさにあるべきと思っていた位置にあるのを見て、ハンナは言った。

「ありがとう」エドナは言った。「どこに置けばいいかフレディに伝えておいたの。彼はコンテストがはじまる十分まえにここに来るわ。汚れるかもしれないから、参加者のテーブルのテーブルクロスはビニールよ」

「さすがですね」

「審査員のテーブルクロスは本物なの。椅子は三つでいいのよね？」

「はい。司会者用の演壇まであるんですね」

「町の人たちはみんな知り合いだから、名札はいらないと思ったんだけど、よかったかしら？」

「いいと思います」

「あと、参加者のまえには水をいっぱい入れたグラスを置いてあげようと思って。パイを飲みくだす必要があるかもしれないでしょ」

「いいですね」

「コンテストの時間はどれくらいなの、ハンナ？　新聞には制限時間があるようなことが書いてあったけど、どれくらいの長さかは書いてなかったわ」

「ミシェルとわたしは九十秒が妥当だと思っています。あなたはどう思います、エドナ？」

「九十秒でいいんじゃないかしら。それ以上つづけると、きっとスピードが落ちてきて、おもしろくないでしょう。コンテストの司会者の名前は新聞には出ていなかったわね。だれかがやることになるんでしょう？」

ハンナの頭のなかで電球がピカッと灯《とも》った。ミシェルはハンナに司会をやってくれと言ったが、もっと適任の人物がいた。彼女はにこやかにエドナを見た。「ええ、あなたです！　もしやっていただけるならですけど」

「わたしが？」エドナは驚いた顔をした。「ほんとうにわたしでいいの？　有名人でもなんでもないけど」

「あなたにお願いしたいんです。ミシェルもわたしも、あなたが学校のランチルームで騒ぎ立てる生徒たちを巧みに扱うのを見てきました。あなたなら司会者として申し分ないわ、エドナ」

「まあ……」エドナは戸惑っていたが、とてもよろこんでいるのがハンナにはわかった。

「そういうことなら、もちろんやらせてもらうわ」

「よかった！　あなたが承諾してくれたとミシェルに伝えます」

「わたしは参加者のテーブルに置く水を入れるピッチャーと、グラスを三つ持ってくるわ」

ミシェルはトリシアの母親役を演じる女性と話していた。

「こんにちは」ハンナは女性にあいさつした。「昨日、稽古を少し見せていただいたんですけど、あなたはすばらしかったわ。とても演技がお上手なんですね」

「ありがとう」女性は感謝をこめて言ったあと、すぐにミシェルに向き直った。「ちょっといいかしら？　申し訳ないんだけど、コンテストとベイクセールまでいられないの。まえから予定がはいっていて」

「大丈夫ですよ、ヴィヴィアン」ミシェルは言った。「手伝いは足りてますから。でも忘れないでくださいね。明日の三時からフルメイクの舞台稽古ですよ」

「わかったわ」

ミシェルはヴィヴィアンが行ってしまうまで待ってから、困惑した顔でハンナのほうを向いた。「ヴィヴィアンって、変わった人だわ」

「どんなふうに？」

「いつも礼儀正しいんだけど、あんまりしゃべらないの。ほかのキャストともろくに話さないし。いつもひとりぼっちで、自分の役を演じて帰るだけ。ほかの人たちにとって、演技をしていないときの稽古場は社交の場なの。ニュースを交換したり、コーヒーを飲みにいく計画を立てたり、ふざけ合ったりする」

「ヴィヴィアンにはユーモアのセンスがないのかも」

「あるとしても、見せたことはないわね！」ミシェルは苦笑した。「彼女はしばらくまえから劇団にいて、いくつかの芝居で役がついてるけど、だれも彼女のことをよく知らないの。家に病気の夫がいるらしいから、みんなとつきあう気分になれないんじゃないか、と言った女性団員もいたわ」

「そうなのかもしれないわよ。今日はちょっと何かに気をとられているみたいだったから」

「ヴィヴィアンはいつもそうよ。演技をしていないときは心を閉ざしているみたいなの。礼儀正しいし、笑顔も見せるし、最低限のやりとりはするけど、劇団のだれともほんとうのつながりを持っていない」

「ずっと感情を隠してるってこと?」ハンナはそれらしい説明を思いついて言った。

「そうかも。でなければ、父さんがよく言ってた〝無感情な人《コールドフィッシュ》〟なのかもしれないわ。でも、照明がついてステージに出ると、息を吹き返すの。彼女には女優としての才能があるし、わたしはもっと彼女のことが知りたいのに、向こうは知られたくないみたい」

「あんたの言うとおりかもしれない。わたしが演技を褒めたとき、彼女は礼儀正しかったけど、無礼とは言わないまでもよそよそしかった。夫の看病や介護にかなり手がかかって、ほかの人たちとつきあう時間もエネルギーもないのかもしれないわ。重い病気にかかった愛する人の世話をしていると、どんどん感情が失われていって、ほかの人に向けるぶんは残っていないのかも」

「なるほどね。ちょっとだけ力を抜いて、もっと打ち解けてくれるといいのに。最初の稽古のまえに、キャストに自分で舞台メイクをしてもらったの。どれくらい時間がかかるか確認して、助っ人のメイク係を招集するべきか判断したかったから」

「ヴィヴィアンはどうだった？」

「完璧だった。ほかのだれよりも早かったし。きっと家で練習してきたんだと思うけど、なぜみんなによそよそしいと思われているかもわかるの。ヴィヴィアンはほかのみんながメイクを終えるのを待ってメイク室にはいったから」

ハンナは少し考えてみた。「別の可能性もあるわ」

「どんな？」

「病的に内気なのかも。失敗を恐れて、ほかの人たちとまったく関わりたがらない人もいるわ」

「深刻な内気さね」ミシェルが言った。「心理学の講義に出てきた。きっとそれだわ、姉さん。ヴィヴィアンは他人に対する自分の反応に自信がなくて、人とのつながりを絶っているのよ。安心できるのはステージの上だけで、その理由は台本に書かれていることだけを言えばいいから」

「なるほど。それはほんとうの彼女ではなくて、ステージ上で演じている人だものね」

姉妹はしばらく無言でそのことについて考えた。やがて、ハンナはミシェルをさがしてロビーに来た理由を思い出した。「伝えるのを忘れるところだったわ。コンテストの司会をエドナにお願いして、オーケーをもらえたわよ」

「司会は姉さんがやるんだと思ってたけど」

「そのつもりだったけど、エドナのほうがいいわ。ジョーダン高校のランチルームが手におえない状態になっても、秩序を維持していた彼女の手腕を覚えてるでしょ?」

ミシェルは小さく笑った。「エドナは両手を腰に当てて立って、とがめるように見るだけで、瞬く間にわたしたちを落ち着かせることができたのよね。それですぐに効果がなければ、大声でだれかを呼び出してしかりつけた。しかもすごい毒舌で」

「それに、エドナは町じゅうの人を知ってる」ハンナは付け加えた。

「たしかに。彼女のきりっとした顔立ちと弾むグレーの巻き毛はすごくテレビ映えするしね。すごくいい人選だと思うわ、姉さん。でも……」

「何よ?」

「司会者になれなくて、がっかりしてない?」

「まさか!」

「でも、エドナが司会をするなら、姉さんはテレビに映らないわよ」

「あら、映るわよ。あんたもね。わたしは参加者にスプーンを配る係だし、あんたはバーティの美容室のケープを着せる係でしょ。しゃべるシーンはないけど、わたしはそれで充分」

「わたしもよ。ステージのほうは全部準備できた、姉さん？」

「ええ。エドナがやってくれてる」ハンナは腕時計を見た。「そろそろロスとPKが来るころだわ。今朝出かけるまえに、早めに機材の準備をすると言ってたから。急いで局に戻って編集作業をしたら、五時のニュースと夜のニュースで映像が流れるそうよ。映像の最後に、感謝祭の芝居の開演時間と、チケットの入手方法の案内もアナウンスしてくれるみたい」

「すごくいい宣伝になるわ！」ミシェルはとてもうれしそうだ。「コンテストのまえにキャストのみんなに伝えて、かならずKCOWニュースを見てもらわなくちゃ。明日の舞台稽古のときに、またみんなに売ってもらうぶんのチケットを配るわ」

「舞台稽古にはまだ早いんじゃないの？」

「まあね。キャストのいちばんの心配は衣装みたいだから、早めに通し稽古をしてほしいとトルーディにたのまれたの。そうすれば、衣装に何か不具合があっても、初日の夜までに直す時間ができるから」

「パイの早食いコンテストのほとんどは、参加者の両手がうしろで縛られるのを、みなさんご存じですね？」

観客から笑いのどよめきがあがり、エドナは手をたたいた。「そうです！　でも、このコンテストはちがいます。われらが尊敬する町長が、ハンナのバナナクリーム・パイに顔を突っこんでいるところなんて見たくないでしょう？」

「いや、見たいぞ！」という声がいくつか飛んだ。

エドナは笑った。「〈レイク・エデン劇団〉の暫定演出家であるミシェル・スウェンセンは、バスコム町長に参加を依頼したとき、参加者がスプーンを使えるようにすると約束しました」

客席のあちこちからブーイングの声があがったが、エドナは手をあげて静粛を求めた。観客はたちまち静かになり、ハンナは声をあげて笑いそうになった。観客たちが在学中も、エドナがジョーダン高校ランチルームの主任料理人だったにちがいない。

「でも大丈夫」エドナは観客に言った。「スプーンを見るまで待ってください！　ハンナ？　スプーンを配ってちょうだい。でもまず、みなさんに見えるように高く掲げてからね！」

ハンナが大きな赤いスプーンを高く掲げると、観客から笑いがわき起こった。

エドナは少し待ってから、また手をあげて観客を静めた。「公共の場で恥ずかしい思いをしないために――そして、莫大なドライクリーニング代を節約するために――ここレイク・エデンの美容室〈カットトン・カール〉のバーティ・ストラウブが、特上のケープを三着提供してくれました。ミシェルがこれから参加者にかけるのがそれです」

ミシェルがケープをかけ、ハンナがスプーンを配っているあいだに、エドナは審査員のテーブルのほうを示した。「審査員はすでにご紹介しましたね。みなさんご存じだと思いますが、ステファニー・バスコムはわれらが町長の奥さまです。今日の旦那さまはとても粋ですね、バスコム審査員。町長のスーツはかなり高価なものなんでしょうか？」

ステファニーは笑った。「もちろんよ、エドナ。町長は安いスーツを着ているところなんか絶対に見られたくないでしょうから」

また観客から笑いのどよめきがあがり、ロスがコンテスト参加者と審査員をカメラにとらえ、ＰＫが観客の反応と、カメラをパンしてひとりひとりの顔を撮影しているのにハンナは気づいた。カメラの一台を観客に向けておくのはすばらしい作戦だ。この場にいる人たちは、みんな今夜のニュース番組を見て、自分がＫＣＯＷテレビに映っているか確認するだろうから。

ハンナとミシェルがパイを運び、タイマーが九十秒にセットされ、コンテストが開始された。騒々しい笑い声が客席からひっきりなしにあがるなか、参加者たちはボウルのような巨大スプーンでパイを食べようと最善を尽くした。気づけばハンナは、バスコム町長がケープにホイップクリームをたらし、スプーンを駆使してパイフィリングを口に入れようと奮闘する様子を、ロスがたっぷり撮影していますように、と願っていた。

タイマーがクラクションのような音をたててコンテストが終了し、パーティのケープはバナナのスライスとホイップクリームとパイフィリングまみれになった。テーブルもひどく汚れており、エドナが使い捨てのテーブルクロスを使うことを思いついてくれてよかった、とハンナは思った。

ミシェルとハンナは、エドナが学校の調理室から持ってきてくれた明るい黄色のキッチン手袋をはめて、審査員のテーブルまでパイ皿を運んだ。参加者それぞれの名前が書かれた立つ名札とともにテーブルに置かれたパイ皿を、ロスがすかさずカメラに収める。バスコム町長は一個を完食して二個目を食べはじめていた。アル・パーシーは一個目こそほとんど食べ終えていたが、二個目は手つかずだった。ローズ・マクダーモットは口に入れるよりケープについたパイのほうが多かった。

審査員のテーブルにパイ皿を運んだあと、ハンナとミシェルは参加者のケープをはずし、大きな赤いスプーンを回収して、使い捨てのテーブルクロスを片づけた。あとはエドナにまかせて、審査の様子を見ていられる。

「さて？　審査員のみなさんのご意見はいかがでしょうか？」エドナは身を寄せ合って相談する三人の審査員に尋ねた。

これは明らかにエドナと審査員たちのあいだで決められた段取りだ、とハンナは思った。でも、なかなか悪くない。エドナはロスにも指示を与えていたらしく、彼のカメラはふたたびステファニーをまっすぐにとらえていた。

「わたしには明らかでしたが、ほかのふたりの審査員も同意してくださいました。パイ早食いコンテストの優勝者は、わたしの夫、リチャード・バスコムです」ステファニーは間をとってにこやかに微笑むと、まっすぐロスのカメラを見て言った。「わたしはいつも言っていたんです、リチャードは口が達者《ビッグマウス》だって！」

観客の大笑いのなか、舞台係を担当していたノーマンが幕を下ろした。町長までがみんなといっしょに笑っていたが、気のいいやつだと思われたくて無理に笑っているのでは、とハンナは思った。妻の冗談をほんとうにおもしろがっているとはとても思えなかった。

「ハンナ！」ノーマンが袖から呼びかけた。「ステージをおりるまえにちょっとこっちに来てくれ！」

運びこんでおいたダンボール箱にスプーンとパイ皿をしまったあと、ハンナはノーマンと話すからとミシェルに断って、彼の待つステージの袖に向かった。「どうしたの、ノーマン？」

「アル・パーシーの靴に気づいた？」

「いいえ、別に。参加者がステージに上がるところは見てないし、ほとんどの時間は彼らのうしろに立っていたから。アルの靴がどうかしたの？」

「これから見せるよ。反対側の袖から携帯で写真を撮ったんだ。テーブルクロスが床まで届いていなかった。そうでなければ気づかなかっただろう。見てほしい部分を拡大してある」

　携帯をわたされるまで、ハンナはなんのことやらまったくわからなかった。「これはアルの足だけど……あっ！」

「この靴、ぼくらがトリーのベッドに隠れていたとき、侵入者が履いていた靴に似てると思わないか？」

　ショックを受け、信じられない思いで写真を見た。つばをのみこんで、ようやく口がきけるようになった。「たしかに似てる」ハンナは言った。「彼よ、ノーマン！　彼が侵入者だったのよ！　でも、まさかアルが……」

「いや」彼女が考えを述べるまえに、ノーマンが口をはさんだ。「それはないよ、ハンナ。彼には鉄壁のアリバイがある」

「どうして知ってるの？」

「ぼくが彼のアリバイだからだよ。トリーが殺された夜、アルの奥さんの急患がはいったんだ。ぼくはもう家に帰っていたけど、アルから電話があって、クリニックに戻ってほしいとたのまれた。七時半にクリニックに着いたら、アルと奥さんはドアのまえで待っていた。彼女は歯槽膿瘍《しそうのうよう》だった」

「それで彼にもアリバイが？」

「ああ。アルは奥さんをクリニックに連れてきたあと、診察室に座ってずっと奥さんのそばにいたんだ」

「治療にはどれくらいかかったの？」

「七時半から八時四十五分まで」

「そんなに長く？」ハンナは驚いた。

「そうなんだ」

「それならアルはシロね」ハンナは言った。「また容疑者がひとりもいなくなった」

「未知の動機を持った未知の容疑者は？　まだいるんだろう？」

「たぶんね」ハンナはため息をついた。「でも、その容疑者がだれかわからず、動機もわからないなら、たいして意味はないわ」

「疲れて落ちこんでいるきみにはチョコレートが必要だね」そう言うと、ノーマンはハンナの手を取って、ステージからおりる階段のほうへ導いた。

「あなたはエンドルフィンの効果を信じていないんだと思ってたけど」

「そうだけど、あっちでブラウニーを売ってたし、ぼくはブラウニーが大好きなんだ。売り切れるまえに買いにいこう」

「すごくいい映像が撮れたよ！」ロスが駐車場から講堂に戻ってきて言った。「車のなかでPKといっしょに確認してきた。エドナの司会はとてもうまかったし、ステファニーが〝ビッグマウス〟と言ったときの、バスコム町長のぎょっとした顔もバッチリ撮れてる」

「よかったわね、ロス！」ハンナはよろこんだ。「画面表示とナレーションで芝居の宣伝をしてもらえると伝えたら、ミシェルがすごくよろこんでたわ」

「KCOWテレビは多くの人が見ているからね。いい宣伝になるはずだよ。ここに戻ってきたのはスタジオに戻ると伝えるためだけど、四時半までにはうちに帰れると思う。きみは何時にここを出る？」

「ベイクセールが終わるのは四時よ。それまでに売り切れなければだけど。車に積みこむものはそれほどないし、テーブルと椅子の片づけはフレディがやってくれるとエドナは言ってる。予想外のことが起きなければ、遅くとも五時までに帰れるわ」

「いいね。いっしょにニュースを見たあと、今夜はきみたち《ガールズ》をディナーに連れていこう」

ハンナは笑った。「ガールズじゃなくてガールよ。しかもそのガールはあなたの奥さんですからね。ミシェルは遅くまで戻ってこないわ。友だちのトリシアが今夜は仕事がはいってないから、ふたりでモールに行って、ショッピングと映画を楽しむらしいの」

「じゃあぼくたちは正真正銘ふたりきりってこと？」

ハンナはうなずいたが、心配の小さな種が心のなかに育ちはじめた。「あなたがミシェルを気に入ってるのはわかってるけど、あの子がいることで、少し……その……あなたに気兼ねさせてるんじゃない？」

「そんなことないよ！　まえにも言っただろう、ハンナ。ぼくは彼女がいてくれるのがうれしいんだよ。それに、気兼ねなんてしてないよ。いつだってドアを閉めればいいんだし」ロスはにやりとして言った。

頬に熱を感じ、顔が赤くなりはじめたのがわかった。「ええ、そうね」ハンナは言った。「とにかく、今夜は料理しなくていいよ、ハニー。帰る途中で〈バータネリズ〉に寄って、夕食にピザを買っていくから。どんなピザがいい？」

「ソーセージかペパロニがのっていればなんでもいいわ。それと、わたしがアンチョビ好きなのはもう知ってるわよね」

「じゃあ、そういうことでいいね。夕方のニュースを見ながらピザを食べよう。そのあとは……」頬がさらに熱くなるような目つきでハンナを見た。「何が起こるかだれにもわからない」

「わかってるくせに」ハンナはロスに身を寄せて腰に腕をまわした。「たぶん、わたしもね」そう言うと、真っ赤になっているのをだれにも見られないように、彼のシャツの胸に顔を埋めた。

24

日曜日の午前十一時になるころ、ロスは〈コーナー・タヴァーン〉の椅子をうしろに引いて立ちあがった。「ぼくはもう行くよ、クッキー。きみはこれからどうする?」

「うちに帰るわ。洗濯物が山ほどあるから。そのあとはミシェルといっしょにジョーダン高校に行くつもり。午後から舞台稽古なの。洗濯してほしいものはある?」

「とくにないよ。舞台稽古は何時から?」ロスが尋ねた。

「ミシェルは三時半にはじめたがってる。本番と同じ衣装とメイクでやるから、三時までには行っていないと」ハンナはミシェルを見た。「終わるのは何時ごろになりそう?」

「舞台稽古が終わったら、新聞に載せる写真をロッドに撮ってもらうことになってるの。そのあとは、カーテンコールの練習よ」ミシェルは少し考えてから言った。「通し稽古は一回だけだから、遅くても七時半には終わると思う。全員が時間どおりに来れば、もっと早く終わるかも」

「了解」ロスがハンナに微笑みかけた。「ＰＫとぼくはニューヨークで最後の日に撮影した映像を編集しないといけないけど、それほど長くはかからないと思う。三人で食べる中華料理でもテイクアウトして帰ろうか？」

「わたしのぶんはいらないわよ」ミシェルがロスに言った。「稽古のあとロニーが迎えにきてくれるの。今夜も夫婦水入らずでどうぞ」

ロスに視線を向けられ、夫婦水入らずですごした前夜のことを思い出したハンナは赤くなった。赤い顔がミシェルに気づかれないことを願いながら「いいわね、中華」と言った。

「オーケー。じゃあ、帰ってから会おう、クッキー」ロスは身をかがめて彼女にキスをした。

それは、別れ際の軽いものよりは数秒長いキスで、ロスが離れて背を向けたとき、ハンナは微笑んでいた。「行ってらっしゃい」彼女は言った。

「コーヒーのお代わりは？」ミシェルがハンナにきいた。

「いいえ、けっこうよ。行きましょう、ミシェル。舞台稽古までにやりたいことがいくつかあるの」

「わたしも。書いておきたいことがいくつかあるし、電話も何本かしないと」

ふたりがテーブルから立とうとしたとき、担当のウェイトレスがコーヒーポットを持ってやってきて、「お代わりはいかがですか？」ときいた。

ハンナがミシェルを見ると、ミシェルはうなずいた。「いただくわ。うちに帰ってからコーヒーを淹れなくてすむように」

ウェイトレスはコーヒーを注ぎ足したあと、ミシェルに言った。「あの、妹に聞いたんですけど、〈レイク・エデン劇団〉の演出をするために大学から戻ったんですよね？」

「ええ。トリーさんは、トリー・バスコムの代わりを務めるために大学が休みをくれたの」

「トリーさんは、ほんとうにお気の毒でしたね！」ウェイトレスは深いため息をついた。「あなたがこっちにいるあいだに、ジョーダン高校で三年生のお芝居の演出をしてもらうことはできませんか？」

ミシェルはその質問に驚いたようだった。「なんとも言えないわ。だれかにたのまれてるわけじゃないし。学校にやれそうな人はいないの？」

「妹はいないと言ってますし、あの子は事情をわかってます。妹は主役を演じるんですけど、この一週間稽古ができてなくて。全員が嘆願書に署名でもすれば、大学はあなたが演出することを許可してくれるでしょうか？」

ミシェルは少し考えてから言った。「たぶん。初日はいつ？」

「感謝祭の休暇が明けた週の水曜日にマチネがあります。でも、それは校内だけの公演で、一般公開の初日は金曜日の夜なんです。その週まではまだこっちに？」

「ええ」

「マカレスターの演劇科に電話して、なんとかならないかきいてもらえませんか？　あなたに演出をしてもらえれば、妹もほかのキャストもとてもよろこぶと思うんですけど」

「学校にやりたい人はほんとにいないの？　だれかのじゃまはしたくないわ」

ウェイトレスは首を振った。「いないんです。妹にきいたら、英語の先生にたのんでみたけど、これまで芝居を演出したことはないし、演技の基礎も知らないからと断られたみたいで」

「わかった。明日大学に電話してみるわ」ミシェルは約束した。

「よかった！　妹がすごくよろこびます！」

ウェイトレスが笑みを浮かべたまま足早に去っていくと、ハンナはミシェルに言った。

「ふたつの芝居の演出をする時間はあるの？」

「ええ、できるわ。〈クッキー・ジャー〉はあんまり手伝えなくなるけど」ミシェルはちょっとうろたえているようだ。「ごめん、ハンナ姉さん。先に姉さんにきくべきだったわよね」

「それなら心配いらないわよ！　あんたがいてくれるのはうれしいけど、ナンシーおばさんが一日じゅういてくれることになったから、充分手は足りてるし」ハンナは軽く笑った。

「あのウェイトレスに説き伏せられちゃった？」

「ええ、そうね。学校演劇の楽しさを思い出しちゃった。いまの三年生がその楽しさを奪われるのはしのびないわ。それに、トリーがもう基礎固めをしてて、わたしは最後の一、二週間を引き継ぐだけだから、それほどたいへんじゃないはずよ」

「三週間よ」

「わかった、三週間ね。でも、ほんとにやりたいのよ。演劇のクラスはあるのかしら？ あるならそれも引き継げるかも」

「そんなに仕事ばかりでいいの？」

「ほんとの仕事ってわけじゃないもの」

「それならなんなのよ？」

「リサーチ……かな。高校で演劇を教えるのもいいかなと思って。実際のクラスを担当させてもらえれば、ほんとうにやりたいかどうかわかるでしょ」

ハンナは驚いた。「教師になることを考えてるの？」

「可能性としてね」ミシェルは小さく肩をすくめた。「まだ決めてないの。レイク・エデンに落ち着いて、ジョーダン高校で教えたいと思うかもしれないし」

「演劇の道に進んで、ゆくゆくは小さな劇場のオーナーになるのかと思ってた」

「最初はそうするかもしれない。でも、演劇の道も劇場経営もうまくいかなかったら、ここに戻ってきて教師になることもできる。もうひとつの道というわけ」

「なるほど」激しい雷雨のときの稲妻のように、ハンナの頭のなかをあらゆる事柄が駆け抜けた。ミシェルは若い。人生で何をしたいかまだわからないのだ。もしレイク・エデンに戻ってきて、ロニーと結婚し、この町に落ち着くことを考えているのだとしたら？

「心配しないで。そのつもりはないから」ミシェルが言った。

「そのつもりって？」

「先に何もやってみないで、ただロニーと結婚してここに落ち着くってこと」

ハンナは目をぱちくりさせて、妹をまじまじと見た。「わたしが何を考えているかわかったの？」

「ええ」ミシェルは笑った。「心配そうな顔をしたから、なんとなくそうかなって。わたしが何かに〝落ち着く〟ことはないわ、姉さん。でも、最終的にレイク・エデンに戻ってくることが、まさにわたしが人生でしたいことかもしれない、という考えを無視するつもりもないの」


洗濯機を数回まわして五時間がたったころ、ハンナとマイクは大きな拍手をしていた。洗濯のあと〈クッキー・ジャー〉に行って明日の仕込みをし、ハンナとミシェルが舞台稽古に出かけようとしていたら、マイクが店に来て、いっしょに舞台稽古を見学することになったのだ。

「このあとは？」マイクがハンナにきいた。

「ロッドが明日の新聞に載せるキャストの写真を撮ることになってる」ハンナは説明した。

「芝居のいい宣伝になるだろうから」

「そうだね。新聞はたくさんの人が読んでいるし、読むのは地元の人だけじゃない。地元新聞がない町も周辺にはいくつかあるし、そういう町の人たちは、このあたりで何が起きているかを知るために《レイク・エデン・ジャーナル》を読んでいるから」

ロッドが手招きしてだれかをステージ上に呼び、トリシアとヴィヴィアンがまえに出た。ふたりはセットのまんなかに立ち、ミシェルの指示で、ヴィヴィアンがトリシアの肩に腕をまわした。

「あれはだれ?」マイクがきいた。

「トリシア・バーセルよ」

「それは知ってるよ。年上のほうの女性は?」

「ファーストネームはヴィヴィアンよ。ミシェルによると、田舎のほうのどこかに住んでいて、重い病気の旦那さんがいるらしいわ」

「芝居にはたくさん出ているのかな?」

「これまでに二本の芝居に出ているそうよ。わたしは二回だけ会ったことがあるけど、あんまり外交的な人じゃないから、知っていることはほんとうにそれで全部なの」

「すごくうまい演技だった。びっくりしたよ」

「どうして? 〈レイク・エデン劇団〉はいつもいい芝居をするわよ」

「そうだけど、素人に毛が生えたような感じだろう。演技はできるけど、それで食べていけるほどではない。でも、ヴィヴィアンはそれ以上だ。ほんとうにトリシアの母親だと思えたからね。〈レイク・エデン劇団〉にはいって長いのかな？」

「それほど長くないわ。一年ぐらいだと思う」

「トリーが演出を引き継いだあと？」

ハンナは肩をすくめた。「わからない。劇団にはいったときの記録があるのかもしれないから、ミシェルにきいてみて。トリーのオフィスを使っているから、わかるかもしれない。名簿のようなものがあるとしたら、そこにあるはずだから」

カーテンがふたたび開くと、全キャストが舞台の片側に集まっていた。中央の演壇にはミシェルが立っている。マイクがハンナに言った。「もう一度通しをするのかな？」

「ちがうわ。カーテンコールの練習をしているのよ。初日の夜、いまミシェルが立っている場所にバスコム町長とステファニーが立つの」

「それならぼくはもう失礼するよ。いくつか電話をかけるところがあるから。でも、もし……ミシェルは今夜きみの車を使うの？」

「いいえ、ロニーが迎えにくることになってるらしいわ。ふたりで出かけるみたい」

「そう。なら、家まで送る必要はないんだね？」

「ええ、でも気にしてくれてありがとう、マイク」

マイクは立ちあがり、撮影機材を片づけているロッドを見た。「よかった。ロッドも終わったみたいだし。どっちみち彼に話があったんだ」

モシェのような耳があったら、マイクのほうにくるりと向けていたのに、とハンナは思った。「捜査のことで？」

「いいや。地域の人たちと触れ合う保安官助手たちの写真を、ロッドに撮ってもらいたいんだ。このところ、警官の評判が悪くなるような報道ばかりだから、ウィネトカ郡保安官事務所職員の明るい話題で対抗しようと思ってね」

「いい考えね。きっとやってくれるわよ。ロッドはやり手の新聞記者だもの。きっと何かアイディアを出してくれるでしょう」

ハンナは椅子に背中を預けて、ロッドをつかまえにいくマイクを見守りながら、ミシェルが俳優たちに出す指示を半分聞いていた。

「カーテンコールがはじまるまえに、町長が亡きお姉さまに短い賛辞をささげます。まだ原稿はもらっていませんが、もらったらみんなのまえで読みあげます。町長のことばが終わったら、つぎはトリシア、あなたに演壇まで来てもらって、町長と観客に、今夜の公演を彼のお姉さまであり、あなたたちの尊敬する演出家だったヴィクトリア・バスコムにささげると発表してもらいたいの」

トリシアはうなずいた。「原稿はあなたが書いてくれるの？　それとも、わたしのことばで伝えたほうがいい?」

「あなたのことばのほうがいいと思う。そのあと、あなたは列の自分の位置に戻り、町長とステファニーがカーテンコールのためにみんなをまえに呼びます。これからその練習をしたいの。わたしが役名を言ったあと本名を言ったら、列から離れて舞台の下手方面に向かい、演壇の両側に列を作っていってください。これからみなさんをふたつの列に分けて、配置をします」

ハンナが見ていると、ミシェルは役者たちを均等に二列に分け、役の重要な順に演壇の両側に配置していった。

「これがカーテンコールのときのみなさんの立ち位置になります。ちゃんと覚えて、名前が呼ばれたらその位置につくようにしてください。みなさん、準備はいいですか?」

全員がうなずき、ミシェルはつづけた。「では、はじめます。わたしが役名を言って、そのあと本名を言ったら、まえに出てきて自分の位置について、おじぎをするか観客に手を振ってください。では、やってみましょう」

何人かの役者は少し緊張しているようだったが、みんなうなずいて同意した。

「ヒュー・ブラックウェル役、バリー・ウィザーズ」

舞台を横切って演壇の片側の位置につくバリーの姿を見て、ハンナは驚いた。ジョーダン高校の最上級生のとき、スピードスケートの競技会で優勝した彼を見て以来だったからだ。手足のひょろ長い少年は、ハンサムな青年に成長していて、言われなければバリーだとはわからなかった！

「ロレーナ・ブラックウェル役、トリシア・バーセル」

トリシアが進み出て、演壇の反対側の位置についた。バリーとトリシアが主演なのは明らかで、つぎに来るのは助演陣たちだと思われた。

「メアリー・デュモント役、ヴィヴィアン・ディッカーソン」

ヴィヴィアンが舞台を横切って、予想どおりバリーの隣に立ったとき、ハンナはあっと声をあげた。すごいスピードで頭が回転し、くらくらとめまいがした。メアリー・デュモント。トリーが殺された夜、スケジュール帳の最後の欄に書かれていたM・デュモントというのは、彼女のことだったのだろうか？

ヴィヴィアンの役名を聞いて湧き出たアドレナリンの勢いはあまりにも激しく、膝ががくがくしてきた。心拍数が上がり、呼吸が浅くなる。わたしはいま、震えながらジョーダン高校の講堂の客席に座って、トリー・バスコムを殺した犯人を見ているのだろうか？

結論を急いじゃだめよ、と心の声が注意した。あの夜ヴィヴィアンがトリーと会う約束をしていたとしても、約束を守ったとはかぎらないんだから。守ったとしても、トリーを殺したとはかぎらないし。

心の声の言うとおりだ。トリーはヴィヴィアンとの約束をキャンセルしたのかもしれない。ドクの検死報告書によれば、トリーの死亡推定時刻は七時から十時だが、実際はそれより短いことをハンナは知っていた。ドロレスが八時を少しすぎたころで銃声を聞いていたからだ。それに、トリーはトリシアにしたように、ヴィヴィアンとの約束を早めに切りあげたのかもしれない。

ヴィヴィアンが何も悪いことをしていないというのは、すべて可能性にすぎなかった。ハンナにはききたいことがたくさんあり、それに答えられる人物はヴィヴィアンだけだった。

ハンナにひらめいた情報から引き出すことができるたしかな結論は、ひとつしかなかった。すぐにヴィヴィアンと話をしなければならないということだ……今夜！　もしかしたら何も得られないかもしれないが、トリーが殺された夜、ヴィヴィアンがトリーに会ったのかどうかを知る必要があった。

25

ハンナは更衣室のドアの外に立って、ヴィヴィアンが出てくるのを待った。ミシェルが言っていたように、ヴィヴィアンは全員が出るまで待ってから、衣装を脱いで舞台メイクを落とすために、講堂の奥の壁際に作られた臨時更衣室にはいっていた。

ポケットに入れたキーリングが重かった。みんなが帰ったら鍵をかけると約束して、ミシェルから借りたのだ。もちろん、残ると申し出た理由はミシェルに言わなかった。ヴィヴィアン・ディッカーソンと話しても何も得るものはないかもしれないが、やる価値があるのはまちがいない。

ヴィヴィアンとはふたりきりで話すことに決めた。ほかの人がいるまえで質問すれば、腹を割って話してもらえないかもしれないからだ。ヴィヴィアンが出てくるのを待って話そう。

「じゃあ、やってくれるんですね、ロッド?」マイクは年上の男性にきいた。

「もちろんだよ。《レイク・エデン・ジャーナル》はいつだって法執行機関の味方だからね。それはわかっているだろう、マイク。最初の記事には何かすばらしい設定を考えよう。保安官助手のひとりが通りでどこかの子供と話して、自転車の修理を手伝うというのはどうかな?」

「いいですね。それにはロニーを使いたいな。レイク・エデン育ちの若手保安官助手ですから。つぎは、ビルが〈クッキー・ジャー〉のテーブルでご婦人たちに囲まれているというのはどうでしょう?」

「レイク・エデン・ゴシップ・ホットラインのご婦人たちだね?」

マイクは笑った。「そうです。ドロレスにたのめば手配してくれますよ。そういうことならお手の物ですから」

ロッドの車のフロントウィンドウ越しに、バリー・ウィザーズが出てきて、駐車場を歩いて自分の車に向かうのが見えた。

「まだなかにいるのはだれだろう?」ロッドがきいた。

「ハンナと……あとはわかりません」マイクは答えた。「もう一台の車はかなり新しいビュイックだな。ちょっと待ってください、ナンバープレートを調べてみますから。ここからナンバーが見えますか?」

「ああ」ロッドはグローブボックスから小型の双眼鏡を出して、文字と数字を読んだ。

マイクは携帯電話に情報を打ちこみ、しばらく耳を傾けた。「少し時間がかかりそうだ。ところで、どうして双眼鏡を持ち歩いているんですか?」

「何か特ダネになりそうなことが起こって、あまり近づきたくないときのためだよ」

「なるほど。あまり近づきたくはないが、新聞用の写真を撮りたいときのためですね。カメラに望遠レンズがついているのに気づきましたよ」


「ああ、よかった!」ヴィヴィアン・ディッカーソンが更衣室から出てくると、ハンナは言った。「あなたを待っていたんです」

「どうして?」

「みんなが帰ったらわたしが鍵をかけると妹に約束したから」

「すぐに帰るわ」

「待って。あなたにどうしてもききたいことがあるの」

ヴィヴィアンは振り向き、ハンナと向き合った。「何をききたいの?」

「あなたはとても演技がうまいわ。昨日のベイクセールのときも伝えたけど。それで、あなたの経歴が知りたくなったんです」

ヴィヴィアンは目を細めた。「どんなことを?」

「プロの女優としての経験があるんじゃないかと思って」

「経歴を話すつもりはないわ」ヴィヴィアンはそう言うと、背を向けて帰ろうとした。

「待って！」ハンナは手を伸ばして彼女の腕をつかんだ。「詮索するつもりじゃなかったの。あなたがとても上手だから、きっとどこかで演じていたんだろうと思って。それだけよ」

「褒めてくださってありがとう。でも、あなたが気にすることじゃないわ。わたしはいまここに住んでいて、〈レイク・エデン劇団〉に所属している。あなたと妹さんに知っていてほしいのはそれだけよ」

「たしかにそうね」ハンナはにこやかに言った。「でも、ききたいことはもうひとつあるの」

「何？」

「トリー・バスコムが自宅のスタジオで演技レッスンをしていたのは知ってます？」

「ええ、聞いたことがあるわ」

「彼女からレッスンを受けたことは？」

ヴィヴィアンの目に怒りがひらめいた。「あるわけないでしょ！　なんでわたしが？」

「理由はないの。ただ知りたかったんです。レッスン用のスケジュール帳に、トリーがあなたの役名を書いていたから。約束の時間は、彼女が殺された夜の七時四十五分だった」

ヴィヴィアンはすっかりハンナのほうを向いた。「あれは演技レッスンだったわけじゃないわ。個人的な用事よ」

「それなら、トリーを〈レイク・エデン劇団〉の演出家として以外にも知っていたんですね?」

「まあね」ヴィヴィアンが一歩近づいてきたので、ハンナは思わずあとずさった。

頭のなかで警報のベルが鳴り、これはまずかったと気づいた。「同じお芝居に出ていたとか?」ヴィヴィアンに無害と思ってもらえる説明で、先ほどの質問をごまかそうと、ハンナは言った。

「もう知ってるくせに」ヴィヴィアンの声はかたまりから割られた氷片のように硬かった。

「察しはついているんでしょう?」

ここにはほかにだれもいない。できるだけ早く退散したほうがいいわ、と頭のなかの声が告げた。ハンナはその賢いアドバイスに耳を傾けた。「わたしが何を察したというの? 実はあなたが偉大な女優だということ? ええ、それはもちろん。あなたの舞台を見た人はみんなそうじゃないかしら?」

「ありがとう」ヴィヴィアンの目つきはまだけわしく、疑いをたたえていた。「わたしの舞台を見たことがあるの?」

「いいえ、お芝居はあまり見ないんです。〈レイク・エデン劇団〉のお芝居をいくつか見たことがあるだけで」

「それなら、大きなスクリーンで見たのかもしれないわね」

「映画？」ハンナは驚き、感銘を受けたふりをした。「知らなかった！　プロの女優さんと同じくらい上手なのは知ってたけど、あなたの映画は見たことがないと思うわ」

「そう」ヴィヴィアンは言った。表情がさらに冷たくなる。

彼女は信じていないわ、と心の声が告げた。急いで退散する言い訳を考えるのよ！　逃げなければならないのも、時間を無駄にできないのもわかっていた。もしかしたら、いやきっと、ヴィヴィアンがトリーを殺すのに使った銃は、すぐにハンナを殺せるように弾を装填した状態で、いまもトートバッグの底にはいっているにちがいない！

講堂の裏口はすぐうしろにある……そこがまだ施錠されていないことをハンナは知っていた。ミシェルから鍵をわたされるとき、帰るまえにかならず施錠するようにと念を押されたのだから！　ハンナはできるだけ目立たないように、施錠されていないドアのほうにさらに一歩あとずさった。心臓が早鐘を打ち、膝ががくがくしはじめていたものの、なんとか感じのいい笑みを浮かべつづけた。こちらが何を知っていて何を知らないか、ヴィヴィアンにさとられないうちに退散したほうがいい。

ハンナは腕時計に目を落とした。「もうこんな時間！　戸締りのために学校に残らなきゃならないと夫に伝えておいたんだけど、すぐに帰らないとさがしにくるわ」

「もちろんそうでしょうね。そしてあなたの発見者になるのよ」ヴィヴィアンの声は平板で、威嚇に満ちていた。「わたしのことを知ってるんでしょう、ハンナ?」

マイクは驚いてロッドを見た。「あのナンバープレートはヴィヴィアン・ディッカーソンの名前で登録されていた」

「トリシア・バーセルの母親役を演じた女性だよ」ロッドが教えた。

「じゃあ、ふたりともまだなかにいるのか」

「ああ」ロッドが言った。「おそらくハンナはまだヴィヴィアンと話をしてるんだろう」

「なぜです? みんなもう帰ったのに」

ロッドは肩をすくめた。「知らんよ。なんだって女たちはしじゅう話をしてるんだろう? 男にはどうにも理解できないね」

マイクはその意見にうなずいて同意したものの、けげんそうな顔つきになった。「妙だな」

「何が妙なんだい? きっとヴィヴィアンがぺちゃくちゃしゃべっていて、戸締りをするハンナは帰れずにいるんだろう」

マイクは少し考えてからきいた。「ヴィヴィアンについては何を知ってるんですか、ロッド?」

「知っていることはあまりないね。一、二年まえに引っ越してきて、田舎のほうに住んでいる。わたしの知るかぎりどの団体にも所属していない……それ以外はほんとうに何も知らないんだ」

「トリーの友人だったんですか？」

「ちがうと思うよ」

マイクはそのわずかな情報についてじっくり考えてから、ロッドを見た。「ヴィヴィアンはだれかを思い出させませんか？　以前見たことがある人を」

ロッドはその質問に驚いたようだが、少なくとも一分は考えてくれた。「そう言われればそうだな。ああ、あの映画だ。三十年まえの映画なんだが、その映画で乳母を演じた女優がいた。母親役の女優よりもうまかったから、印象に残っているんだ。ヴィヴィアンの顔を三十歳若くすると、あの女優に似ているよ」

「なんという映画でしたか？」

「知らんよ。ゲルダが見たがった映画なんだ」

「思い出してください、ロッド。重要なことなんです」

ロッドはしばらく黙りこんだ。「舞台は外国だったよ、マイク……たしかパリだったと思うが、映画の題名ははっきり思い出せない……」

「がんばって。急に思い出すかもしれない」

ロッドはさらに一分考えた。「あっ！」

「思い出しましたか？」

「いや、はっきり思い出したわけじゃないんだが、題名はたしかインタールードだかインターミッションだか……インターメッツォ！　それだ！　『パリの間奏曲《インターメッツォ・イン・パリス》』だよ！」

マイクは携帯電話をつかんで映画の題名を入力した。永遠とも思える時間がかかったが、ようやく検索結果が出て、映画に出演した俳優と女優の名前が現れた。すばやく見ていくうちに、なじみのある名前を見つけて固まった。「なんてこった！」

「どうしたんだ？」ロッドがきいた。

「あとで説明します。ここにいてください、ロッド。ぼくが五分以内にハンナを連れて戻ってこなかったら、保安官事務所に電話して、リックに伝えてください……パトカーでここに急行するようにと！」

「ハンナが危ないのか？」ロッドがきいた。

「まだわかりません。それをたしかめに行きます！」


一年ほどまえにノーマンと見た古いモノクロのギャング映画のセリフを借りれば、もうおしまいだった《ジグ・ワズ・アップ》。ハンナにはそれがわかった。できるのはヴィヴィアンに話をつづけさせ、できるだけ話を引き延ばすことだけだ。そのあいだにだれかが駐車場にまだハンナの車があるのを見つけ、いったいどうしてまだなかにいるのだろうと様子を見にきてくれるかもしれない。

「それで、どうしてトリーを殺したの？」ハンナはきいた。「あなたの演技にダメ出しをしたわけじゃないでしょう？」

「まさか！　そんなことありえないわよ！　わたしは彼女よりずっとうまいもの。いつだってそうだった」

「わたしはトリーが出演した作品を見たことがないけど、あなたほどうまい女優はいないと思うわ」

「ありがとう、ハンナ。でも、いまさら褒めても無駄よ。あなたは殺されなくちゃならない。ほかに選択肢はないの」

「わたしをどこかに閉じこめておいて、逃げることもできるわ」

ヴィヴィアンは首を振った。「杜撰《ずさん》すぎる。気づいたのはあなただけだし、だれかに話されたら困るもの。わたしはミネソタを去るつもりよ。それはわかっているでしょう。でも、追われるように逃げるつもりはない」

「トリー・バスコムを殺したことに罪悪感はないの？」自分の運命から話題を変えたくて、ハンナはきいた。

「ないわ。どうして罪悪感を覚えなくちゃいけないの？　わたしはトリーに殺されかけたのよ！　そして実際、彼女はわたしのブロードウェイでのキャリアを葬った」

「初日に主役の代役をすることで？」

「そうよ。大評判になるのはわたしのはずだった。新聞に書きたてられ、それから何年も主役を演じることになるのはわたしのはずだった」

ハンナはうなずき、また一歩あとずさった。「でも、あなたは病気になったんでしょう？　だからトリーがあなたの代わりに初日の舞台に立った」

「ええ、そうよ！」ヴィヴィアンの目が激しい感情にぎらつきはじめた。「トリーがわたしを病気にしたのよ！」

実際に感じているのと同じくらい、驚いているように見えればいいのだが。「トリーが？」

「あたりまえでしょ！　トリーはわたしの代役で、休憩時間にはよくいっしょにランチを食べにいっていた。あの日わたしはスープを注文したあと、何本か電話をかけにいった。戻るとわたしのスープが来ていて、トリーのも来ていた」

「でも……どうしてそれが……」ハンナはヴィヴィアンがつづけるのを待たずに言いかけたが、彼女が何も言わないので尋ねた。「トリーはあなたのスープに毒を入れたんですか？」

「まさか！　そんなことしたら死んじゃうじゃない。何か別のものをスープに入れたのよ、その夜わたしがひどい胃痙攣《いけいれん》を起こすようなものを。症状は重くて、自宅アパートから出られないほどだった。翌日の舞台稽古までに直そうとしたけど、まだひどく気分が悪くて行くことができなかった」

「スープに何を入れられたかはわかっているんですか?」

ヴィヴィアンは首を振った。「いいえ。あのときトリーを疑っていたら、血液検査をして、医者に特定してもらったかもしれない。でも、わたしは彼女を疑わなかった。具合が悪いあいだ、とても親切にしてくれたせいもあるわ。彼女はわたしに食事をさせ、入浴や着替えに手を貸し、夜は泊まって看病してくれた。それに、思いがけず幸運を手にして、感謝していると同時に当惑しているようだったから、わたしの具合がよくなってきて、彼女が世話をしに来なくなるまで、疑いもしなかった。そのときようやく気づいたの。すべては初日に自分が主役を演じられるよう、トリーが仕組んでいたことだと!」

「トリーを問いただしたんですか?」

「ええ。演技力で太刀打ちできないから、ねたんでいるんだろうと言われたわ。自分が絶賛されたのは当然だともね」

「でも、あなたを病気にしたとは認めなかったんですね?」

「あたりまえでしょ! トリーみたいな人間は絶対に何も認めやしないわ」

短い沈黙がおり、ハンナは時間切れが近づいているのを感じた。もっとほかにヴィヴィアンにきくことを考えなければ、それもすぐに!

「知りたいことがもうひとつあるんです」ハンナは言いながら、何か思いつくことを願った。そのとき、別のききたいことが頭に浮かんだ。「トリーに電話して、会ってほしいと言ったんですか？」

「電話はしたけど、会ってくれとはたのまなかった。向こうから言ってきたのよ。それで計画を立てたの」

「どうして彼女はあなたに会いたがったのかしら？」

「パニックよ。純粋なパニック。芝居に出られるかわからないと言ったの。夫の病状が悪化していて、劇団をやめることになるかもしれないと。そうしたら、その夜七時四十五分に来てくれと言われたのよ」

「ご主人はほんとうに具合が悪かったの？」

ヴィヴィアンは笑った。ユーモアのかけらもない、かすれたくすくす笑いだった。「結婚はしてないわ。ここに来たのは、トリーが引退してここに引っ越したって聞いたからよ。単なる好奇心。長い年月のあいだに彼女が変わったかたしかめたかったの」

「それで、感想は？」ハンナはきいた。

「薬物だかなんだかをわたしのスープに入れたのと同じ人間だった。まったく変わっていなかったわ！　トリーはいつだって自分勝手なずるい人間だったけど、いまでもそれは同じだった」

「彼女に正体を明かしたんですか？」

「いいえ。わたしがわかるか試したかったの。でも、彼女にはわからなかった。目のまえで演技をするわたしを見て、すごくうまいとみんなに言ったけど、自分がだれを褒めているのか気づいていなかった」ヴィヴィアンは少し間をとったあと、ため息をついた。「そしてそれがやってきた。きっかけとなるもの。大詰めが」

「芝居の転換点」

「そのとおり。クライマックスよ。あなた、思ったより頭がいいのね」

「それはなんだったの？　どうしてトリーを殺そうと思ったの？」

ヴィヴィアンは冷たい笑みを浮かべ、トリーへの憎悪をはっきりと示した。「ＳＴＡＧの特別功労賞よ」

ハンナはそれを思いつかなかった自分を蹴飛ばしたくなったが、いまは気をそらしている場合ではなかった。「あなたではなく、トリーが受賞したから？」

「そうよ。トリーにその価値はないのに」

「でもあなたにはあった」ハンナは言った。いつ自分に向けられるかわからない憎悪の表情がやわらぐのを期待して。

「ええ。あったわ。トリーが出てくるずっとまえから、わたしはブロードウェイで成功を収めた女優だったし、彼女に主役を横取りされたあとも、自分で性格俳優という新たな境地を開拓した。わたしこそあの賞にふさわしかった！　それなのに、彼女が受賞することになった！」

「それであなたは、トリーが授賞式に出て満足げに賞を受け取るのを阻止しなければならないと思ったのね？」

「そのとおりよ。さあ、話はもう終わり」

ヴィヴィアンがトートバッグに手を伸ばし、ハンナは時間切れだとわかった。最後の数粒が砂時計の底に落ちてしまった。講堂の裏口にたどり着くことはできなかったが……ハンナの記憶がたしかなら、ある程度砂のはいった砂袋が、頭のすぐ上にある紗幕にくくりつけられているはずだった。

ハンナは向きを変えて砂袋をつかむと、力一杯投げつけた。ヴィヴィアンは下を向いてトートバッグのなかをのぞいていたので、重い袋が頭を直撃しようとしているのに気づかなかった。

砂袋が当たった衝撃でヴィヴィアンは横を向き、ハンナがまえに出てトートバッグを奪おうとしたとき、背後からこう叫ぶ声が聞こえた。「ハンナ！　伏せて！」

マイクだ！　ハンナがすばやく伏せてその場から離れると、マイクがうしろから走り出てヴィヴィアンに向かっていった。飛びかかって右肩から彼女の腹に突っこみ、ミネソタ・ヴァイキングスのラインバッカーなみのタックルで床に押し倒した。「砂袋とはいい判断だった」彼はヴィヴィアンに手錠をかけ、立ちあがらせながらハンナに言った。

「彼女の自白を聞いた？」ハンナが尋ねた。

「ああ。そろそろリックが来るはずなんだが……」

「来ましたよ、ボス」リックが声をかけながら、裏口から走りこんできた。

「ミランダ警告を忘れるなよ。そのあと保安官事務所に連れていけ。留置して、ヴィクトリア・バスコム殺害容疑で逮捕だ。ぼくが行くまで留置場で待たせておけ」マイクはハンナのほうを向いて手を差し伸べ、床から立ちあがらせた。「ここを施錠しよう。車まで送るよ」

ハンナは全身がゼリーになったような気分で、運転できるかどうかわからなかった。あまりにも怖かったので、身体反応が遅れてやってきたのだ。

マイクはハンナの脚が震えているのに気づくと、彼女の体に腕をまわして支えた。「運転できる状態じゃないね、ハンナ。きみの車はここに残して、ぼくが送っていこう」

初めてハンナは反論しなかった。マイクが講堂のドアに施錠するのをおとなしく見守り、彼に支えられながら外に出た。ふたりの息は霜のように白く、冷たい夜空には星が散りばめられていた。

ハンナは冷たい夜の空気を胸いっぱいに吸いこんで、ゆっくりと吐き出した。それほど震えを感じなくなってきたが、まだ運転できるとは思えなかった。

「キーを貸して」マイクが言った。「助手たちにあとで車を届けさせるよ」

彼がキーをリックにわたして指示を与えるあいだ、ハンナはマイクのパトカーにもたれていた。ロスが待っているはずのわが家に、魔法のように瞬時に移動できたらいいのにと思った。ロスの腕のなかに抱かれること以外、何も望みはなかった。

一瞬、光が夜を照らし、ロッドがまだ駐車場にいて、写真を撮っているのがわかった。またフラッシュが焚《た》かれ、リックがパトカーの後部にヴィヴィアンをのせているのが見えた。

「だめよ、だめ、だめ！」ヴィヴィアンがロッドに叫んだ。「正面からの顔はいいわ。それなら問題ないから。でも横顔は左から撮らないとだめなのよ。わたし、きれいに見える？」

ロッドはほんの一瞬ためらった。ヴィヴィアンが錯乱しているのかと思ったのだろう。すぐに彼は言った。「とてもきれいですよ、ヴィヴィアン」

「よかった！　それじゃ、アップで撮ってもいいわよ、ミスター・メトカーフ」

26

「ロスが帰ってきてる」マイクがハンナのアパートの駐車スペースに車を入れると、すぐ隣にロスの車が停まっているのを見て、ハンナは笑顔で言った。

「よかった。ひとりでいないほうがいいからね。きみをなかまで送って、何も異常がないことを確認しよう。明日の朝また来て、供述をとるよ」

「了解。きっとミシェルがあなたに、何か朝食になるものを用意してくれるわよ。うちに泊まっているあいだ、あの子は毎朝特別なものを作ってくれるの」

「気分がよくなったようだね、ハンナ」

「ええ、よくなったわ」ハンナは言った。うちに帰ってきたいまは、たしかに気分がよくなっていた。「階上《うえ》まで来なくていいわよ、マイク。わたしなら大丈夫だから。ロスがいるんだし」

「部屋まで行くけど長居はしないよ」マイクはそう言うとパトカーを降り、助手席側にまわってハンナのためにドアを開けた。「ロスはきっとききたいことがたくさんあるだろう。

きみにけがはないし、何も心配ないとぼくから説明したいんだ」

「親切なのね」ハンナは笑顔でそう言うと、パトカーから降りて、地上階につづく階段に向かった。

「必要なときはね」マイクは言った。

ハンナは少し笑った。「ええ、たしかに。何もかもありがとう、マイク。あなたが助けにきてくれなかったら、どうなっていたかわからないわ」

「そのことは明日話そう。行こう、ハンナ。外階段はひとりで歩ける？　それとも、手を貸してほしい？　脚がまだ震えているよ」

「わかってる。でも、ひとりで歩けるわ」ハンナは階段をのぼりはじめた。たしかに脚はまだ少し震えていたが、手すりにしっかりつかまればなんとかのぼれた。いつもならまったく手すりを使わないのだが、まだあまり膝に力がはいらないし、下まで落ちたくはなかった。

「はい、玄関の鍵」階段をのぼりきると、バッグから鍵を取り出してマイクに言った。

「あなたが開けて。わたしがモシェを受け止めるから」

「心配いらないよ。ぼくがドアを開けてモシェも受け止めるから。いまのきみに彼は重すぎて抱えられないだろう」

マイクは錠に鍵を差しこんだが、まわすまえにドアがわずかに開いた。「待って」彼は振り返ってハンナに言った。「ここにいてくれ」

「どうしたの？」ハンナはまた心拍数が上がるのを感じた。

「わからない。たぶんロスがドアをちゃんと閉めなかったからだと思うけど、いちおうなかにはいって調べてみる。ぼくがいいと言うまではいるなよ、ハンナ。ぼくが五分以内に戻らなかったら、駐車場の階までおりて保安官事務所に電話するんだ。わかったね？」

「わかったわ、マイク」脚がまた震えはじめていたハンナは、階段の手すりにもたれた。

「約束してくれ、ハンナ」

「約束する。いいから行って、マイク。なんだかすごく不安になってきた」ハンナは身震いし、外が寒いからだと自分に言い聞かせようとしたが、そうでないことはわかっていた。だれかが押し入ったのだろうか？　ロスは無事なの？　モシェは？　いつもはドアの外に飛んできてハンナを迎えるのに。だれかがモシェを痛めつけたの？

ハンナは夜の冷たい空気のなかに立って、携帯電話をにぎりしめ、ディスプレーの時間表示を見つめた。一分がこれまでになく長く感じられた。二分は永遠に思える長さで、三分で携帯電話の時計が壊れているのではないかと思った。脚がその場に固定されないように、通路を行ったり来たりしはじめた。ようやく四分が経過したとき、ドアが開いた。

「はいってくれ、ハンナ」マイクが彼女の腕を取って言った。

「ロスはいるのよね、何も問題ないのよね？」ハンナは早口できいた。

「わからない」

「わからないって、どういう意味？」

「ロスはここにいないという意味だ。一度帰ってきたみたいだけど、いまはいない。モシェはノーマンが預かっている？」

「いいえ！　モシェはいるはずよ、ロスが何かの理由で連れていったんじゃないかぎり。でも、なぜそんなことをするの？　それに、どうしてロスはここにいないの？」

「なかにはいって座ったほうがいい」マイクは彼女の手を取って、なかに引き入れた。そして、きつく抱きしめた。

　何かがおかしい。きっと悪いことにちがいない。マイクはハンナと同じくらい動揺しているようだった。

「何かおかしいと思っているのね？」ほんとうは答えてほしくなかったが、彼女はきいた。

「ああ。でも、それがなんなのかはわからない。モシェの具合が悪くなって、ロスが獣医に連れていったのかと思った。それで、出るときにちゃんとドアを閉めなかったんじゃないかと。あるいは、どういうわけかモシェが外に出ていってしまって、ロスは階下《した》のどこかで彼をさがしているんじゃないかと」

「えっ、たいへん！」ハンナは息をのんだ。「このあたりは夜になるとコヨーテが出ることもあるのよ。一度なんかボブキャットも！　けっこう田舎だから。それに……」そこでことばを切り、目を見開いた。「いまの聞こえた?」

「ああ。まるで……猫みたいな声だった」

「モシェ!」ハンナは叫んだ。「どこにいるの、モシェ?」

「出ておいで、でっかいくん」マイクもお気に入りの呼び名でおびき出そうとした。

すぐにモシェがリビングルームの角から顔を出した。両耳を寝かせ、毛がもつれてかたまっているところを見ると、せまい場所に隠れていたようだ。

「クローゼットのなかにいたの、モシェ?」ハンナはモシェに駆け寄って抱きあげながらきいた。

「にゃあああ!」

「クローゼットのなかは見たけど、気づかなかったよ」マイクは手を伸ばしてモシェの耳を掻いた。「けがは?」

ハンナは割れた爪や、腫れている箇所や、トラウマの兆候がないかさがした。「してないと思う」

「じゃあどうして?」

「たぶんこの子は……怖がってるだけなのよ」ハンナは歩いていって、モシェをソファの背にのせてやった。「おやつを持ってきてあげるわね、モシェ」

「にゃあああ!」

「さっきより元気そうだ」マイクが言った。「でも、猫の状態を判断するのはむずかしいな」

「そうなの。ときどきこの子がしゃべれたらいいのにと思うことがあるわ……たとえしゃべれても、きっと猫は黙ってるでしょうけど」

「のどを鳴らしてるぞ」ハンナがモシェの好きなサーモン味の魚形おやつを持って戻ってくると、マイクが言った。

「よかった」ハンナはほっとしたが、すぐに思い出した。「でも、ロスはどこ？　車はあるし、レクリエーションルームのジムに行くには遅すぎる」

「そうだね」マイクは重々しくため息をついた。「今朝はきみが先に出たのか？　それともロスが先？」

「いっしょに出たわ。ロスがミシェルとわたしを〈コーナー・タヴァーン〉の朝食に連れていってくれたの。そのあとミシェルとわたしはここに戻って、いくつか用事を片づけてから、〈クッキー・ジャー〉に行った。わたしの知るかぎり、ロスは編集の仕事があるからと、車で直接KCOWに向かったわ」

「でも、彼の車はここにあるんだよね？」

「ええ」

「今朝はそれに乗って出かけたんだよね？」

「ええ。わたしたちは車二台で出かけたの。それぞれ自分の車に乗って」

「この建物のなかにロスが知ってる人はいる？　彼が訪ねていったかもしれない人は？」

「いないわ。ハネムーンから戻ってまだ一週間だし、紹介する機会がなくて」

「それなら、いっしょにベッドルームに来てもらったほうがいいな。今朝出かけたときとちがうところがあるかどうか教えてほしいんだ」

主寝室に足を踏み入れたハンナは息をのんだ。たんすの引き出しが引き出され、ベッドの上には衣類が山になり、衣類が何点かはいった開いたままのスーツケースがのっていた。

「何があったの？　まるで竜巻が通りすぎたみたいじゃない！」

「今朝出かけたときはこんな状態ではなかったんだね？」

「もちろんちがうわよ！」

「ぼくもそう思ったけど、いちおうきいておかないと。たんすの上にある携帯電話を見てくれ。これがロスのものかどうか知りたい」

ハンナはたんすに歩いていって、そこに置かれたスマートフォンを見おろした。「ええ、これはロスのよ。わたしのは違うメーカーだから」

「ミシェルのでもないんだね？」

ハンナは首を振った。「ええ。ミシェルのもわたしと同じメーカーよ」

「わかった。そこに札入れもあるだろう。手に取って、ロスのものかどうか確認してくれ」

ハンナは震える両手で札入れを取りあげた。ハネムーン中にプエルト・バヤルタで彼に買ってあげたウナギ革の札入れだった。「ええ、彼のよ」

「開いて、なかにはいっているものを教えて」

札入れを開くハンナの指は震えていた。「運転免許証、クルーズ船で撮ったわたしたちの写真、赤十字の献血カード……」紙幣のセクションを開き、驚いて目をぱちくりさせる。「お金はなし？」

「こっちのたんすの上にはキーリングがある。リングについている鍵に見覚えはある？」

ハンナは歩いていって、キーリングを受け取った。「ええ。ＫＣＯＷの正面玄関の鍵と、会社の彼のオフィスの鍵と……それだけだわ」

「ここの鍵はないの？」

「ええ。このリングにはついてない」ハンナはマイクに向き直った。涙が頬を伝う。「どういう意味か教えて、マイク」

「ぼくもよくはわからないよ、ハンナ。でも、気に入らないな」

「あなたはどういう意味だと思うの？」

マイクは答えたくない様子で、いまは自分の足のあいだの床をじっと見ている。

ハンナは彼に近づいた。「話して、マイク。知りたいの」

「座ってくれ」マイクはため息をつき、ハンナの顔を見あげて、たんすの隣にある椅子を示した。そして、ハンナが座るのを待って言った。「場合によるけど、普通、身分証や携帯電話や車を残していなくなるのは、しばらく身を隠したいから、だれにもさがされたくないからだ」

「でも……車も運転免許証もないのに、どうして消えることができるの？」

「別の名前があるんだろう。偽名だよ。たいていまえもって用意しておくんだ。見つかりたくないから、古い身分証や以前の暮らしに関係するものは一切持っていかない」

体全体が震えはじめ、ハンナは椅子の肘掛をつかんで自分を支えた。「でも……どうしてロスは消えたいなんて思うの？」

「わからないけど、突き止めるよ」

ハンナは彼の声に決意を聞き取った。「彼がわたしを捨てたと思ってるのね？」

「わからない。でも、何か理由があって消えたんだ」マイクはまだ涙を流しているハンナの顔を見て、やさしく肩をたたいた。「きみとは関係のない理由かもしれないよ、ハンナ。きみを呼びにいくまえに、まずPKに電話したんだ。ロスに電話がかかってきて、そのあと彼は、すぐに帰らなければならないとPKに言ったそうだ。十二時半のランチ休憩のすぐあとだったらしい。そのときさみはどこにいた？」

「ミシェルといっしょに〈クッキー・ジャー〉にいたわ。明日の仕事が楽になるように、明日用のクッキー生地を作ってた。緊急事態だったなら、どうしてロスはわたしに電話してくれなかったの？」

「わからないよ、ハンナ。でも、ＰＫによると、ロスはしばらく仕事に来られなくなるかもしれないと言ったそうだ」

「出かけなきゃいけない理由はＰＫに話したの？」

「はっきりとは話していない。個人的なことだとしか。ＰＫはきみが病気になったか、事故にあったか、そういうことじゃないかと思ったらしい。きみが無事だと聞いてほっとしていたよ」

無事？　ハンナの心の声が叫んだ。夫に去られて、理由がわからないのに。無事じゃないわ。全然無事じゃない！

玄関でノックの音がして、ハンナはそちらを向いた。「見当ちがいだったわね、マイク！　きっとロスよ。持ち物をここに置いて、このあたりを歩いていただけなのよ」難儀したが、なんとか立ちあがった。「なかに入れてあげなくちゃ！」

「ロスじゃない」マイクがハンナの手を取った。「たぶんノーマンだ。ぼくが電話したんだよ。保安官事務所に行かなくちゃならないから、ミシェルが戻るまでノーマンにきみといっしょにいてもらおうと思って」

ハンナは呆然《ぼうぜん》としたままマイクといっしょに玄関に行き、ノーマンを迎え入れた。ハンナの心は、結婚して二週間にもならないのに、夫がことばひとつ、メモ一枚残さず、なんの説明もなしに出ていったという事実を受け入れられずにいた。だが、一筋の希望の光にすがりつくことで、絶望の淵《ふち》に突き落とされずにすんでいた。ロスはアパートメントの鍵を持っていった。それはハンナのもとに戻ってくるつもりだということだ。

訳者あとがき

ジョアン・フルークのお菓子探偵ハンナ・シリーズが本国アメリカで誕生したのは二〇〇〇年。デビュー作の *Chocolate Chip Cookie Murder* はベストセラーとなり、二〇〇三年には『チョコチップ・クッキーは見ていた』として日本でも紹介されました。リーディングの段階から関わらせていただいたこともあり、訳者にとってとても愛おしいシリーズです。以来、シリーズ第十九巻の『ウェディングケーキは待っている』までをヴィレッジブックスから紹介させていただいてきましたが、邦訳第二十弾となる本書からは、ｍｉｒａｂｏｏｋｓより装いも新たに（でも、カズモトトモミさんのキュートな挿絵やカバーイラストはそのままに）お届けすることになりました。二〇二〇年はハンナ・シリーズが誕生して二十年という節目でもあり、きりのいい二十冊目の作品をご紹介できることを幸せに思っています。

では、初めてこのシリーズを手に取ってくださったみなさま、そして、いつも読んでるけど細かい設定はうろ覚えで……というみなさまのために、まずはこれまでのお話をネタバレしない程度にざっとご紹介しましょう。

舞台はミネソタ州の架空の町レイク・エデン。冬の寒さはきびしく、夏は意外と蒸し暑い湖畔《こはん》の田舎町です。ヒロインのハンナ・スウェンセンは三人姉妹の長女で、年齢ははっきりしませんがおそらくアラサー。すぐ下の妹アンドリアはふたりの女の子の母で夫は郡保安官、末の妹のミシェルは大学生です。町のメインストリートで手作りクッキーの店兼コーヒーショップ〈クッキー・ジャー〉を営むハンナは、殺人事件の被害者の死体を発見してしまうという特異体質（？）の持ち主。おいしいクッキーを手みやげにききこみをし、得た情報をもとに推理を働かせて犯人さがしをするのが趣味のように思われています。決して好きでやっているのではないのですが、結果的にいつも事件解決に貢献しているので、ハンナならきっとやってくれると期待されているのです。まじめなハンナは半ば義務感から、そして半ば好奇心から犯人さがしに挑みます。殺人現場になぜかかならず〈クッキー・ジャー〉のお菓子があることも、ハンナが事件の真相究明に乗り出さずにいられなくなる理由のひとつでしょう。

ハンナの恋愛事情も読みどころです。おだやかで心やさしい歯科医のノーマンと、ワイルドなイケメンの保安官助手マイクという、ふたりのすてきなボーイフレンドと付かず離れずのいい関係をつづけ、双方から同時に（！）プロポーズされたこともあったのですが、突然大学時代の友人ロスが登場して、あれよあれよと言う間に結婚。本書でトリシアが「今まで出席したなかでいちばん刺激的」だったと言っているハンナの結婚式についてくわしく知りたい方は、ぜひシリーズ第十九巻の『ウェディングケーキは待っている』を読んでください。

また、たくさんのレシピが登場するのも本シリーズの特徴です。バターや砂糖の量に驚くかもしれませんが、量が多すぎると思ったら半量で作れば大丈夫。とくにクッキーは簡単にできるものが多いので、甘いものが好きな方はぜひ作ってみてください。ハンナや〈クッキー・ジャー〉やレイク・エデンがいっそう身近に感じられ、シリーズの魅力を実感していただけると思います。このシリーズを訳してきていちばん多く耳にした感想は、「読んでいるとクッキーが食べたくなる」というものでした。コンビニに市販のクッキーを買いに走るのももちろん悪くありませんが、手作りクッキーとコーヒーがあれば、さらに優雅な読書タイムをすごすことができますよ。

さて、『バナナクリーム・パイが覚えていた』です。前作『ウェディングケーキは待っている』のすぐあとからはじまる本作は、ハンナの母でロマンス作家のドロレスが、同じ建物の階下に住む元女優トリーの死体を発見し、ハネムーンクルーズ中のハンナに連絡します。帰宅したハンナは、死んだトリーの代わりに地元劇団の演出をすることになった末の妹ミシェル（演劇専攻）の協力のもと、さっそくききこみを開始。地元劇団の資金集めのためにバナナクリーム・パイの早食いコンテストやベイクセールを開いたり、慣れない新婚生活に一喜一憂したりと、忙しい日々をすごしながら、容疑者を見つけ出そうとしますが、なかなか思うようにいきません。

今回は大学生の妹ミシェルが大活躍で、お疲れのハンナをサポートします。ちゃっかりした末っ子というイメージだったミシェルですが、将来のこともしっかり考えているようで驚きました。一方、新婚ほやほやなのに、ロスとの暮らしに早くもストレスを感じているらしいハンナのほうはちょっと心配。スピード婚のせいで変化に追いつけないのでしょうか。意味深な夢を見てうなされているのも気になります。

そんなハンナのストレス解消法は、もちろんお菓子を焼くこと。気分が落ちこんだときも、ことが思い通りに運ばず、モヤモヤ、イライラしたときも、精神的に追い詰められたときも、オーブン仕事をすれば頭がさえて、いいアイディアが浮かぶのです。みんなにもよろこばれるし、店に出せば売り上げも増えて一石二鳥。部屋にただよう甘い香り、焼きあがったお菓子をオーブンから出すときの多幸感は、お菓子探偵の武器なのかもしれません。

でも、ラストでは意外な展開が待っていますので、みなさま心の準備を。

ハンナのおいしい冒険を、どうぞお楽しみください。

〈ハンナ・スウェンセン・シリーズ〉

Chocolate Chip Cookie Murder　2000『チョコチップ・クッキーは見ていた』
Strawberry Shortcake Murder　2001『ストロベリー・ショートケーキが泣いている』
Blueberry Muffin Murder　2002『ブルーベリー・マフィンは復讐する』
Lemon Meringue Pie Murder　2003『レモンメレンゲ・パイが隠している』
Fudge Cupcake Murder　2004『ファッジ・カップケーキは怒っている』
Sugar Cookie Murder　2004『シュガークッキーが凍えている』
Peach Cobbler Murder　2005『ピーチコブラーは嘘をつく』
Cherry Cheesecake Murder　2006『チェリー・チーズケーキが演じている』
Key Lime Pie Murder　2007『キーライム・パイはため息をつく』
Carrot Cake Murder　2008『キャロットケーキがだましている』
Cream Puff Murder　2009『シュークリームは覗いている』
Plum Pudding Murder　2009『プラムプディングが慌てている』
Apple Turnover Murder　2010『アップルターンオーバーは忘れない』
Devil's Food Cake Murder　2011『デビルズフード・ケーキが真似している』
Cinnamon Roll Murder　2012『シナモンロールは追跡する』

Red Velvet Cupcake Murder　2013『レッドベルベット・カップケーキが怯えている』
Blackberry Pie Murder　2014『ブラックベリー・パイは潜んでいる』
Double Fudge Brownie Murder　2015『ダブルファッジ・ブラウニーが震えている』
Wedding Cake Murder　2016『ウェディングケーキは待っている』（ここまでヴィレッジブックス刊）
Christmas Caramel Murder　2016
Banana Cream Pie Murder　2017　本書
Raspberry Danish Murder　2018
Christmas Cake Murder　2018
Chocolate Pie Murder　2019

二〇二〇年一月

謝　辞

ジョンとドリスのキャプラ夫妻へ、金婚式おめでとう。

わたしのキッチンはいつもチョコレートのにおいがすると言ってくれる、子供たちと孫たちに大きなハグを。

以下のみなさまに感謝します。

友人たちとご近所さんたち：メル&カート、リン&ビル、ジーナ、ディー・アップルトン、ジェイ、リチャード・ジョーダン、ローラ・レヴァイン、本物のナンシー &ヘイティ、ドクター・ボブ&スー、ダン、フォー・ライブラリーのマーク&マンディ、グローヴズ会計事務所のダリルとスタッフのみなさま、SDSAのジーン&ロン、ボストン・プライベート・バンクのみなさま。

ブラッド、エリック、アマンダ、ロレンゾ、メグ、アリソン、キャメロン、ガブリエル、バーバラ、リサ、そしてハンナ・スウェンセンのドラマ、〈Murder She Baked〉を制作してくださったホールマーク・ムービー &ミステリー・チャンネルのすべてのみなさま。

テレビでハンナを見るのはすごく楽しいわ!

ミネソタの友人たち：ロイス&ニール、ベヴ&ジム、ロイス&ジャック、ヴァル、ルサーン、ローウェル、ドロシー &シスター・スー、メアリー &ジム。

辛抱強く支えてくれるケンジントン出版のわたしのチーフ編集者、ジョン・スコナミリオにはすごく感謝しています。

ハンナに探偵活動とたくさんのおいしいもの作りをずっとつづけさせてくれる、すばらしいケンジントン出版のみなさま全員。

つねに支えとなり、賢明なアドバイスをくれるジェイン・ロトローゼン・エージェンシーのメグ・ルーリーとスタッフのみなさま。

毎回ハンナ・シリーズに信じられないくらいおいしそうなカバーイラストを描いてくれる、すばらしいカバー・アーティストのヒロ・キムラ。

毎回ゴージャスなカバーデザインをしてくれるケンジントン出版のルー・マルカンジ。

ハンナ・シリーズのドラマやテレビCMを手がけ、ハンナのソーシャル・メディア全般の管理に多くの時間を使いながら、いつもそばにいてくれるplaced4success.comのジョン。

ウェブサイトwww.joannefluke.com を管理し、ハンナのソーシャル・メディアを支えてくれるルディー。

レシピの最終チェックをしてくれるキャシー・アレンと、試食をしてくれる彼女のボウリングチーム。ハンナに寄せられる大量のEメールに対処してくれるJQ。

ブックツアーに同行し、新しいレシピのためのアイディアを出してくれる才能ある友人トルーディ・ナッシュ。

フードスタイリスト兼メディアガイドのロイス・ブラウンの友情と、出版記念パーティやテレビのお料理コーナーでの的確なアシストに。

ダブルDと、ハンナのフェイスブックを作成し、管理運営してくれるチーム・スウェンセンのみんな。

しつこい医学および歯科医療の質問にがまんしてくれるドクター・ラハール、ドクター &キャシー・ライン、ドクター・ワーレン、ドクター・コスロウスキー、ドクター・アシュリー &ドクター・リー、そして(ドク・ナイトを思わせる)ドクター・ニーマイア。

みなさまがいなかったらノーマンとドク・ナイトはお手上げです!

ご家庭のレシピを提供し、わたしのフェイスブック(Joanne Fluke Author)のページにコメントし、ハンナのドラマを視聴し、シリーズ作品を読んでくださるすべてのハンナファンのみなさま。

ほんとうにありがとう。

訳者紹介　上條ひろみ

英米文学翻訳家。おもな訳書に本書をはじめとするジョアン・フルーク〈お菓子探偵ハンナ〉シリーズ、カレン・マキナニー『ママ、探偵はじめます』『秘密だらけの小学校』、ジュリア・バックレイ『そのお鍋、押収します!』『真冬のマカロニチーズは大問題!』(以上、原書房)、リンゼイ・サンズ『忘れえぬ夜を抱いて』『恋は宵闇にまぎれて』(二見書房)など多数。

mira

バナナクリーム・パイが覚《おぼ》えていた

2020年1月15日発行　第1刷
2020年1月30日発行　第2刷

著　者　ジョアン・フルーク

訳　者　上條《かみじょう》ひろみ

発行人　鈴木幸辰

発行所　株式会社ハーパーコリンズ・ジャパン
東京都千代田区大手町1-5-1
03-6269-2883(営業)
0570-008091(読者サービス係)

印刷・製本　中央精版印刷株式会社

ISBN978-4-596-91811-6